Steffen Mensching
Hausers Ausflug

Hauser hatte seine Lage im Augenblick des Erwachens durchschaut. Er steckte in einer Box. Die Arme waren in Höhe der Handgelenke an die Lehne gefesselt, Klettbänder oder Riemen fixierten die Schienbeine an die Streben des Sitzes. In undeutlicher Entfernung surrte ein Oberton. Die Triebwerke. Das Kinn konnte er einige Zentimeter neigen, den Kopf, wegen der Ohrstützen, minimal drehen. Eine ausgeklügelte Konstruktion. Zu einem anderen Zeitpunkt hätte David Hauser diese Erkenntnis gefreut. Während seine Augen in die schwarze Leere starrten, hob und senkte er die Finger. Thrombosegefahr bestand nicht. Dafür sorgte die Infusion. Hauser glaubte zu schwitzen, eine physiologische Reaktion, die unmöglich war. Wenn er sich dort befand, wo er zu sein meinte, wurde sein Blutdruck automatisch geregelt.

Das Letzte, was er erinnerte, war der Stau auf der Stadtautobahn, ein Sturzregen, der ihn überrascht hatte, er sah die Scheibenwischer, auf höchster Stufe, zack, zack, vor den Bremslichtern der auf drei Spuren vor ihm rollenden Autos, dann die Ankunft in der Residenz des Staatssekretärs, Isabel wartete mit einem Regenschirm, nahm ihm in der Lobby den Mantel ab, scannte den Code, der ihnen Eintritt in den internen Bereich gewährte, mit der Kamera ihres Mobiltelefons, der Termin verzögere sich, eine Tasse grüner Tee sei in Arbeit, sie sollten im Wintergarten Platz nehmen. Die Villa, klassizistisch angehaucht, von zeitloser Eleganz, lag auf einer Anhöhe. Der See glänzte durch die Lücken zwischen den Baumstämmen. An den Buchen hingen wenige Blätter. Isabel, seine, wie er sie nannte, rechte Hand, war seit fünf Jahren bei ihm. Im ersten Jahr ihrer Beschäftigung hatten sie ein paar Mal miteinander geschlafen, sich dann aber ohne Zerwürfnis getrennt.

Er glaubte einen Ruck zu spüren. Allerdings wusste er, dass die Maschine unter keinen Umständen riskante Manöver fliegen würde. Der Körper verlagerte seinen Schwerpunkt auf die linke Seite. Das Pfeifgeräusch wurde lauter. Man hatte bei der Schallisolierung Abstriche gemacht, um die Kosten zu drücken. Der Temperaturabfall war ein Indiz dafür, dass sich das Karussell drehte. Kaltluft strömte durch die Heckklappe in den Laderaum. Je kühler es wurde, desto näher kam man der Luke. Die Anregung für die technische Lösung war dem Chefingenieur Brixel beim Besuch einer Sushi-Bar am Potsdamer Platz gekommen. Stoppte die Box vor der Öffnung, wurde es ernst. Die Maschine bot Platz für vierzig Kandidaten. Auf einem Routineflug. Hauser wusste nicht, ob diese Bezeichnung für seine Reise passte. Genau genommen wusste er gar nichts. Oder zu wenig. Ihm war klar, dass die Bewegung der Transportkapseln, so der technische Terminus, höchstens eine Minute dauern würde. Das Karussell drehte sich im Uhrzeigersinn. Hatte sich der zum Ausstieg vorgesehene Passagier links von ihm befunden, würde er eine ganze Runde durchlaufen müssen, bis er wieder zur Luke gelangte.

Jetzt bereute er, vor knapp zwei Jahren das Angebot der Herstellerfirma abgelehnt zu haben, Dr. Neumann, der Geschäftsführer der badischen Flugzeugwerft IMPETUS, die bei der Ausschreibung den Zuschlag erhielt, legte ihm einen Selbstversuch nahe. David Hauser, dessen Namen die Öffentlichkeit mit dem Projekt verband, würde allen Kritikern, die auf Restrisiken verwiesen, den Wind aus den Segeln nehmen. Er hatte es als Scherz abgetan und den Österreicher Brixel als Ersatzmann vorgeschlagen, der verantworte als Konstrukteur die Umsetzung seiner Idee, solle er also mit seinem Körper als Testperson in die Bresche springen. Tatsächlich widersetzte sich der Ingenieur dem Angebot nicht und bestieg die Maschine, Hauser wiederum war es später unangenehm, den Angestellten nach seinen Erfahrungen zu befragen.

Sollte ihn Brixel in diese völlig absurde Situation gebracht haben? Er konnte sich nicht vorstellen, dass der Mann aus Linz einer solchen Ungeheuerlichkeit fähig wäre. Leider fiel ihm überhaupt niemand in seinem Bekanntenkreis ein, dem er ein solches Verbrechen, um nichts anderes handelte es sich, zutraute. Es gab Neider, es gab, wer wollte es leugnen, nicht wenige Menschen, die ihn verachteten. Aber Feinde? Der Zugang zum Flugfeld war nur durch ein Tor möglich, das streng kontrolliert wurde, er selbst hatte vom Innenminister gefordert, die Überwachung des Geländes und das Boarding durch Beamte der Bundespolizei durchführen zu lassen.

Wiederum bemerkte Hauser einen Abfall der Temperatur. Er schloss die Augen, das machte keinen Unterschied, er sah das gleiche Schwarz wie vorher, seine Finger umklammerten die Sitzlehne, er spannte alle Sinne an, als könnte er durch angestrengte Konzentration spüren, ob die Kapsel stillstand oder sich bewegte. Ihm war, als hörte er Metall gegen Metall schlagen, ein Klicken. Ohne Fachmann zu sein, wusste Hauser genug über die technischen Abläufe. Der Schlitten polterte, wenn er über die

Bordwand in den freien Fall kippte, die Stahlseile, die den Beförderungseinheiten Halt gaben, klingelten, wenn sie auf die Spindeln gewickelt wurden. Auch das Verriegeln der Klappe ging nicht ohne Geräusch ab. Einige Lösungen hatte er selbst ins Team eingebracht, zum Beispiel das Balancesystem, das den Sinkflug der Kapseln harmonisierte, oder die zur Ruhigstellung der Fluggäste angewandte Kapillarinfusion.

Lange hatte man darüber diskutiert, wie verhindert werden könnte, dass die Passagiere in der lichtlosen Kabine Schocks erlitten. Wie sie in den Laderaum kämen. Ob die Platzierung auf dem Karussell erfolgen sollte oder vorher, am Terminal oder sogar noch in der Verwahrung. War es ratsam, die Kandidaten über die Transportmethode aufzuklären, oder klüger, sie vor vollendete Tatsachen zu stellen? Verhaltensforscher rieten zu Tests, um die Reaktionen abzuschätzen. Die Ergebnisse waren entmutigend. Die Befragten gerieten nach weitschweifigen, diverse Ablehnungsaspekte berührenden Erklärungen in Panik, schlugen um sich, hyperventilierten, traten mit den Füßen nach den Psychologen, versuchten zu fliehen. Unter den dreißig in einer Reihenuntersuchung geprüften Kandidaten gab es im Nachgang der Testreihe fünf Selbstmordversuche, von denen zwei erfolgreich verliefen.

Hauser fand die Hysterie der Probanden übertrieben. Allerdings war ihm klar, dass das Projekt zu scheitern drohte, wenn man für den Absetzvorgang keine überzeugende Lösung fand. Als kritisch erwies sich vor allem die Phase, in der die Box die Heckklappe passierte und ins Trudeln geriet. Ein erfahrener Fallschirmspringer war in der Lage, den Körper durch das Ausbreiten von Armen und Beinen in eine günstige Flugbahn zu lenken, in der Atmosphäre zu schweben, bevor sich der Schirm öffnete. Solche Adaptionsfähigkeit fehlte dem fünfundneunzig Kilogramm schweren Aluminiumkasten, der auf einen Block aus Presspappe, Honigwaben genannt, geschnallt war, trotz der installierten Mikrokameras und computergesteuerten Gewichte. Die Turbulenzen, die auf die Kapseln beim Absetzvorgang einwirkten, waren so stark, dass der Passagier genauso straff an den Sitz fixiert sein musste wie ein Astronaut beim Raketenstart. Die Schleuderbewegung währte vier bis fünf Sekunden, dann öffnete sich der Schirm, und die Landephase begann, die noch immer durch Windböen beeinflusst werden konnte, aber als berechenbar galt. Im Falle von Unwettern wurde der Absetzvorgang ohnehin abgebrochen oder an einen Ort mit besseren Bedingungen verlagert.

Der heikelste Teil der Mission bestand in der Erdberührung. Anfangs hatte Hauser nicht glauben wollen, dass eine Operation, die ein Mensch mit gewisser körperlicher Tüchtigkeit ohne Schwierigkeiten absolvierte, für einen robusten Gegenstand so viel riskanter sein sollte. Berater aus dem Verteidigungsministerium hatten ihn aufgeklärt über die Rolle des Frachtgewichts, die Absetzgeschwindigkeit, die Form und Spannweite des Schirms, über die Landungsrichtung sowie die herrschenden Strömungsverhältnisse. Es machte einen Unterschied, ob man mit zwei gelenkigen Beinen Bodenkontakt suchte oder als Insasse einer Kiste platt auf den Grund schlug. Hauser hörte von Versuchen, die Fallgeschwindigkeit zu bremsen, indem unter der Palette, auf der die Fracht befestigt war, Düsen gezündet wurden, die dem Objekt Auftrieb gaben und die Heftigkeit des Aufschlags milderten. Russische Luftlandetruppen hatten mit der Technik experimentiert, allerdings transportierten sie unbemannte Panzer, stählerne Kolosse, deren Unterböden die Hitze der Zündungen wenig anhaben konnte. Für Leichtmetallboxen kam die Bremsmethode nicht in Frage. Auch hätte eine Abfederung durch Raketentriebwerke die Kosten pro Person erheblich gesteigert. Die Kalkulation lag bereits bei zehntausend Euro. Keinen geringen Anteil daran hatten die Kameras, die den Sinkflug der Behälter kontrollierten und navigierten. Auf diese Weise wurde verhindert, dass die Fracht auf Felsen, Autobahnen oder in Hochspannungsleitungen niederging.

Um eine möglichst sanfte Landung zu garantieren, griff man auf traditionelle Materialien zurück. Sperrholz bildete die Bodenplatte, dann kam eine neunzig Zentimeter starke Schicht Bienenwaben, das luftig verklebte Pappmaterial drückte sich beim Aufschlag zusammen und schluckte kinetische Energie. Die Gleitrichtung des Fallschirms wurde so berechnet, dass die Ladung möglichst schräg auf den Boden aufsetzte. Im Idealfall würde der Schlitten abgeschliffen, die Kapsel also in Schräglage zum Stillstand kommen.

Über ein Jahr lang hatte man Hunderte Abwürfe mit Attrappen durchgeführt und, nachdem die Tierschützer mit ihrer Klage vor dem Verfassungsgericht gescheitert waren, ein weiteres Dutzend mit Schimpansen. Die Affen, Leihgaben eines finanzschwachen Zoos in Niedersachsen, überstanden alle Tests ohne Schaden und kehrten quietschvergnügt in ihre Käfige zurück. Die Experimente hatten den am Projekt Beteiligten, Technikern wie Politikern, klargemacht, dass man die Betroffenen über die Art und Weise ihres Transports im Ungewissen halten musste. Freiwillig würde sich niemand in eine solche Kapsel setzen. Es war eine Mutprobe der besonderen Art. Hauser konnte das Gefühl jetzt nachempfinden.

Wahrscheinlich, dachte er, lag genau darin das Motiv seiner Mission. Man wollte ihm, dem Kopf von AIR-

DROP, eine Lektion erteilen, ihm zeigen, wie es sich anfühlte, in einem hermetisch abgeriegelten Behälter zu sitzen, angeschnallt, bewegungsunfähig, blind und ohne Kenntnis, wohin man sich bewegte, was mit einem geschah. Einen Unterschied gab es, ihm gönnte man das zweifelhafte Vergnügen, die Reise bei vollem Bewusstsein zu erleben. Üblicherweise waren die Passagiere von dieser Strafverschärfung befreit. Sie erhielten drei Stunden vor dem Start, mit der letzten Mahlzeit, ein Narkotikum, im schlafenden Zustand wurden sie in die Transportkapsel gesetzt und in die startbereite Maschine überführt. Das Klettband, das die Unterarme an den Sitz fesselte, registrierte während des Fluges den Blutdruck und hielt die Körper im Zustand der Bewusstlosigkeit. Ein Sedativum sickerte über haarfeine Injektionsnadeln stetig ins Gewebe und war so dosiert, dass der Reisende erst wieder zu sich kam, wenn die Box aufgesetzt und für zehn Minuten zur Ruhe gekommen war.

Dass er sich in einer anderen Lage befand, konnte mehreres bedeuten. Technisches Versagen? Hauser, von der Leistungsfähigkeit seiner Firma überzeugt, schloss diese Möglichkeit aus. Folter? Wollte man ihn die Strapaze in ihrer Totalität erleben lassen, hoffend, er würde die abrupte, für einen untrainierten Springer brutale Flugphase nicht überleben? Würden diejenigen, die ihn zu diesem unfreiwilligen Abenteuer verurteilt hatten, die Sache bis zum bitteren Ende durchziehen? Wo ließen sie ihn landen, auf dem Alexanderplatz, einem Golf-Ressort in der Uckermark oder einem Fußballplatz in der Provinz, während eines Spiels der Kreisliga? Um ihn öffentlich zum Gespött zu machen?

Absurd, dachte Hauser, seine Feinde, in Ermangelung eines gerichteten Verdachts flüchtete er in die unscharfe

Bezeichnung, könnten es nicht riskieren, ihre Tat bekanntzumachen, vermutlich würde er die Maschine auf die gleiche Weise verlassen, wie er sie betreten hatte, bewusstlos, vom Beruhigungsmittel betäubt, unter Ausschluss der Öffentlichkeit, um später, fern des Flugfelds, irgendwo aufzuwachen, auf einer Parkbank an der Spree oder in einem S-Bahn-Zug im morgendlichen Berufsverkehr, ein unrasierter später Heimkehrer in einem zerknitterten Designer-Anzug, der einen über den Durst getrunken hatte, sich die Augen rieb und um Orientierung rang. Er würde sich an die Eskapade erinnern, könnte allerdings keinerlei Beweise erbringen. Die Täter rechneten damit, dass er nichts gegen sie in der Hand hielt. Es sei denn, sie hatten vergessen, ihm sein Mobiltelefon abzunehmen. Falls es angeschaltet war – und Hauser stellte es niemals aus –, würde man die GPS-Daten nachverfolgen können. Meist steckte er das Telefon in die Reverstasche seines Jacketts. Hauser bewegte seine Schulterblätter, in der vergeblichen Hoffnung, herauszufinden, was für ein Kleidungsstück er auf dem Leib trug. Er spürte, dass er nicht nackt war, aber das war auch schon alles. Zwar glaubte er nicht, dass man ihm das Handy gelassen hatte, so blöd konnten seine Feinde nicht sein, da sie immerhin klug genug gewesen waren, ihn einzuschläfern, zu entführen und in eine Apparatur zu setzen, für die höchste Sicherheitskriterien galten.

Seit seinem Erwachen mussten circa zwanzig Minuten vergangen sein. In dieser Zeit sollte die Maschine, deren Reisegeschwindigkeit, wie er wusste, bei achthundert Stundenkilometern lag, eine Strecke von zweihundertfünfzig Kilometern zurückgelegt haben. Befand er sich auf einem Rundflug? Waren die Klappenöffnungen, die er anhand der Temperaturschwankungen gespürt zu haben meinte, inszeniert, um ihn einzuschüchtern, oder hatte man tatsächlich Ladungen abgesetzt? Wenn ja, dann war er Bestandteil einer regulären Mission.

In Parchim starteten jeden Tag zwei Maschinen. Natürlich war es für die Täter leichter, ihn in einen Linienflug einzuschleusen, statt eine Maschine zu kapern. Ein unangemeldeter Flug würde der Luftüberwachung auffallen. Hauser atmete tief durch. Ihm stand ein längerer Ausflug bevor. Keine Ahnung, wie lange er unterwegs gewesen war, als er zu sich kam. Die Routen reichten bis Indonesien. Manche Maschinen blieben bis zu vierundzwanzig Stunden in der Luft. Da die Nutzlast gering war, Boxen und Schlitten wogen keine acht Tonnen, konnte die Tankkapazität deutlich erhöht werden.

Je länger Hauser grübelte, umso mehr war er davon überzeugt, dass man ihn mit einer Rundreise bestrafte, er also einige Male die offene Ladeluke passieren würde. Die Infusion wirkte erst wieder beim Landeanflug. Er musste sofort die Polizei einschalten, Anzeige gegen Unbekannt, vorher Peter Ehrlich, seinen langjährigen Rechtsberater und Anwalt, anrufen. Bislang hatte sich PROASYL immer von individuellen Gewaltakten distanziert. Auch fiel es Hauser schwer, zu glauben, die liberalen Wirrköpfe könnten es geschafft haben, ihn in eine Falle zu locken und in sein eigenes Flugzeug, eine IMPETUS 2000, zu setzen. Dann würden sie über Helfershelfer in seinem engsten Zirkel verfügen.

Die Vorstellung stieß ihm bitter auf. Isabel hatte ihm mehrfach Schreiben der Versicherungen vorgelegt, die den Einsatz von Personenschützern dringend empfahlen. Hauser fand die Sorgen übertrieben, machte sich lustig über die weibliche Hysterie, lehnte sogar die Festanstellung eines Chauffeurs ab, mit dem Hinweis, er habe sich keinen Oldtimer geleistet, damit ihn ein Fremder durch den Stadtverkehr steuere. Im Grunde fürchtete er keinen Anschlag auf seine Gesundheit, eher hielt er Erpressung oder sogar eine Entführung für möglich. Darauf war er vorbereitet. Er besaß keine Waffe, doch verfügte der A6 über ein Verriegelungssystem, das es Angreifern nahezu unmöglich machte, die Türen von außen zu öffnen, auch widerstanden die Fenster aus Spezialglas Hammerschlägen und Steinwürfen. Das gute Stück war siebzehn Jahre alt. Hauser, der Technikbegeisterte, hielt nichts von Elektroautos.

Stand der Audi noch in Halensee? Hatte man ihn in der Villa von Staatssekretär Kirchhoff betäubt? Schwer vorstellbar. Allerdings erinnerte er sich nicht, den Politiker getroffen zu haben. Er würde ihn sofort nach seiner Rückkehr anrufen. Um ihn was zu fragen? Ob der Termin stattgefunden hatte? Der Mann würde ihn für verrückt halten, im besten Fall für überarbeitet. Nein, zunächst musste er Isabel sprechen. Ihre Begegnung war verbürgt. Grüner Tee. Wie hatte sie ausgesehen, was für Kleidung getragen, Rock oder Hose? Seltsamerweise existierte in seiner Erinnerung keine andere Person. Hätte ihnen nicht irgendein Mitarbeiter von Kirchhoff begegnen müssen, ein Sekretär oder Zuträger? Die Auffahrt vor dem Haus war leer gewesen, der A6 das einzige Auto weit und breit. Freilich befanden sich, wie Hauser wusste, Garagen und Wirtschaftsgebäude auf der Hinterseite des Gebäudes. Der Regen bot eine Erklärung. Kein Wetter für Spaziergänge. Sogar den Rauchern unter den Security-Leuten, die sonst dort standen, war es zu kalt.

Worüber hatte er mit Dr. Kirchhoff, dem Intimus der Ministerin, verhandeln wollen? Auch das fiel ihm nicht ein. Den Termin hatte Isabel koordiniert. Das hätte sie nicht getan, wenn er es nicht gefordert hätte. Falls er sich vom Staatssekretär Unterstützung für eine neue Niederlassung erhoffte, würde ihn Peter Ehrlich begleitet haben. Vertragsfragen waren sein Fach. Auf ihn hätte Hauser nicht verzichtet, wenn man brisante Themen zu besprechen hatte. Über die Anfrage, einige Maschinen in der Gegend von Lyon zu stationieren, war man sich vor einem halben Jahr schnell einig geworden. Welche Maßstäbe die Regierung in Paris in der Asyldebatte anlegte, war nicht sein Problem, er kümmerte sich nur um die technische Abwicklung. Kirchhoff hatte ihn weitschweifig darauf vorbereitet, dass die französische Presse scharfe Attacken gegen ihn und sein Unternehmen reiten würde, damit rechnete sein Sekretariat, aber, keine Sorge, die Ministerin würde auf die durch osteuropäische Vetos entstandenen Aufweichungen in der Brüsseler Bleiberechtskonvention verweisen, man werde das gemeinsam durchstehen. Hauser hatte geantwortet, sein Französisch sei nur mittelmäßig und an unfaire Berichterstattung habe er sich inzwischen gewöhnt.

Ihm war, als würde die Box erneut bewegt. Wie hieß der Staatssekretär mit Vornamen? Eben lag er ihm noch auf der Zunge, jetzt war der Name verschwunden. Er fühlte eine Schwere, eine besondere Art von Schläfrigkeit, die sich um seinen Kopf legte. Seltsam, dass ihm warm wurde, obwohl die Luft sich abkühlte. Das Erste, was ihm auffiel, war die andere Stille. Der zirpende Singsang der Turboprop-Triebwerke hatte ausgesetzt. Ein Umstand, der ihn beunruhigte. Spielten ihm die Ohren einen Streich?

Er erinnerte sich an einen Transatlantikflug nach New York, als er, an das Bullauge gelehnt, träumte, er säße in einem Flugzeug. Dann setzten die Düsen aus. Träumend begriff er, dass die Maschine gerade abstürzte. Er war aus dem Alb erwacht und würde die Sekunde nie vergessen, als er, zwischen Traum und Wachsein, nicht wusste, ob sich die Katastrophe in seinem Unterbewusstsein abspielte oder wirklich ereignete.

Einen Hörsturz schloss Hauser aus. Nur äußerst selten betraf eine solche Störung beide Ohren gleichzeitig. Sosehr er sich anstrengte, die Triebwerke waren nicht zu vernehmen. Er begann zu zählen. Laut. Seine Stimme klang matt, hatte keinen Raum, sich auszubreiten. Ein Flugzeug, das aus neuntausend Meter Höhe abstürzt, hält sich höchstens eine Minute in der Luft. Sogar erfahrene Piloten könnten da nicht gegensteuern und rettende Maßnahmen einleiten. Bestenfalls den Aufprall verzögern. Aber darauf brauchte Hauser nicht zu hoffen, es war seine Idee gewesen, die Maschinen der AIRDROP-Flotte unbemannt fliegen zu lassen. Im Cockpit saß niemand. Die einzigen Lebewesen an Bord steckten in hermetisch abgedichteten, beständig mit Frischluft versorgten Transportkapseln und hatten keinerlei Einfluss auf die Bewegungen der Maschine. Sollte der Bordcomputer die Reiseflughöhe gesenkt haben, um einen Kandidaten abzusetzen, würde sich der freie Fall deutlich reduzieren. Normalerweise ging das Gepäck, auf den versachlichten Ausdruck hatte man sich innerbetrieblich geeinigt, bei einer Höhe von zweitausend Metern über Bord.

Er hatte bis dreißig gezählt, als ihn das Klicken stocken ließ. Hauser entdeckte den Lichtspalt, links und rechts seiner Augen verlief eine schnurgerade haarfeine Bruchlinie. Die Box hatte einen Riss bekommen, an Stabilität eingebüßt. Auch konnte er die Beine bewegen und spürte, dass der Druck auf die Handgelenke nachließ. Er hob die Arme und faltete die Hände. Tatsächlich vermisste er das Geräusch der sechs Propeller. Dafür hörte er jetzt ein Flattern. Segel, die kräftigem Wind standhielten. Er drückte gegen den Deckel der Kapsel. Das Gehäuse gab nach und kippte zur Seite. Grelles Licht ließ ihn sofort die Augen schließen. Er suchte mit den Händen die freigelegte Kante der Kiste, in der er lag, um in eine aufrechte Sitzposition zu geraten. Der Behälter geriet ins Rutschen, Hauser schlug mit der Schläfe auf den Boden. Der Schreck war größer als der Schmerz.

Allmählich gewöhnten sich die Augen an die Helligkeit. Er betastete die Stelle oberhalb seines linken Ohrs. Trockene Fingerkuppen. Kein Blut. Die Honigwaben an der Schnauze der Palette waren eingedrückt, die Gurte hatten den in Schieflage geratenen Container vor dem Absturz bewahrt, die Fallschirmseide flatterte, von Seilen gehalten, am Boden. Man hatte ihn tatsächlich abgesetzt. Die Frage war, wo? Hauser drehte sich um die eigene Achse. Er saß inmitten eines weitgestreckten Brachlands, das an allen Seiten von Bergen begrenzt wurde. In Abständen von zwanzig bis dreißig Metern lagerten wuchtige Felsbrocken, die für die Landung der Box keine geringe Gefahr dargestellt hatten. Offenbar war das Zusammenspiel zwischen den Kameras, dem Navigationsprogramm und der Steuereinrichtung des Schirms erfolgreich verlaufen.

Den Boden bedeckte roter Staub. Wo immer er sich befand, das war nicht die Brandenburger Steppe, er stand auch nicht auf Mecklenburger Scholle, zerklüftete Gipfel wie jene, die sich am Horizont erhoben, erinnerten ihn an den Abra del Acay. An sich herunterblickend musste er feststellen, er trug nicht den mattblauen Brioni, den er am Morgen dem Schrank entnommen hatte, sondern ausgewaschene Jeans, Hosen, die er verachtete. Auch die schwarze Windjacke, eine Art Anorak, war billig. Sie hing in den Schultern. Seltsam, dass ihm während des Fluges nicht aufgefallen war, dass er in fremden Sachen steckte. Er trug kein Oberhemd, sondern ein ausgewaschenes T-Shirt, darüber einen Strickpullover mit V-Ausschnitt und Norwegermuster. Hatte man ihn absichtlich in Sachen gesteckt, von denen bekannt war, dass er sie hasste?

Er durchsuchte die Taschen der Jacke. Eine halbvolle Schachtel Zigaretten und ein rotes Feuerzeug landeten in seiner Handfläche. Hauser hatte vor zwanzig Jahren mit dem Rauchen aufgehört. Weitere Fundstücke waren: ein schwarzer Kugelschreiber, mehrere Berliner S-Bahn-Fahrkarten, eine Plastikschachtel Zahnseide der Marke *Perlodent* und ein Samsung-Handy mit zersplittertem Display. Auch diese Dinge hatte er noch nie gesehen. Er konnte sich nicht erinnern, wann er das letzte Mal S-Bahn gefahren war. Für eine Einzelfahrt zahlte man, wie er auf dem Papierstreifen las, inzwischen fast fünf Euro. Er drehte die Zigaretten in den Fingern. *Fair Play*. Eine unbekannte Marke. In der Hoffnung auf einen Hinweis leerte er die Schachtel. Dreizehn Stück. Hauser betrachtete das Foto auf der Packung: Ein Mann mit Zigarette, der einen Säugling auf dem Arm hielt. *Wenn Sie rauchen, schaden Sie Ihren Kindern, Ihrer Familie, Ihren Freunden.* Sollte das ein Witz sein? Eine Anspielung?

Hauser lebte allein, hielt zu seinem Vater lockeren Kontakt, seine Schwester hatte er vor vier Jahren zuletzt gesehen. Er steckte sich eine Zigarette zwischen die Lippen. Das Feuerzeug funktionierte. Wie spät mochte es sein? An seinem Handgelenk fehlte die *Patek Philippe*. Die Geschichte löste sich nicht in Wohlgefallen auf, im Gegenteil, etwas lief hier völlig schief. Als er das Samsung-Gerät anschaltete, leuchtete für einen Augenblick das Display auf mit der Anzeige LOW BATTERY, dann erlosch der Bildschirm. Die Uhrzeit hatte er nicht erkennen können. Noch ein Versuch? Er zögerte.

Die Sonne stand hoch am blassblauen Himmel. Früher Nachmittag, schätzte er und atmete den scharfen Rauch ein. Die Abdeckung der Box lag im Sand. Er erklomm die Palette und untersuchte den Container. Vielleicht hatten die Schweine, denen er die Verbannung verdankte, dort eine Nachricht hinterlegt? Um das Unterteil mit dem Sitzmodul zu überprüfen, musste er die Gurte lösen und die Box auf die Erde rutschen lassen. Die Knoten waren maschinell festgezurrt. Seine Fingernägel brachen. Ohne Messer war da nichts zu machen. Hauser saß auf der Palette, blickte sich suchend um, griff nach der nächsten *Fair Play*. Sie schmeckte nicht besser als die erste, gab ihm aber das Gefühl von Kontrolle. In welche Richtung er auch sah, überall ragten Berge auf, schroffe Gebirgsketten, baumlos, einige schneebedeckt. Die Ebene war flach wie ein Frühstücksbrett, vereinzelte, struppige, vom Wind geduckte Sträucher unterbrachen die Ödnis.

Der Luftstrom ließ die Zigarette schnell abbrennen. Hauser bemerkte das Feuerzeug, das seine Faust umklammerte, und begann, die Seile mit der Flamme zu durchtrennen. Er verbrannte sich die Daumenkuppe, aber die Methode war erfolgreich, die Box schlug polternd auf den Boden. Er öffnete zunächst das Vorratsfach, in dem normalerweise das Notfall-Gepäck verstaut war, und fühlte große Erleichterung, als er das in blaue Folie eingeschweißte Paket in den Händen hielt. Darin steckten, wie Hauser hoffte, Lebensmittel und zwei Wasserflaschen (je ein Liter), Pflaster, Schmerztabletten (Ibuprofen 600), Handschuhe, eine Sonnenbrille und ein Regencape. Er riss die Folie auf und sortierte den Inhalt auf dem Boden. Eine Nachricht seiner Entführer, wenn man sie so nennen wollte, suchte er vergeblich. Er legte das Feuerzeug, die Schachtel *Fair Play* sowie Zahnseide und Telefon dazu. Dann kontrollierte er noch einmal die Jacke, er hatte die Innentasche übersehen, ein harter, flacher Gegenstand war dort zu spüren, er hoffte, es könnte sein Handy sein, doch handelte es sich um einen Reisepass mit einem Adler, allerdings war es kein roter deutscher Pass, sondern ein blaues Dokument, auf dem stand, woher es stammte, aus der Syrischen Arabischen Republik.

Er schlug den Ausweis auf und las den Namen Said, Vorname Walid, Name des Vaters Abdullah, Name der Mutter Alaa. Geboren war der Passbesitzer am 16. November 1976, das Datum überraschte Hauser, dann kam ihm die Erkenntnis, offenbar hatte man den Syrer mit ihm verwechselt, auch er war am 16. November geboren, in genau dem gleichen Jahr, nur nicht in Idlib, einem Ort, den er nicht kannte, sondern in Berlin. Hausers Beruhigung währte kurz, nur den Augenblick, bis er das Passfoto betrachtet hatte: Es war sein eigenes. Sein Gesicht. Allmählich begriff er, dass das Ganze kein Spiel war, keine Gespensterbahnfahrt, die ihn nur in Unruhe versetzen sollte, ihm passierte etwas anderes, das er noch nicht durchschaute, das er womöglich nie durchschauen würde, aber etwas, das es auf ihn abgesehen hatte. Seine Hände zitterten. Er stand im Nirgendwo, in einem wildfremden Land, neben einer Palette mit eingedrückten Honigwaben und zersplittertem Sperrholz, hinter der ein Fallschirm rötlichen Staub aufwirbelte.

Was wollte man ihm anhängen? Bestand zwischen dem Passbesitzer und ihm irgendeine Verbindung? Er öffnete ein weiteres Mal den Ausweis des Mannes, der sein Gesicht und Geburtsdatum gestohlen hatte. Gab es diesen Walid Said? Oder war er eine Erfindung seiner Feinde? Pässe konnte man leicht fälschen. Ein einträgliches Gewerbe. Der Ausweis sah abgegriffen aus. Angeblich war er am 3. Mai 2019 ausgestellt, wenige Monate vor Ausbruch der ersten großen Pandemie. Dass es damals noch eine funktionierende Bürokratie in Syrien gegeben haben sollte, bezweifelte Hauser. Said war im September des Jahres 2020 in den Libanon gereist und hatte es immerhin geschafft, in Beirut ein Flugzeug nach Rom zu besteigen. Der Stempel der Italiener, der die Einreise bestätigte, war blassblau. Said hielt es nicht lange in Italien. Trotz der Reisebeschränkungen, die in diesem Jahr in Europa herrschten, stellte der Syrer bereits am 7. Dezember 2020 in München einen Asylantrag. Der letzte Eintrag war ein rechteckiger Stempel mit dem ultimativen Urteil ABGESCHOBEN/DEPORTED, ausgestellt von der Bundespolizeiinspektion Berlin.

Das Datum gab Hauser zu denken: 4. Oktober 2029. Nicht nur, weil er sich fragte, wieso der Mann nach fast zehn Jahren plötzlich des Landes verwiesen wurde, wobei er für einen Augenblick vergaß, dass er ja dieser Mann war, während der echte Said möglicherweise noch immer in Deutschland weilte. Vielleicht unter seinem Namen? Nun, das war eher unwahrscheinlich. Sein Name war zu bekannt. Hauser beunruhigte viel mehr, dass irgendjemand, der an seiner unfreiwilligen Verschickung beteiligt gewesen war, den Pass am Donnerstag in den Händen gehabt hatte. Der 4. Oktober, das wusste er genau, war ein Donnerstag gewesen, Mittwoch Feiertag, der Staatssekretär hatte auf sein Drängen den Termin auf Freitag verlegt. Wieso wunderte er sich? Logisch, der Coup war von langer Hand vorbereitet. Man hatte genug Zeit, das Dokument zu manipulieren. Keine spontane Aktion, planmäßiger Vollzug

Wahrscheinlich war sogar die Verabredung in Halensee Teil der Unternehmung. Steckte etwa Kirchhoff hinter der Geschichte? Angeblich besaß er Ambitionen auf ein Amt. In zwei Jahren fanden in der Stadt Bürgermeisterwahlen statt. Berlin war noch immer ein verstockt liberales Pflaster. Dass er hinter den Kulissen daran gedreht hatte, das Genehmigungsverfahren für AIRDROP zu beschleunigen, dürfte ihm bei einem solchen Rennen kaum nutzen. Der Staatssekretär war nicht der Einzige, der ihn unterstützt hatte.

Die Debatte war öffentlich gewesen, am Ende sogar, dank des Antrags der Linksgrünen, Gegenstand einer parlamentarischen Stunde. Er war persönlich vorgeladen worden. Obwohl er selbstbewusst in die Anhörung ging, Peter Ehrlich begleitete ihn, machten ihm die Unterstellungen zu schaffen. Man erdreistete sich, ihn mit den Schleusern zu vergleichen, die für horrende Summen gutgläubige Flüchtlinge an die europäischen Außengrenzen lenkten und dort oft genug im Stich ließen. Er verteidigte sich, indem er betonte, AIRDROP würde nur Asylbewerber transportieren, deren Aufenthaltsgenehmigung abgelehnt oder durch Gerichtsbeschlüsse aufgehoben worden war. Die Dienstleistungen seiner Firma kämen nur in Anwendung, wo andere Transportmittel, also Eisenbahn,

Bus oder Linienflüge, unmöglich waren. Viele Repatriierte würden die ungewöhnliche, aber sehr effektive Art der Rückführung sogar bevorzugen, behauptete Hauser vollmundig, oft genug beende man so eine sich qualvoll hinziehende Abschiebehaft, auch erspare sie den Heimkehrern peinliche Befragungen durch lokale Sicherheitskräfte, die sie gewöhnlich bei ihrer Landung in Häfen und auf Flugplätzen erwarteten. Stattdessen fielen sie wie Meteoriten vom Himmel und kehrten unauffällig in den heimatlichen Alltag zurück, manch einer so geräuschlos, dass seine Abwesenheit von keiner Behörde je registriert wurde. Alle Landeplätze erfüllten logistische Standards. In zwanzig Kilometer Luftlinie musste eine menschliche Siedlung erreichbar sein. Flüsse, Schluchten, Moore, Dschungel durften niemanden gefährden. Mit Hilfe der Navigationssysteme, AIRDROP-Reisende behielten ihre Handys, war die Orientierung kein Problem.

Nur in seinem Fall, dachte Hauser, hatte man die Ausrüstung absichtlich reduziert, das Samsung war Schrott oder unzureichend geladen. Wollte man seine Heimkehr vorsätzlich verhindern? Er zog eine weitere Zigarette aus der Schachtel. Jetzt besaß er nur noch zehn Stück. Er beschloss, die Kippen aufzusammeln, die er achtlos in den Dreck getreten hatte. Er würde die Reste womöglich bald vermissen. Wenn die Sonne, wie gerade jetzt, hinter den Wolken verschwand, wurde es empfindlich kühl. So weit das Auge reichte, sah man keine Siedlung, keine Stromleitungen oder Windräder. Eine Mondlandschaft ohne menschliche Spuren.

Er musste, besser früher als später, eine Entscheidung fällen, in welche Richtung er aufbrechen sollte. Am Landeplatz zu warten, bis ihn jemand entdeckte und rettete, schien keine sinnvolle Alternative. Er drehte sich zum wiederholten Male um die eigene Achse. Die Palette war, wenn er den Sonnenstand richtig interpretierte, in Nord-Süd-Richtung zum Stillstand gekommen, rechts von ihm war also Westen. Falls er sich in Syrien befand, eine Annahme, für die es keinen anderen Anhalt gab als das gefälschte Dokument in seiner Innentasche, glaubte er, nach Norden laufen zu müssen, also in Richtung der türkischen Grenze. Es war ohnehin alles ein Glücksspiel.

Hauser rauchte die Zigarette bis zum Filter und ließ die Kippe in den Sand fallen. Müll musste er nicht aufbewahren. Auch das Fußwerk, er benutzte den anachronistischen Ausdruck, gehörte ihm nicht, er trug anspruchslose Sportschuhe aus Leder oder Kunstleder, sie passten erstaunlich gut. So, als hätte er sie selbst eingelaufen. Wenn er an den Marsch dachte, der vor ihm lag, bedauerte er den Verlust seiner italienischen Halbschuhe nicht. Sie hätten den Aufstieg erschwert. Hatten seine Feinde diese Situation berücksichtigt? Wie weit war es bis zum Fuß der Gebirgskette? Drei Kilometer oder zehn? Was für ein Ausblick würde sich ihm von dort oben bieten? Käme er über den Berg? Wie lange überlebte man mit zwei Litern Wasser? Er musste sich jeden Schluck einteilen. Auch durfte er dem Drang, sich aus der Zigarettenschachtel zu bedienen, nicht nachgeben.

Über ihm, in großer Höhe, kreisten zwei Raubvögel. Unwillkürlich suchte er in seiner Umgebung nach einem Stock. Einer Waffe. Der in die Box montierte Sitz ließ sich nicht lösen. Er war schutzlos. Er raffte den Fallschirm, hielt den Stoff mit den Knien fest, brannte ein Loch hinein und riss ein Stück Seide ab, um darin seine Habseligkeiten zu verstauen. Dann lief er, die Vögel im Blick behaltend, querfeldein auf das nördliche Gebirge zu. Es gab keinen Weg oder Trampelpfad, trotzdem kam er gut voran. Die einzigen Hindernisse, die er beachten musste, waren die überall herumliegenden scharfkantigen Steine. Wenn die Vögel angriffen, würde er ausreichend Munition haben, um sie abzuwehren.

Nachdem er sich etwa dreihundert Meter von der Landestelle entfernt hatte, sah er die Tiere auf der Palette landen. Sie würden, dachte Hauser, nichts Brauchbares finden. Alles, was essbar war, trug er in seinem Beutel. Adler oder Geier? Da er die Vögel auf die Distanz deutlich erkennen konnte, waren es keine Spatzen. Würden sie ihm, wenn sie am Schlitten keine Beute machten, folgen? Er bestand aus Fleisch. Am Südrand des Bergmassivs glaubte er vereinzelte Bäume zu erkennen. Sonst bot das Gelände keinerlei Schutz. Er war circa eine Stunde unterwegs, hatte also etwa fünf Kilometer zurückgelegt. Wie schnell kam die Dämmerung? Nachts weiterzumarschieren, traute er sich nicht. Einen Unfall konnte er nicht riskieren. Schon eine Verstauchung wäre eine Katastrophe.

Hauser wischte sich die Stirn. Sein Schatten verlängerte sich von Minute zu Minute, die Sonne wärmte kaum noch. Er musste sich bewegen, um nicht auszukühlen. Weiter Richtung Norden? Ohne Plan? Er blieb abrupt stehen, blickte zurück, fluchte und drehte um. Er würde die Nacht in der Box verbringen und bei Sonnenaufgang mit neuer Frische starten. Der Rückweg verlief zügiger. Als er sich dem Landepunkt auf fünfzig Schritt genähert hatte, zögerte er. Von den Greifvögeln war nichts zu sehen, sicher sein konnte er sich nicht, die Dämmerung kippte bereits ins Dunkel, nur das Glimmen der Fallschirmseide, die das Mondlicht reflektierte, hatte ihm auf den letzten Metern den Weg gewiesen.

Nur ein Teil der Palette war einsehbar. Vielleicht lauerten die Tiere auf der Hinterseite? Hauser warf Steine. Traf er die Transportkapsel, schepperte der Container. Da sonst nichts geschah, wagte er die Annäherung. Mutterseelenallein, dachte Hauser, ein Wort, das er nie verstanden hatte. Obwohl erschöpft vom Marsch, zögerte er, sich schlafen zu legen. Erst versuchte er, die Honigwaben zu zerreißen, um sich im Inneren des Schlittens ein Lager zu errichten, doch musste er den Plan aufgeben, weil sich die Pappe als zu widerständig erwies. Wiederum vermisste Hauser ein Messer. Immerhin befreite er eine Sperrholzplatte, die zur Bedeckung der Pappschicht gedient hatte, von ihren Gurten. Er schob das Unterteil der Box gegen die Rückwand der Palette und nahm auf dem Sitz Platz. Zwar konnte er so die Abdeckung über sich ziehen und war gegen einen Angriff wilder Tiere geschützt, allerdings würde er die Nacht mit angewinkelten Beinen verbringen müssen.

Nach wenigen Minuten begannen seine Füße einzuschlafen. Er verließ den Sitz und zog den Deckel in den Windschatten der Palette, stopfte den Fallschirm als Matratze und Bettdecke hinein. Die Aluminiumschale erinnerte ihn an einen Sarg, war aber tief genug, um von der Sperrholzplatte bedeckt zu werden. Zwischen Hausers Nase und dem Holz blieb ein handbreiter Luftspalt. Als er sich in dieser Position eingerichtet hatte, fiel ihm ein, dass sein Notgepäck, das Bündel aus Fallschirmseide, in dem die Lebensmittelvorräte steckten, noch draußen lag. Er bewegte das Sperrholz und stieg aus der Wanne. Da er die Schuhe ausgezogen hatte, spürte er durch die englischen Socken, die seine eigenen waren, Baumwolle, schwarz und elegant, aber zu dünn gewebt, die Eiseskälte des Erdbodens.

Am Himmel standen mehr Sterne, als er jemals gesehen hatte. Über der Zackenlinie der westlichen Berge leuchtete ein eiförmiger Mond. Kein Wind ging. Die Stille lähmte jede Bewegung. Hauser unterdrückte das nagende Hungergefühl, öffnete eine Wasserflasche und nahm einen Schluck. Dann legte er sich in das Lager aus Fallschirmstoff und zog das Brett über sich. Er musste auf dem Rücken liegen. Sobald er sich drehte, berührte er mit der Schulter das Sperrholz und brachte es zum Rutschen. Ihn fror an den Füßen, doch war er zu müde, um in die Schuhe zu schlüpfen.

Den Kleidern entstieg ein säuerlicher Geruch. Fremd. Er hatte noch nicht überprüft, ob er seine eigene Unterwäsche trug. Seit seiner Landung hatte er kein einziges Mal uriniert. Würde er die Kraft haben, in der Nacht aufzustehen, um sein Wasser abzuschlagen? Die Vorstellung ängstigte ihn, doch konnte er sich nicht überwinden, sein Versteck zu verlassen. Wenn er jetzt stürbe, dachte Hauser, würde man seinen Leichnam irgendwann in dieser Einöde entdecken und ihn als Walid Said beerdigen. Eine muslimische Totenfeier. Hauser hatte keine Ahnung, wie eine muslimische Bestattung ablief. Man würde ein paar Koran-Verse vorlesen, in einer Sprache, die Hauser nicht verstand. Das konnte ihm egal sein, er würde ohnehin nichts mehr hören. Walid Said. Ein nichtssagender Name.

In den ersten Monaten nachdem AIRDROP mit zwei Maschinen gestartet war, hatte Hauser noch die Passagierlisten überflogen, um zu wissen, über welchen Regionen die Fracht abgeworfen wurde, später verzichtete er darauf. Wenn, selten genug, Komplikationen gemeldet wurden, konnte er die Angaben im digitalen Archiv überprüfen. Ein Zurückgeführter landete, durch ein fehlerhaftes Software-Update, auf einer Baustelle in einer pakistanischen Kleinstadt. Man hielt den Mann für einen indischen Spion, dank des schnellen Eingreifens der Polizei entging er der Lynchjustiz einer Horde schaufelschwingender Arbeiter. Zwei andere Boxen wurden während des Landevorgangs mit Maschinengewehren angegriffen und zerstört. Man erwähnte beide Zwischenfälle in den Abendnachrichten.

Sein Flug, dachte Hauser, würde gar keine mediale Spur hinterlassen. Niemand wusste von seiner Entführung. Irgendwann in den nächsten Tagen würde jemandem auffallen, dass er nicht mehr online war, nicht mehr ans Telefon ging. Am Sonntag war er zu einem Kammermusikabend in Neuhardenberg eingeladen. Er hatte sein Kommen angesagt, obwohl er klassische Musik nicht mochte. Isabel würde spätestens am Montag nervös werden, falls sie nicht in die Sache eingeweiht war. Der Aufsichtsrat der Gesellschaft hatte seine turnusmäßige Zusammenkunft Anfang November. Die Tagesordnung sollte längst verschickt worden sein. Man würde in seinem Büro nachfragen und sich über seine unbegründete Abwesenheit wundern. Mit Peter Ehrlich, seinem Anwalt, hatte er in der nächsten Woche einen Termin, wo sie den Lizenzvertrag mit den Briten diskutieren wollten, London hatte wieder eigene Wege beschreiten wollen, war aber am Ende eingeknickt, weil es kostengünstiger war, AIRDROP zu verpflichten, als ein eigenständiges Unternehmen aufzubauen.

Peter Ehrlich war nicht nur der Anwalt seines Vertrauens, sondern fast so etwas wie ein Freund. Am Anfang ihrer Bekanntschaft hatte es Hauser anmaßend oder albern gefunden, dass ein Jurist Ehrlich hieß. Klang das nicht wie ein Einfall aus einer deutschen Vorabendserie? Peter hatte schallend gelacht, als er ihm dieses Vorurteil irgendwann beim Angeln beichtete. Dabei erfuhr er, dass Ehrlich nicht einmal sein Geburtsname war, sondern ein Erbstück seiner ersten Ehe. Er hatte schon während des Studiums geheiratet, mit ganz pragmatischer Absicht, da er zwar Talent für die Jurisprudenz besaß, aber leider auch einen Namen, mit dem er niemals Karriere gemacht hätte. Wie hieß er denn?, hatte Hauser gefragt. Peter Schaden, sagte sein Rechtsbeistand. Auf ihn war Verlass. Kein Weichei, ein Gewinnertyp. Er würde eine Vermisstenanzeige veranlassen. Ihn abzuwimmeln, würde man nicht wagen. David Hauser, 52 Jahre, Größe ein Meter neunundsiebzig, Haare braun, Augen braun. Vollbart, kurz geschnitten. Hinweise werden von jeder Polizeidienststelle entgegengenommen. Sein Foto würde in Revieren hängen, bis es gelb würde, sich einrollte und der Fall zu den Akten käme. Keine Leiche. Kein Hinweis. Ein Verschwundener. Mit diesem Gedanken schlief er ein.

Ein Kratzen machte ihn wieder wach. Er hatte keine Ahnung, wie lange er die Augen geschlossen hatte. Das Geräusch kam von draußen und ließ Hauser erstarren. Er versuchte, lautlos ein- und auszuatmen und sich nicht zu bewegen. Es war weniger ein Kratzen als ein Rascheln. Sicher gab es in dieser Gegend Schlangen. In allen Ländern südlich der Alpen lebten giftige Reptilien. Aber raschelten Schlangen? Hauser bedauerte, keinen Stein in die Box mitgenommen zu haben. Er war wehrlos. Als er den linken Arm, der schlecht durchblutet war und juckte, auf die Hüfte lagerte, hörte das Geräusch auf. Das Wesen, das sich dort draußen bewegte, verfügte also über wache Sinne.

Minutenlang passierte nichts. Als er gerade einschlafen wollte, begann es erneut, diesmal in Höhe seines Kopfes. Er nahm alle Kraft zusammen und schrie: Weg! Seinem Ruf antwortete eine drückende Stille. Allerdings hatte er auch keine Bewegung vernommen, kein Getrappel, keinen Flügelschlag. Das Tier, es musste ein Tier sein, sagte er sich, war verstummt und hockte vermutlich direkt über seinem Gesicht, jenseits der Kapsel. Wieder verstrichen Minuten. Wie spät mochte es sein? Hauser ging davon aus, dass er das Tageslicht durch die Spalte zwischen Box und Sperrholz erkennen würde. Er wollte in der Dämmerung losmarschieren.

Am Morgen kletterte er mit steifen Gliedern aus dem Sarg und umrundete die Palette. Die Honigwaben sahen aus wie angefressen, Papierfetzen, auf dem Boden verstreut. Schwarzweiße Flecken bedeckten die Pappe. Vogelkot. Hauser blickte zum Himmel. Eine blaue Schale, weit, breit, leer. Windstille. Er band die Schnürsenkel der Sportschuhe und entfernte sich wenige Meter von seinem Schlafplatz. Da er an diesen Ort nicht zurückkehren würde, hätte er auch in die Box pissen können. Als er urinierte, dachte er, dass es fahrlässig war, Flüssigkeit zu vergeuden. In Katastrophenfilmen tranken die Überlebenden früher oder später ihren eigenen Urin. Immerhin registrierte er mit Dankbarkeit, dass ihm seine Entführer keine fremde Unterwäsche angezogen hatten. Der schwarze Slip von *Calvin Klein* war sein eigener.

Er entnahm dem Proviantbeutel einen Multivitaminriegel. Von den Kalorienbomben besaß er noch neun Stück, dazu ein eingeschweißtes Brot mit Hühnerfleisch und Salatblatt, eine Tafel bittere Schokolade und zwei Äpfel. Er aß den Riegel zur Hälfte, trank etwas Wasser und rauchte eine Zigarette. Der Fallschirm wog zehn Kilo, zu viel, um ihn im Stück mitzunehmen, deshalb brannte Hauser einen Schlitz in die Seide und riss zwei bettlakengroße Stücke heraus. Eins stopfte er in seinen provisorischen Rucksack, das andere wickelte er sich wie eine Toga um den Körper. Er durchtrennte mit der Flamme des Feuerzeugs vier Trägerseile und verstaute sie in seinen Sack. So machte er sich auf den Weg.

Seiner Meinung nach war es zwischen acht und neun Uhr. Ihm blieben zwölf Stunden, um das Waldstück am Fuß der Berge zu erreichen. In einer solchen Zeitspanne konnte man fünfzig Kilometer zurücklegen. Wenn man gleichmäßig und ausdauernd marschierte. Hauser traute sich einiges zu, er war für sein Alter gut in Form. Jeden Mittwoch ging er ins Studio und absolvierte ein zweistündiges Training. Ausdauer war wichtig, ebenso Konzentration. Keine Panik. Er achtete auf seine Füße. Um nicht umzuknicken, aber auch, weil er sich vor Ungeziefer und Giftschlangen fürchtete. Dabei wirkte die Gegend, in der man ihn ausgesetzt hatte, wie ausgestorben. Keine Vögel, keine Hasen. Nicht einmal Fliegen.

Als er sich niederkniete, um die Schnürsenkel zu verknoten, bemerkte er im Sand blassbraune Ameisen, die ihre Wege zogen. Konnte man die Käfer essen? Waren Ameisen Käfer? Jedenfalls Insekten. In der Not frisst der Teufel Fliegen. Was für ein Scheißspruch. Obwohl es noch früh am Morgen war, stieg die Lufttemperatur schnell. Hauser musste den Umhang aus Fallschirmseide ablegen und in seinem Sack verstauen. Der Beutel war inzwischen zur Größe eines Gymnastikballs angeschwollen, mehrmals überlegte Hauser, einen Teil des Stoffs wegzuwerfen, aber die Erinnerung an die nächtliche Kälte hielt ihn davon ab. Binnen zweier Tage musste er eine Siedlung oder Menschen finden, wenn er nicht in diesem Jammertal sterben wollte. Vielleicht könnte er das Essen auf drei Tage strecken, vorher würde sein Trinkwasser zur Neige gehen.

Hauser hoffte, am Fuß der Berge eine Quelle zu finden. Gegen Mittag, als die Sonne, wie eingekesselt von den vier Bergrücken, direkt über ihm stand, machte er im Schatten eines dickblättrigen Gebüschs Rast. Er gönnte sich einen Schluck aus der Wasserflasche und lutschte den Rest des Müsliriegels vom Vortag. Erneut betrachtete er das Foto im Reisepass von Walid Said. Der Bart, die dunklen Augen, das kurzgeschnittene Haar. Dass er als Araber durchgehen würde, war ihm nie aufgefallen.

Es war dasselbe Foto, das er für den deutschen Reisepass benutzt hatte. Sein alter Ausweis wäre noch gültig gewesen, aber weil er bei der Einreise in Tel Aviv Schwierigkeiten bekam, wegen seiner kurzen Haare, hatte er sich einen neuen ausstellen lassen. Bis zum ersten Lockdown hatte er lange Haare getragen. Manchmal einen Zopf. Keinen Bart. Der Freak unter den Managern. Darauf legte er Wert. Nicht nur sein Geschäft war anders, auch sein Auftritt. Er überlegte, wer den Pass beantragt hatte. Für solche Tätigkeiten fehlten ihm meist die Zeit und die Geduld. Er erinnerte sich an den Gang zum Fotografen in der Invalidenstraße. Die Behörde verlangte biometrische Aufnahmen. Der Rest war Isabels Job. Hatte sie ihn nicht sogar ermuntert? Eines Tages stehst du auf dem Ben-Gurion-Flugplatz, und sie schicken dich zurück. Ach was, hatte er abgewinkt, er kenne den Innenminister persönlich. Seine Referentin musste ihn an die häufigen Regierungswechsel in Jerusalem erinnern. Daraufhin hatte er sich gefügt.

Das Foto in Saids Pass wirkte gestochen scharf, keinerlei Retuschen. Hauser wusste, dass deutsche Reisedokumente mit kryptischen Zeichen und Mustern versehen waren, sogenannten Guillochen, die Fälschern die Arbeit erschwerten. So weit waren die Araber längst nicht. Jedenfalls nicht 2019. Die Aufnahme in seinem echten Pass dürfte kaum als Vorlage für die syrische Fälschung gedient haben. Wer hatte Zugriff auf das Foto, Isabel, der Fotograf, die Meldebehörde, alle, die sich irgendwie Zugang zu seiner Brieftasche verschaffen konnten, denn er bewahrte das Foto, das ihm die Referentin zurückgegeben hatte, zwischen seinen Kreditkarten auf. Er hätte es vergleichen können, wenn er seine Wertsachen besessen hätte.

Ihm fiel mit Erschrecken auf, dass er keinen Cent bei sich trug, keinerlei Zahlungsmittel. Jetzt rächte sich, dass er seit Jahren auf den Gebrauch von Münzen und Scheinen verzichtete. Nur wenn er die Stadt verließ, hob er Bargeld ab, *Geisha money*. Falls sich, was er inständig hoffte, jenseits der Berge eine Siedlung auftat, würde er keine Möglichkeit haben, sich einen Vorteil zu verschaffen, indem er Hilfe bestellte, er war auf Menschen angewiesen, die ihm selbstlos Glauben schenkten und ohne Entschädigung seine Geschichte abkauften. Was sollte er erzählen? Dass sein Name David Hauser war, nicht Walid Said, dass man ihn mit einem Fallschirm abgesetzt hatte, dass er schnellstens Kontakt zur deutschen Botschaft brauchte? Bis dahin war es noch ein weiter Weg. Eins nach dem andern, Schritt für Schritt. Leichter gesagt als getan.

Wie wollte er seine Identität beweisen? Per Mausklick. Wo immer er sich befand, es würde Internet geben, sobald er seinen Namen eingab, würden Hunderte Seiten erscheinen, Dutzende Zeitungsartikel, Interviews, Bilder, Hauser mit dem Fraktionsvorsitzenden der Sozis, mit dem Vorstandsvorsitzenden des Arbeitgeberverbandes, beim Sommerfest der Luftüberwachung, Weißbier trinkend mit Beckenbauer auf der Party zum DFB-Pokalfinale, auf dem Presseball, Arm in Arm mit einer Journalistin, deren Name ihm entfallen war, ein Foto mit dem Kanzler. Er hatte Spuren hinterlassen. Man konnte ihn in eine Transportkapsel verfrachten und im Niemandsland absetzen, aber man würde ihn nicht auslöschen können. Das Netz vergaß nichts.

Der geschäftliche Erfolg des Unternehmens AIRDROP hatte seinen Preis. Schmutziger Reichtum. Auch wenn er inzwischen in andere Projekte investiert hatte, Gezeitenkraftwerke baute, Aktien von Biobauern übernahm, Wasseraufbereitungsanlagen in der Sahelzone unterstützte, für die linksliberale Presse blieb er ein Klischee: Hauser, der Menschenhändler, der Flüchtlinge zu Postwurfsendungen erniedrigte und nebenbei europäische Budgets abschöpfte. Hauser rechnete ganz anders. Nicht nur die nationalen Regierungen, die seine Dienste in Anspruch nahmen, profitierten von seinem Unternehmen, vor allem die Passagiere selbst, die oft genug nichts sehnlicher wünschten als die Rückkehr in ihre Heimat.

Nach der GP 1, die sich bis in den März 2020 hinzog, war das Asylproblem für eine gewisse Zeit vergessen oder verdrängt worden, aber nach der vierten Welle und dem, wie Zyniker ihn nannten, missglückten kleinen dritten Weltkrieg, als sich die europäischen Verhältnisse wieder beruhigten und die Konjunktur herbeigeredet wurde, begann die zweite Ölkrise, die Preise für Weizen und Roggen explodierten, sogar in Schwellenländern brachen Hungersnöte aus, folglich hielten die Flüchtlingslager in der Türkei und in Nordafrika dem Ansturm nicht mehr stand und wurden zum zentralen Streitpunkt in Brüssel. Im Westen lebten noch immer drei Millionen Flüchtlinge aus Kiew, Charkiw und Odessa, die dem labilen Frieden in der neutralen Zone nicht trauten, schwieriger war die Position der Asylsuchenden aus anderen Weltteilen, die seitdem noch zögerlicher aufgenommen, aber umso schneller abgeschoben wurden.

Von der Sonne geblendet, übersah er einen Stein, stolperte und stürzte. Sein linkes Knie schmerzte. Als er das Hosenbein hochschob, was problemlos funktionierte, weil ihm das fremde Kleidungsstück zu weit war, sah er den blutigen Kratzer. Der Jeansstoff hatte standgehalten, seine Haut nicht. Scheiße. Normalerweise hatte er sich im Griff. Vulgärsprache war unter seinem Niveau. Hauser wollte das Blut abwischen, um zu sehen, wie ernst die Verletzung war, aber wie? Seine Hand war staubig, er besaß kein Taschentuch, aber immerhin ein Notfall-Paket, er zog ein Pflaster heraus und bedeckte die Wunde.

Während er am Boden kauerte, das Knie angewinkelt hielt, spürte er einen Schatten über das Feld streifen. Fünfzig oder siebzig Meter von ihm entfernt war ein großer Vogel niedergegangen. Ein zweiter, das gleiche Paar von gestern?, fragte sich Hauser, kreiste im Himmelsblau. Sein Schuh hatte sich wieder geöffnet. Erneut machte er sich an den Schnürsenkeln zu schaffen, lockerte die Schlaufen, zog sie mit Mittel- und Zeigefinger einzeln fest. Er brauchte einen sicheren Halt und band einen straffen Knoten, so energisch, dass das Schuhband zerriss. Er spürte einen Kloß im Hals wie damals, als er acht Jahre alt war und im Winter, auf vereister Straße, sein Portemonnaie verlor. Er lockerte die Schlaufen, ließ die obersten Löcher aus und band mit den verkürzten Enden eine Schleife. Jetzt schwebten beide Vögel über ihm. Sehr hoch, zweihundert bis dreihundert Meter. Hauser lief weiter, kehrte aber nach wenigen Schritten um, hob das abgerissene Stück Schuhband auf und steckte es in die Tasche.

Beim nächsten Halt, inzwischen war die Vegetation dichter, wenn auch nicht abwechslungsreicher geworden, band sich Hauser aus dem Fallschirmstoff ein Kopftuch, weil er die Hitze fürchtete. Je mehr er schwitzte, desto größer wurde sein Durst, desto rascher wäre sein Wasservorrat verbraucht. Jetzt besaß er noch acht Multivitaminriegel und einen Apfel. Er hatte das Sandwich im Laufen gegessen, in einem Abwasch, ohne Unterbrechung und entgegen aller Vernunft hastig. Schling nicht, hatte seine Mutter immer gesagt. Er besaß nur eine undeutliche Erinnerung an sie. Er war gerade sieben gewesen, als sie aus dem Krankenhaus nicht mehr nach Hause kam, Mira, seine Schwester erst drei. Manchmal machte er das plötzliche Verschwinden der Mutter für seine spätere Bindungsangst verantwortlich. Er hatte nie geheiratet, keine Kinder.

Am Nachmittag erspähte er am östlichen Himmel ein Flugzeug. Es bewegte sich langsam in Richtung Süden, flog aber so hoch, dass man kein Geräusch vernahm. Trotzdem beeilte sich Hauser, die Fallschirmdecke aus dem Beutel zu ziehen und über dem Kopf zu schwenken. Völlig ausgeschlossen, dass seine Fahne aus der Höhe mit bloßem Auge gesehen werden konnte. Egal, er wedelte mit dem Stoff, bis die Maschine am Firmament verschwand. Hauser kannte sich mit Flugzeugen aus, weniger technisch, in erster Linie preistechnisch. Er hatte so viele gekauft, wie er bezahlen konnte, als sie am Boden lagen, die Preise und die Maschinen. Hätte er es gelassen, stünde er jetzt nicht hier. Im Nirgendwo. Während er den Kondensstreifen betrachtete, versuchte er sich einzureden, dass die Gegend, solange darüber Flugzeuge verkehrten, nicht völlig gottverlassen war. Die Annahme setzte voraus, dass sie in geringer Höhe verkehrten, im Steigflug oder bei der Landung. Manchmal senkten die Piloten oder Bordcomputer die Flughöhe, einzig um über unwirtlichen Landstrichen Boxen mit Todeskandidaten abzuwerfen.

Vielleicht hatte er einer eigenen Maschine zugewinkt? Die AIRDROP-Flotte war inzwischen auf zweiundzwanzig Flugzeuge angewachsen, die rund um die Uhr in der Luft waren. Wieso sollte man den Betrieb einstellen, nur weil der Geschäftsführer unauffindbar war? Es existierten verbindliche Verträge. Die Missionen waren angemeldet, die Daten mit der Luftüberwachung abgestimmt. IMPETUS 2000, die Sonderanfertigung aus Lörrach, war ein internationaler Verkaufsschlager. Sogar die Amerikaner hatten Maschinen bestellt, weil Boeing mit seiner Eigenentwicklung nicht hinterherkam. Clou der IMPETUS-Maschinen waren sechs unter den Tragflächen aufgehängte Ardiden-Triebwerke, die für Reichweite, Flugstabilität und Sicherheit sorgten. Dr. Neumann, der Chef der Werft, hatte David Hauser überzeugt, dass er mit dem Rückgriff auf die als anachronistisch verschriene Turboprop-Technik die Lösung für ihr Projekt gefunden hatte. Selbst wenn, was höchst unwahrscheinlich war, vier Propeller ausfielen, blieb die IMPETUS flugfähig.

Einzig bei der Entscheidung, wie der Vogel heißen sollte, gab es dann Unstimmigkeiten. Hauser erinnerte der Vorschlag an den Zauberbesen eines englischen Kinderbuchhelden, Neumann tat verwundert, er habe von einem NIMBUS 2000 noch nie gehört, allerdings finde er die Assoziation, im Gegenteil, reizvoll, sie verleihe dem Produkt eine Leichtigkeit, die von Vorteil sein konnte, wenn man den nicht eben einfachen Zweck der Apparate bedachte.

Bis zum frühen Abend, als er den nördlichen Rand der Ebene erreichte, sah Hauser kein weiteres Flugzeug. Er spürte einen schmerzhaften Druck im Unterleib und das Bedürfnis, sich zu erleichtern. Das Graugelb der Steppe war kraftlosem Grün gewichen. Er suchte einen Flecken, wo er gefahrlos in die Hocke gehen konnte. Strauchwerk und verkümmerte Nadelbäume wuchsen zwischen abgestürzten Felsen. Er ließ die Hosen herunter, ergriff eine Wurzel. Die Kacke war hart wie Stein. Die Nadeln stachen ihn in die empfindlichsten Stellen. Dann wischte er sich die Hände mit strohigem Gras ab. Bevor die Nacht anbrach, musste er einen sicheren Schlafplatz finden. Mehr als die Vögel fürchtete er Wölfe. Am besten ein Baum, wie bei Robinson.

Er bereute, den Fallschirm zerteilt zu haben. Mit den durch Ringschlaufen gefädelten Polypropylen-Seilen hätte er wunderbar als Hängematte getaugt. Allerdings wog der Schirm eben zehn Kilo. Wenn er die ganze Kappe mitgeschleppt hätte, dachte Hauser, wäre er noch nicht da, wo er sich jetzt befand. Er knotete zwei Seilstücke aneinander, befestigte das eine Ende an seinem Proviantsack und wickelte sich das andere um den Bauch. So versuchte er einen mittelgroßen Baum zu erklettern, dessen ausladende Krone Platz für ein Nachtlager zu bieten schien. Eine Kiefer? Wohl eher eine Zeder. Hauser rutschte mit den Händen und Füßen am glatten Stamm ab. Er zog die Handschuhe aus dem Lebensrettungssortiment. Damit ging es nicht besser. Gab es hier keine anderen Baumarten? Vergeblich suchte Hauser nach Auswüchsen abgestorbener Äste, Verdickungen der Borke. Eine Zeder am Hang wuchs neben einem wuchtigen Stein. Nach mehreren Versuchen schaffte er, das Seilende über einen armdicken Ast zu schleudern, legte eine Schlaufe um den Felsbrocken, zog die Schnur straff, hangelte sich, während ihm das Seil trotz der Handschuhe in die Finger schnitt und seine Füße den Stamm hinaufbalancierten, bis zu einer Höhe von etwa drei Metern. Unter Aufbietung aller Kraft gelang es ihm, den Ast zu ergreifen und sich in den Schutz des Nadeldickichts zu ziehen. Er atmete schwer.

Die Kletterversuche hatten Zeit gekostet. Das Pflaster baumelte zwischen Kniescheibe und Hosenstoff, die Wunde blutete wieder. Hauser zog den Vorratsbeutel nach oben. Der Fleck, auf dem er sich einrichtete, besaß

Vorteile. In der Gabelung teilte sich der Stamm in drei Richtungen. Ein nahezu idealer Schlafplatz. Da sich der Himmel am Nachmittag bewölkt hatte, würde die anbrechende Nacht weniger kalt, dafür dunkler werden als die vorige. Hoffentlich erwischte ihn kein Regen. Dann könnte er zwar Wasser auffangen, ein unschätzbarer Vorteil, wäre aber bald durchnässt, der Anorak bot keinen Schutz. Er brauchte seine Gesundheit und Kondition. Der Berg, der vor ihm lag, war mindestens tausend Meter hoch. Vielleicht lag auf der Anhöhe bereits Schnee? Er wickelte das längere Stück Fallschirmseide um zwei Äste und sicherte die Bandage mit dem Seil. Es entstand ein elastisches Kissen, in das er die Füße schob, während er den Oberkörper auf dem Ast mit der geringsten Neigung ausstreckte. Um einen Absturz im Schlaf zu verhindern, schnürte er sich an den Stamm. Wie ein Cowboy am Marterpfahl, dachte er. Noch wusste er nicht, ob er es auf dem Hochsitz aushalten könnte, trotzdem fühlte er eine gewisse Befriedigung, als er eine Zigarette, die zweite des Tages!, aus der Schachtel nahm.

Seine Hände waren voller Blessuren, die Haut schwarz von Zedernharz, einige Fingernägel abgebrochen, Blutblasen. Er hatte sich die Kuppe des rechten Daumens gequetscht, Hauser konnte sich nicht erinnern, wann. Er atmete den Rauch tief in die Lunge. Die Nadeln der Konifere streichelten sein Gesicht, obwohl kaum Wind wehte. Seine Tagesleistung stimmte ihn zufrieden. Er hatte den Berg erreicht. Hunger und Durst waren erträglich. Wilde Tiere konnten ihm hier oben nichts anhaben. Wölfe und Füchse kletterten nicht. Gab es in der Gegend Bären? Syrien war nicht Russland. Woher nahm er die Gewissheit, dass er sich in Walid Saids Heimat befand? Wieso hätte man ihm einen syrischen Pass in die Tasche stecken sollen, wenn man nicht vorhatte, ihn dorthin abzuschieben? Hauser ging noch immer davon aus, dass hinter der Aktion ein Kalkül steckte. Vielleicht agierten seine Feinde anders, ohne konkreten Plan? Er hatte keine Ahnung, wer sie waren, wer hinter der Geschichte steckte. Isabel, Brixel, Ehrlich, Neumann, Vater, dessen schwarze Freundin, Kirchhoff, Detlev, sein Fitness-Coach? Hauser staunte, dass der Kreis von Bekannten, die er regelmäßig traf, an zwei Händen abzuzählen war. Solange er in dieser Angelegenheit nicht weiterkam, würde er nicht wissen, was ihm bevorstand.

Die Dunkelheit in der Baumkrone erinnerte ihn an den Aufenthalt in der Aluminiumkapsel. Nur die Stille war anders. Auf einer Zeder in der Nähe zirpte eine Zikade oder Grille. Ab und zu knackte ein Ast. Bären, dachte Hauser, sind Kletterer. Sie wittern Fressen, vor allem Süßigkeiten. Die Müsliriegel waren in Folie eingeschweißt, dicht verpackt. Anders der Apfel, den er sich aufgespart hatte. Ließ er ihn fallen, würde er erst recht Tiere anlocken. Ameisen. Womöglich Schlangen. Es gibt keine Bären, sagte er sich, es gibt keine Bären. Es klang wie ein Gebet. In diesem Moment begann das Jaulen. Ein winselndes, langgezogenes Rufen aus den Bergen, nicht aus der Ebene. Hauser schob den Zipper des Reißverschlusses bis zum Hals, als könnte ihn die Maßnahme schützen.

So jäh, wie das Geheul begonnen hatte, brach es ab. Hauser hielt den Atem an. Minutenlang verharrte er in Erstarrung, dann schlug der Wolf, die Wildkatze, der Schakal oder was immer es war, erneut an, allerdings, wie Hauser mit Erleichterung feststellte, in einem anderen Gebiet, in seinem Rücken, weit entfernt, wahrscheinlich jenseits des Berges. Das Tier, wenn es das gleiche war, hatte sich zurückgezogen. Sein rechter Fuß kribbelte, er löste ihn aus der Stoffschlaufe, ließ das Bein baumeln, um die Durchblutung anzuregen. Plötzlich fiel ein zweites Jaulen in das erste ein, diesmal viel näher, keine zwanzig oder dreißig Meter weg. Hauser winkelte das Knie an, als fürchtete er, ihm könnte augenblicklich die Wade abgebissen werden.

Es waren mindestens zwei Tiere, die sich aufeinander zu bewegten und offenbar seinen Baum als Treffpunkt vereinbart hatten. Sie hatten ihn gewittert, ohne Frage. Die Lebensmittel oder, natürlich, wie sollte es anders sein, der Haufen, den er nicht vergraben hatte, lockte sie an. Für Wolfsgeheul schien ihm der Singsang zu hell, allerdings hatte er noch nie Wölfe in freier Natur jaulen gehört, die wenigen Kenntnisse, die er über diese Spezies besaß, verdankte er Western-Filmen, die er als Kind gesehen hatte. Früher war er auch ein eifriger Leser gewesen. Erst als die Beziehung zu seinem Vater in die Brüche gegangen war, ließ er Bücher von einem Tag auf den andern links liegen. Als könnte er damit seine Missachtung für den Nationalpreisträger ausdrücken.

Auf seinem Hochsitz war er sicher. Die Tiere kamen nicht an ihn heran. Aber irgendwann musste er wieder runter. Hauser glaubte das Trappeln von Pfoten zu hören, die sich um die Zeder bewegten, nicht schnell, eher gemächlich. Ab und zu stießen die Kreaturen Geräusche aus, als hätten sie Schnupfen oder Staub in den Nasenhöhlen. Dann begann das Scharren. Hauser konnte nicht erkennen, wie die unliebsamen Gäste aussahen, aber sie schienen von kräftiger Statur und ausdauernd zu sein. Es grub immer nur ein Tier. Wieso? Mit welcher Absicht? Um den Baum umzustürzen? Hauser war, trotz seiner flatternden Angst, sicher, dass dieser Plan nicht gelingen konnte. Möglicherweise gehörten Zedern, wie andere Nadelbäume, zur Familie der Flachwurzler, trotzdem konnte er sich nicht vorstellen, dass ein Wolf oder Hund kraft seiner Pfoten einen fast zehn Meter hohen Baum umwerfen könnte.

Er kramte in seiner Jackentasche nach dem Feuerzeug. Im Schein der Flamme huschte ein schlanker Tierkörper aus dem Lichtkegel. Am Fuß der Zeder sah er einen Erdhaufen, den er beim Besteigen nicht wahrgenommen hatte. Hauser überlegte, ob er herunterklettern und die lockere Erde zurück in die Grube schieben sollte. Er verwarf den Gedanken. Die Wölfe, er war sich jetzt sicher, dass es Wölfe waren, würden in der Nähe lauern und die Chance, ihn anzugreifen, nicht verstreichen lassen. Auch zweifelte er, ob ihm in der Dunkelheit, panisch und geschwächt, der Aufstieg mit Hilfe des Seiles ein zweites Mal gelingen würde. Er rauchte in der stillen Hoffnung, dass der unbekannte Geruch die Tiere abschrecken könnte. Nach einigen Minuten, vielleicht war eine halbe Stunde vergangen, kehrten die Bestien zurück. Sie hockten direkt unter ihm und jaulten im Chor. Ein Paar. Wann kommt der Rest des Rudels, dachte Hauser. Er bog einen Ast so lange, bis er abbrach, und warf ihn nach unten. Für einige Sekunden herrschte Stille. Dann setzte das Geheul wieder ein. Erst schrie das eine Tier, dann antwortete das zweite, dann sangen sie die Melodie gemeinsam.

Eine furchtbare Nacht. Schlimmer konnte es nicht mehr kommen. Allerdings sollte er sich da nicht so sicher sein. Wenn die Wölfe bei Tagesanbruch nicht verschwanden, würde er mit ihnen kämpfen oder auf dieser Astgabel verdursten oder verhungern müssen. Beide Aussichten gleich deprimierend. Hauser versuchte einen klaren Gedanken zu fassen, sich vorzustellen, was ihn erwartete, wenn er den Berg erklommen hatte, eine Aufgabe, die er für den nächsten Tag plante. Irgendwann beruhigten sich die Heuler.

Hinter weißen Gipfeln, im Osten lagen die höchsten Bergzüge, ging eine orange leuchtende Sonne auf. Der Anblick erinnerte ihn an die Sommermorgen im Boot, am Breiten Luzin oder am Scharmützelsee, wenn er nachts auf dem Wasser geblieben oder in aller Herrgottsfrühe aufgebrochen war. Hauser blickte unter sich. Keine Spur von den Tieren. Die ausgescharrte Kuhle am Fuß der Zeder war leer. Eilig löste er den Knoten, zog die Füße aus der Stoffbahn, die ihm als Stütze gedient hatte, warf den Sack zu Boden, hing am Ast wie eine überreife Frucht und ließ sich fallen. Er landete in der aufgehäufelten Erde, suchte sich sofort einen Stock und schlug gegen den Baumstamm, fortwährend laut schreiend. Dann lauschte er, ob der Tumult Reaktionen hervorrief. Nichts. Also weiterbrüllen. Weiterschlagen. Entweder waren die Wölfe verschwunden oder sie waren listige Jäger, die wussten, wann man sich zeigen oder ruhig verhalten und abwarten sollte.

Ohne gegessen zu haben, begann er den Aufstieg. Hinter jedem Busch vermutete er einen Feind, jede Zeder bekam einen Hieb. Nach hundert Metern wurde die Vegetation karger. Sträucher, Krüppelkiefern und graues Gestein mit gelben Flasern. Hatte er durch das Wäldchen noch munter geradeaus marschieren können, musste er inzwischen quer zum Hang laufen, bemooste Felsen überwinden, sich durch Geröllfelder tasten, auf jeden Schritt achten, Pausen einlegen. Trotz der frühen Stunde stand ihm Schweiß auf der Stirn. Die erste Wasserflasche war aufgebraucht und von einer Quelle weit und breit keine Spur. Hauser schleuderte den Behälter von sich, die Flasche hüpfte, wie ein am Seeufer geworfener Kiesel, dreimal über die Steine und verschwand im Labyrinth der Felsspalten.

Falls ihm Wölfe folgten, hielten sie sich geschickt verborgen. Die einzigen Lebewesen, die er aufscheuchte, waren grüngelbe Eidechsen, die weghuschten, sobald sie seine Schritte spürten. Der Anstieg lag im grellen Licht, während das südliche Bergmassiv noch als dunkle Wand das Ende der Ebene markierte. Hauser setzte die Sonnenbrille auf. Nach einer halben Stunde erreichte er die Baumgrenze, das Grün, das hier gedieh, hielt sich am Boden, Farne und Moos. Der Knüppel, den Hauser als Waffe gewählt hatte, leistete ihm als Stütze unschätzbare Dienste. Als er auf einem Stein fehltrat und ins Straucheln geriet, entschied er sich, die selbstverordnete Diät abzubrechen, und biss gierig in einen Vitaminriegel. Wozu der Geiz? In drei bis vier Stunden würde er den Kamm erreichen und hoffentlich in ein besiedeltes Tal blicken.

Zeit für eine Inventur. Noch besaß er sechs Vitaminriegel, einen hatte er nachts zu sich genommen, um bei einem eventuellen Kampf mit den Raubtieren keinen Schwächeanfall zu riskieren, dazu einen Apfel, eine halbe Tafel Schokolade, einen Dreiviertelliter Wasser und acht Zigaretten. Die in der Jackentasche gesammelten Kippen erklärte er zur letzten Reserve des Notproviants. Er hoffte, nie darauf zurückgreifen zu müssen.

Wie viele Stunden war er jetzt unterwegs? Gelandet war er, wenn seine Berechnung stimmte und man ihn gleich nach der Entführung in Halensee in ein Flugzeug gesetzt hatte, am Freitag, folglich war heute Sonntag. Es würde nicht einfach werden, einen Botschaftsmitarbeiter ans Telefon zu kriegen.

Gab es in Damaskus eine deutsche Botschaft? Hauser war unsicher. Selbst wenn die Deutschen, wegen des Bürgerkriegs, ihr Personal abgezogen hatten, irgendein Land übernahm die Stellvertretung. Schweden oder die Schweizer, kluge Diplomaten, die, um ihre Interessen zu sichern, auch im Bombenhagel keine Brücken abbrachen. An AIRDROP und ähnlichen Unternehmungen hatten sich beide Länder nie beteiligt. Flüchtlinge, die ihnen suspekt waren oder die gegen Gesetze verstießen, schoben sie in europäische Drittländer ab, die sie dann in ihre Herkunftsländer zurückführten. Brüssel und Den Haag akzeptierten den Kuhhandel. Der Kampf gegen die Ausbreitung des Virus hatte weltweit zu neuen Einreisemodalitäten geführt. Das Vergnügen visafreien Reisens war vorbei. Die restriktive Praxis betraf Touristen wie Asylanten. Nur dass Letztere sich nicht an die Regeln hielten. Nach der Schließung der Grenzübergänge überquerten sie, wo immer das möglich war, grüne Grenzen. Nicht ganz zehn Jahre nach der ersten traf die zweite Flüchtlingswelle ein in seinen Wertmaßstäben verunsichertes Europa mit doppelter Wucht. Polizei und Grenzschutz wurden aufgestockt. Zöllner durchkämmten die Lagerhallen der Onlinehändler auf der Suche nach nichtregistrierten Arbeitskräften.

Die Parlamente beschlossen Gesetze für beschleunigte Maßnahmen, das Widerspruchsrecht wurde kassiert, sofortige Abschiebung die Regel. Das Verfahren funktionierte mehr schlecht als recht, weil nach der GP6, der kürzesten, aber in ihren Folgen verheerendsten letzten Corona-Welle, viele Fluglinien Insolvenz anmelden mussten. Die übrig gebliebenen Gesellschaften nutzten ihre Monopolstellung auf dem Markt aus und erhöhten schamlos und koordiniert die Preise, um halbwegs rentabel zu bleiben. Da man auch dem Staat keine Rabatte einräumte, wurden Abschiebungen immer teurer. Andererseits waren sie unumgänglich, weil die Gefängnisse über keine weiteren Kapazitäten verfügten und täglich neue Illegale untergebracht werden mussten. So kostspielig die Rückführungen waren, auch die jahrelange Unterbringung im Vollzug verschlang Steuergelder. Durch die Bankrotte bei Fluggesellschaften und den Niedergang der Tourismusbranche waren gebrauchte, aber noch leistungsfähige Verkehrsflugzeuge günstig zu haben. Viele Regierungen setzten auf private Charterflotten, um mit eigenen Kräften unliebsame Ausländer in ihre Heimatländer auszufliegen.

Einer der Ersten, die diese Dienste anboten, war David Hauser mit seiner AIRDROP AG. Einige Piloten, die für ihn arbeiteten, waren in den Staaten ausgebildet worden, in die sie die Flüchtlinge zurückbrachten. Für Fachkräfte war es einfach, ein Aufenthaltsrecht zu erhalten. Es kam zu grotesken Entwicklungen. Geschäftsreisende oder Händler, die Termine in schwer zugänglichen Gebieten absolvieren mussten, stellten Anträge beim Innenministerium, um an Bord der Sondermaschinen nach Kabul oder Islamabad reisen zu können. Auf diese Weise holte sich der Staat das Monopol für die grenzüberschreitende Luftbeförderung zurück. Allerdings bewährte sich das System nur kurze Zeit. Vermehrt kam es zu Schwierigkeiten bei der Rückführung der Asylanten. Die Grenzpolizei der Herkunftsländer verweigerte die Annahme der Lieferungen. Da sich die Flüchtlinge ohne Zwang aus der ihnen per Geburt gewährten Staatsbürgerschaft verabschiedet hatten, sei der Staat nicht in der Pflicht, sie fürsorglich zu behandeln und wieder einreisen zu lassen. Für die *Blindgänger*, wie man die Abgewiesenen bei AIRDROP nannte, zahlte der Staat die Tickets nur zu fünfzig Prozent. Die Renitenz der Herkunftsländer wurde zu einer finanziellen

Herausforderung. Auch für die Firma von David Hauser. Zu häufig geschah es, dass die von REPAT gecharterten Maschinen mit den gleichen Passagieren nach Berlin zurückflogen, mit denen sie gestartet waren. Auch die Versuche, die Gestrandeten in Nachbarländern auszusetzen, von denen sie auf dem Landweg in ihre Heimat hätten zurückkehren können, verliefen erfolglos. Die Spannungen zwischen den maroden Staaten hatten zugenommen, niemandem war daran gelegen, zusätzliche Konflikte zu provozieren.

In Europa hatte sich Ende der zwanziger Jahre die Stimmung in der Bevölkerung gedreht. Sympathiekundgebungen für die Gestrandeten aus den südlichen Krisengebieten gab es nur in den Großstädten. Man sprach jetzt von Flüchtlingen der ersten und der zweiten Kategorie. Das Ganze war ein Trauerspiel. Nicht nur für die Behörden, die mit Aufwand und enormen Kosten Fernreisen organisierten, die selten zu greifbaren Ergebnissen führten, auch für die Ausgewiesenen selbst. Die meisten waren durch die illegale Existenz, das Leben in Verstecken, Lagern und Abschiebegefängnissen, durchaus bereit, den mit falschen Hoffnungen verbundenen Westen aufzugeben. Sie wollten nur noch nach Hause. Doch ging die Rechnung nicht auf. Die Heimat hatte sich an ihre Abwesenheit gewöhnt. Man brauchte sie nicht mehr, verzichtete auf ihren reuevollen Patriotismus. Hungerleider gab es dort im Überfluss.

Hauser erinnerte sich an die Diskussion über die Flüchtlingsfrage, die er mit seinem Vater geführt hatte. Sie waren wie immer gegensätzlicher Meinung gewesen und schneller, als ihnen lieb war, an die Punkte geraten, wo sie konsensunfähig wurden. Sein Vater weigerte sich stur, von seinem ebenso altmodischen wie verstockten Humanismus abzuweichen. Hauser schimpfte ihn weltfremd, man könne einfach nicht alle, die ihre Chance nutzen wollten und in die Konsumparadiese flüchteten, aufnehmen, versorgen, integrieren. Irgendwann sei auch der Bedarf an Pflegekräften gedeckt. Er sagte dies, weil Dieter Hauser allzu gern auf Feyine verwies, die Frau aus Eritrea, die sechsmal in der Woche zu ihm kam, Essen kochte, abwusch, die Wohnung in Schuss hielt. Wie sie ihn sonst noch verwöhnte, wollte Hauser nicht wissen.

Sein Vater vergötterte die Haushaltshilfe. Und auch er, Hauser, sein Sohn, sollte der Afrikanerin die Füße küssen, meinte er, weil sie all das erledigte, was sonst seine oder seiner Schwester Aufgabe gewesen wäre. Im Grunde gab er ihm recht. Auf Mira war kein Verlass, sie lebte zu dem Zeitpunkt schon in ihrer Kommune in der Uckermark. Nicht auszudenken, wenn er gezwungen wäre, den Pflegefall rund um die Uhr zu versorgen.

An jenem Tag, wie gesagt, stritten sie über das leidige Thema der verschärften Asylgesetze, als sein Vater nebenbei bemerkte, irgendwann würde jemand auf die Idee verfallen, unliebsame Flüchtlinge mit Drohnen in ihre Heimatländer zurückzubringen. Hauser hatte gelacht und den Einfall ein erstklassiges Geschäftsmodell genannt, mitunter wundere er sich, dass er, der Schriftsteller Dieter Hauser, auf wirtschaftlichem Gebiet ein solcher Versager geblieben war. Jedenfalls gibt es in meiner Biografie keine Insolvenzen, hatte der Alte bemerkt und auf seine Pleiten angespielt. Hauser hatte verschnupft geschwiegen und den Besuch abgekürzt, als die hochgewachsene Hilfskraft seines Vaters, die, wie Hauser irritiert bemerkte, einen eigenen Wohnungsschlüssel besaß, lächelnd in die Küche trat. Sonderbarerweise blieben sie, Vater und Sohn, meist in der Küche, als wollte ihm der Alte seine privaten Räume vorenthalten, als habe er dort nichts mehr verloren.

Hinter dem Lenkrad seines Audi, auf dem Weg nach Hause, vergaß Hauser die Beleidigung bald, nicht aber den aberwitzigen Plan, den der alte Nörgler angeregt hatte. Eine Lieferung mittels Drohnen, die bei Versandhäusern inzwischen eine normale Serviceleistung war, konnte keine Alternative zum Flugzeug darstellen. Unbemannte Objekte, die weite Distanzen überwanden, waren zu teuer, auch müssten sie eine bestimmte Größe und Tragkraft haben, um das Gewicht eines Mannes zu transportieren. Die meisten Abschiebungen betrafen Männer. Sie kamen häufiger als ihre Schicksalsgenossinnen mit den Gesetzen der Gastländer in Konflikt. Nach Ausbruch der Kampfhandlungen in Moldawien und Transnistrien spitzte sich die Lage derart zu, dass in allen Krisenregionen die Flughafenbehörden die Aufnahme von Repatriierten verweigerten. Nicht nur Hausers Maschinen, auch die seiner Konkurrenten, die italienische Firma FUTURAIR und die britische BACKYARD, kehrten unverrichteter Dinge von ihren Missionen zurück. Einigen wurde die Landeerlaubnis verweigert, andere mussten, nach stundenlangen Verhandlungen, die dem Begleitpersonal viel Geschick abverlangten und die Standgebühren in astronomische Höhen trieben, ohne Erfolg, was hieß, mit allen Passagieren, die Heimreise antreten. FUTURAIR und die Betreiber aus Liverpool gaben daraufhin auf, David Hauser konzentrierte all seine Kraft und erhebliche Mittel auf die Verwirklichung einer, wie er es nannte, individuellen Ortskorrektur. Nach nur achtzehn Monaten landeten die ersten Boxen der Firma in der Shomali-Hochebene nördlich von Kabul.

Wenn er mit seiner ersten Geschäftsidee wohlhabend geworden war, wurde er mit der zweiten steinreich. Was er damals nicht ahnte, dachte Hauser, sich aber jetzt eingestehen musste: Sein Projekt machte ihn vorübergehend zu einem reichen Mann, aber am Ende zu einem Paria, der ohne Schutz und Nahrung durch menschenleeres Ödland vagabundierte, mit der vagen Hoffnung, irgendwie am Leben zu bleiben.

Er hatte sich im Schatten eines Felsens niedergelassen, verschwitzt, kurzatmig, am Rand seiner Kräfte. Sein Vorrat an Energieriegeln war geschrumpft, er hatte nicht an sich halten können und innerhalb weniger Stunden drei Stück verzehrt. Die Wasserflasche war noch zu einem Drittel voll. Einzig an Zigaretten hatte er gespart. Kein schlechter Rastplatz. Hauser spürte, dass er in der vergangenen Nacht, mehr noch, in den vergangenen Nächten, schlecht geschlafen hatte. Die Knöchel schmerzten, er hatte die Schuhe ausgezogen und die Strümpfe zum Trocknen in die Sonne gelegt. Hundert Prozent Baumwolle, Made in England, mit eingewebten Wappen. Als er sie auf dem grauen Stein liegen sah, kamen ihm die Socken deplatziert vor, dabei waren sie, dachte er, die letzten Beweise seines verlorengegangenen Status. Ein paar stinkende Strümpfe und die Unterhose von *Calvin Klein*.

Der Erste, dem er seine neue Geschäftsidee anvertraut hatte, war Peter Ehrlich gewesen. Bei einem Angel-Ausflug auf dem Werlsee hatte er ihm erläutert, dass die eigentlichen Hindernisse, mit denen AIRDROP zu kämpfen hätte, sollte man das Drohnenprojekt vorantreiben, nicht technischer, sondern politischer Natur sein würden. Wenn du das tust, erklärte der Anwalt, der ihm geduldig zugehört hatte, schickt dir der eifernde hessische Oberlehrer sofort einen Mitgliedsantrag. Die Partei, auf die Ehrlich anspielte, saß mit Fraktionsstärke im Parlament, obwohl die ostdeutschen Separatisten die 3-%-Hürde nur knapp genommen hatten. Die Klausel war nach hitzigen

Debatten geändert worden, um Regierungsbildungen, die sich immer schwieriger gestalteten, zu erleichtern. Kleinstparteien wurden bei vielen Koalitionen zum Zünglein an der Waage. Nur mit den Faschisten aus Erfurt, –AFOD klang, thüringisch ausgesprochen, so ähnlich wie der Sitz ihrer Parteizentrale – wollte noch immer niemand regieren.

Das steh ich durch, hatte Hauser behauptet. Mag sein, erwiderte Peter Ehrlich, aber wenn dich Björn im Bundestag feiert, kann und wird dich kein anderer Politiker unterstützen. In diesem Augenblick meldete die Angel des Anwalts einen energischen Biss, die Schnur lief von der Rolle, sofort brachen sie das Gespräch ab und widmeten sich konzentriert der Jagd. Ehrlich ließ den Fisch ziehen, drillte ihn geduldig, und nach einer guten Viertelstunde hievte Hauser mit dem Unterfangkescher einen kapitalen Hecht von achtzig Zentimetern Länge ins Boot. Sie lösten den Blinker aus dem spitzzahnigen Maul, machten das obligate Foto und setzten den Räuber wieder in den See zurück. Er stand noch eine Weile neben der Schraube im Wasser und tauchte dann gemächlich ab.

Wir müssen die Sache besser verkaufen, hatte Hauser die Unterhaltung fortgesetzt, von wegen Menschenhandel, wir erfüllen nur unseren humanitären Auftrag. Es ist im Grunde wie mit der Angelei. Wir fangen ein paar dicke Fische, die der Versuchung des Köders nicht widerstehen konnten, nehmen sie kurz in unsere Obhut und lassen sie dann, an einem sicheren Ort und um eine Erfahrung bereichert, wieder frei. Willst du allen Ernstes behaupten, du wärst ein Menschenfischer?, hatte Peter Ehrlich gelacht. Genau, sagte David Hauser, der Juniorpartner von Jesus. Sie waren in guter Stimmung gewesen, vor fünf Jahren, jetzt konnte er darüber nicht mehr lachen.

Er zog sich die Fußbekleidung an, erhob sich widerwillig und setzte den Aufstieg fort. Inzwischen war es bereits später Nachmittag, und ihn überfiel Sorge, wo er die Nacht verbringen sollte, falls sich in dem Tal auf der anderen Seite des Berges keine Siedlung auftat. Während er über die scharfkantigen Steine balancierte und sich mit den Händen an Felsen abstützte, überlegte er, wann seinem Vater auffallen würde, dass er nicht mehr anrief. Ihr Verhältnis war nie einfach gewesen, aber richtig abgekühlt hatte es sich erst in den letzten Jahren. Hauser wusste, dass daran seine berufliche Orientierung die Hauptschuld trug. Wenn ihn der Alte fragte, mit welchen faulen Tricks er den Leuten das Geld aus der Tasche zog, hatte er ausweichend geantwortet: Ich schröpfe den Staat. Also mich?, hatte Vater erwidert. Was hast du mit diesem Staat zu tun, ich denke, du lehnst ihn ab? Das tue ich auch, entgegnete der daraufhin, trotzdem zahle ich Steuern.

Das Finanzsystem war sein Lieblingsthema. Der Scheißkapitalismus sei die denkbar langweiligste Gesellschaftsformation. Überall gehe es nur um Geld. Sogar der Sport wäre derart versaut, dass er keine Lust mehr habe, sich ein Fußballspiel anzusehen, nicht nur wegen der verfluchten Werbung, sondern wegen der Spieler, die nur noch schwitzende Nummern seien, jeder Dorfverein schaffe es in die oberste Liga, wenn ein Scheich kam, der Geld reinpumpte, die Politiker seien käuflich, selbst die Ökologen, die Ärzte, alles Lumpen. Du bist auch nicht besser, hatte ihn Hauser unterbrochen und daran erinnert, dass er ohne seine monatliche Unterstützung längst in einer Plattenbauwohnung in Marzahn leben und auf einigen Luxus, seine Dienerin eingeschlossen, verzichten müsse. Geld kann auch Spaß machen, hatte er angefügt und zweideutig gegrinst.

Auch wenn sie sich Monate nicht gesehen hatten, sie schafften es in Minuten, auf alte Streitpfade zurückzukehren. Deswegen hatte er mit dem AIRDROP-Projekt hinterm Berg gehalten, er wusste, was Dieter Hauser davon halten würde. Dass er früher oder später dahinterkommen musste, war ihm klar, sein Alter war passionierter Zeitungsleser, auf diversen liberalen Internetportalen unterwegs, außerdem besaß er noch immer einen Kreis von Freunden, die wie er im Vorgestern lebten und nichts Besseres zu tun hatten, als sich täglich ihre Vorurteile zu bestätigen. Einer dieser Brüder im Geiste, wie der Alte es nannte, ein abgehalfterter Schauspieler des Deutschen Theaters, hatte ihn auf einen Artikel hingewiesen, in dem kolportiert wurde, im Parlament werde ein zynisches Deportationsverfahren diskutiert, an dessen Umsetzung ein gewisser David Hauser, also sein Sohn, maßgeblich beteiligt sei.

Der Vater hatte ihn, entgegen seiner Gewohnheit, seit wann kommt der Berg zum Propheten?, selbst angerufen und auf den Kopf zu gefragt, ob an dem Gerücht, das zu ihm gedrungen war, etwas dran sei? Wenn ja, dann brauche er sich nie wieder blicken lassen, Rassisten lasse er nicht in seine Wohnung.

Hauser hatte zunächst gefragt, was er denn von seinem Freund, dem Komödianten, im Detail erfahren habe, es gebe, was ihn nicht verwundern würde, über sein zukünftiges Geschäft jetzt schon mehr Ausschmückungen als Fakten. Der Alte hatte seine Erklärungen nicht erst angehört, sondern gleich aufgelegt. Hauser wartete eine geschlagene Woche vergeblich, dass sein Erzeuger zur Vernunft kam, dann übernahm er die Initiative. Er rief mehrmals bei ihm an, aber entweder hob der Eremit in der Prenzlauer Allee nicht ab, oder die afrikanische Haushaltshilfe ging an den Apparat, um ihm mitleidig (mit unbeholfenen Sätzen) zu verkünden, Herr Hauser habe ihr aufgetragen, ihm zu sagen, dass es nichts zu besprechen gebe.

Nach drei weiteren Tagen erinnerte er sich der Lebensmaxime seiner Großmutter mütterlicherseits, es gebe stets der Klügere nach, und beschloss, einen Brief zu schreiben. Der Alte, dachte er, wäre baff überrascht, von ihm, David, mit den Waffen angegriffen zu werden, die, wie er glaubte und stets behauptete, seine Stärke waren: Worte. Zunächst verwahrte er sich gegen die Unterstellung, er würde aus ideologischen Überzeugungen handeln, er erinnerte seinen Vater daran, dass er ihm wiederholt vorgeworfen hatte, kein Bewusstsein für politische Zusammenhänge zu besitzen. Er lasse sich nicht instrumentalisieren, von keiner Partei. Als Geschäftsmann biete er eine Ware an, für die es, wie er überzeugt sei, gesellschaftlichen Bedarf gebe. Indem er dieses Bedürfnis befriedige, sorge er für sozialen Frieden. Niemand werde benachteiligt, der Staat nicht, den man von Gästen erlöst, die für ihn eine Belastung darstellten, die Abgeschobenen nicht, weil sie auf sichere und direkte Weise in ihre Herkunftsländer ausgeflogen würden. Die Strapazen nach dem Ausstieg, die Turbulenzen während des freien Falls, bevor sich die Fallschirmkappe öffnete, bekamen die Passagiere gar nicht mit. Er erläuterte seinem Vater die Idee, man würde die in Boxen komfortabel verwahrten Fluggäste so lange im Zustand der Bewusstlosigkeit halten, bis sie auf dem Erdboden sanft zur Ruhe kämen. Man schlummert in der Auslieferungshaft ein und erwacht, ausgeruht und tatenfroh, in der Heimat. Diese technologische Meisterleistung wäre auch nur notwendig, weil die Staaten, aus denen die Flüchtlinge stammten, sich weigerten, ihre Landsleute wie touristische Reiserückkehrer anzuerkennen. Wenn er jemanden anklagen wollte, schrieb er, sollte sich sein Vater an die Botschaften der jeweiligen Nationen wenden. Er empfinde seine Vorwürfe als haltlos, sehe sich als Diener der Humanität.

Die Antwort des Schriftstellers ließ nicht lange auf sich warten, er schrieb, die Rechtfertigungen erinnerten ihn auf bedrückende Weise an die Ausflüchte deutscher Eisenbahner, die sich nach 1945 auf Ordern der Reichsbahndirektion beriefen, die sie gezwungen hätten, Transportzüge in die Vernichtungslager zu lenken. Er sei nicht besser als diese Saubermänner, die im Nachhinein ihre Hände in Unschuld wuschen.

Hauser erwiderte, das kenne er ja nun schon seit mehr als dreißig Jahren, dass er, sein Vater, in jedem, der nicht seiner Meinung sei, einen Faschisten vermute, allerdings hinke sein KZ-Vergleich schon deshalb, weil er, anders als die Bahnangestellten von Anno dazumal, keine Zivilisten in Gaskammern transportiere, sondern im Gegenteil, Häftlingen den Weg in die Freiheit eröffne, zurück zu ihren Familien und Freunden, die ihre Angehörigen oft genug schmerzlich vermissten. Kein Deportierter nehme durch AIRDROP Schaden.

Auf dieses Schreiben kam keine Antwort. Ab und zu schickte ihm der Alte unkommentiert Zeitungsausschnitte, in denen die Rückführungen nach Afghanistan und Syrien angeprangert wurden. Man setze Menschen in Kriegsgebieten ab, ohne sich um ihr weiteres Schicksal zu kümmern. Hauser wusste, dass damit ein Schwachpunkt seiner Geschäftsidee berührt wurde, für den er die Verantwortung allerdings ablehnte. Sein Job war nur die Logistik, der Materialfluss, also Einrichtung, Verschickung, Absetzung und Landung der Passagiere. Mit deren Eintritt in fremdes Hoheitsgebiet, das im Regelfall ihre Heimat war, erlosch seine Kompetenz. Es gab keine Möglichkeit, den weiteren Verlauf der Rückführung zu verfolgen. Da jedoch aus den Ländern, in denen AIRDROP aktiv war, keine Beanstandungen kamen, die Komplikationen oder Todesfälle beschrieben, glaubte er an einen reibungslosen Verlauf. Alle technischen Zwischenfälle an Bord wurden von Brixel aufgenommen und ausgewertet. Ein gewisses Restrisiko war nicht auszuschließen. Aber das existierte immer. Wenn man Pech hatte, konnte man auch auf dem Kaiserdamm unter die Räder kommen. Mit seinem Vater war in diesem Punkt nicht zu reden. Er ging noch immer von der naiven Annahme aus, jeder Mensch habe das Recht, seinen Wohnsitz zu wählen, wo immer es ihm gefalle. Menschheitspatriotismus, nannte er das, angeblich ein Begriff aus der Literaturgeschichte.

Hauser unterließ es, das Thema weiter zu behandeln. Man würde nicht zueinanderkommen. Er schickte dem Alten zwei Mal im Jahr eine Glückwunschkarte, zu Weihnachten und am 3. Juli, seinem Geburtstag. Die monatlich zweitausend Euro, die per Dauerauftrag an ihn gingen, überwies der Vater nicht zurück. Hauser registrierte dies mit stiller Genugtuung. So weit ging die Prinzipienfestigkeit dann doch nicht, sagte er sich, dass man das *Blutgeld*, das die Haushaltskasse aufbesserte, ablehnen würde. Freilich wusste er, in welch prekärer Situation Dieter Hauser, der Autor des Romans *Vogelfrei* und der Theaterstücke *Hohn* und *Mielke wie Honig*, lebte, die Wohnung im Zentrum kostete inzwischen ein Vermögen, Feyine mochte den alten Zausel vielleicht gernhaben, würde aber auch nicht für umsonst arbeiten, seine Rente war nicht der Rede wert, Tantiemen trudelten kaum noch ein, und die Zeitungen, die ab und zu etwas aus seiner Feder druckten, hatten moralische Ansprüche, aber eine erbärmliche Zahlungsmoral.

Was, dachte Hauser, geschah eigentlich mit dem Bankkonto eines Verschollenen? Die Überweisung an den Alten würde weiterlaufen. Seine Abwesenheit musste längst bemerkt worden sein. Spätestens Montag würde Isabel unruhig werden. Normalerweise hatten sie an jedem Wochentag Kontakt. Auch wenn sie sich nicht sahen. Jeden Tag zwischen 8 und 9 Uhr fand ein Routinetelefonat statt, um Termine, Postsachen, Medienanfragen zu besprechen. Sie hatte gewiss eine Vermisstenmeldung veranlasst, es sei denn, sie steckte selbst in der Sache drin, nein, gerade wenn sie ihre Finger drinhatte, musste sie sein Verschwinden anzeigen. Unterließ sie es, machte sie sich verdächtig. Es sei denn, sie war nach der Aktion, seinem Beispiel folgend, selbst abgetaucht. Aber was hätte sie damit gewonnen? Glaubten seine Feinde, das Unternehmen AIRDROP würde sich in nichts auflösen, nur weil er, David Hauser, der Gründer, Geschäftsführer und Hauptbeteiligte der Firma, nicht mehr leiblich präsent war? Es würden sich Nachfolger finden, schneller, als ihm lieb war, dachte Hauser, sein Freund Peter zum Beispiel, Dr. Neumann, der CEO von IMPETUS, oder der Österreicher, sein Chefingenieur, dem er die Patentrechte mit Aktien abgegolten hatte. Wem fielen seine Anteile zu, wer erbte überhaupt etwas, wenn er starb?

Zum ersten Mal sah Hauser diese Möglichkeit als durchaus reales Szenario vor sich. Er befand sich auf hoher See, ohne Rettungsboot, inmitten meterhoher Wellen. Niemand suchte ihn. Es gab auf der überbevölkerten Erde, so viel war sicher, noch immer Regionen, die man tagelang durchstreifen konnte, ohne je auf ein menschliches Wesen zu treffen. Vater würde alles erben. Oder nur einen Teil?

Bekam Mira, seine bekloppte Schwester, auch ein Stück vom Kuchen? Der Gedanke traf ihn wie ein Fußtritt ins Gesicht. Er stellte sich vor, zwei Polizisten in Zivil klingelten in der Prenzlauer Allee 33, die Frau aus Eritrea würde öffnen und die Beamten ins Wohnzimmer oder auf den Balkon führen, wo der Alte Kaffee trank und rauchte. Dieter Hauser ließ sich die Ausweise zeigen, setzte, von Natur aus misstrauisch, einen unverbindlichen Gesichtsausdruck auf, um die Staatsmacht mit Ironie zu strafen. Der blasierte Hochmut würde erst weichen, wenn ihm einer der beiden Männer den Anlass ihres Besuchs steckte, die Nachricht, dass sein Sohn David seit zwei Wochen, konkret dem 5. Oktober, als vermisst gemeldet sei und, wie man vermuten müsse, Opfer eines Verbrechens geworden war.

Man würde den Vater fragen, was er vom Lebenswandel seines Sohnes wusste, ob er Feinde, dubiose Bekanntschaften, besondere Neigungen habe. Der Schriftsteller würde die Ermittler enttäuschen, indem er angab, zu diesen Sachverhalten keine zweckdienlichen Angaben machen zu können. David sei vor allem umtriebig, pragmatisch, profitorientiert, er würde sich nicht scheuen, seine Vorurteile auszusprechen, andauernd unterwegs, sein einziges Hobby sei die Angelei, seinen Kahn würden sie an einem Liegeplatz in Grünau finden.

Hauser malte sich aus, dass die Polizei zum Bootshaus rausfuhr und seine Fischereiausrüstung überprüfte. Wenn das Boot am Steg lag, konnte man die Rettungstaucher wieder abbestellen. Nachdem sie auch in der Wohnung in Pankow keinen Hinweis auf seinen Verbleib gefunden hätten, würden sie nach seinem Auto fahnden. Parallel dazu schauten sie sich in der Firma um, erfuhren die Betriebsgeheimnisse von AIRDROP. Und plötzlich würde es einem findigen Kommissar wie Schuppen von den Augen fallen. Es gab keine bessere Möglichkeit, den Geschäftsführer dieses Unternehmens verschwinden zu lassen, als ihn in eines seiner Flugzeuge zu setzen und ins Niemandsland zu verbannen. Genauso würde es laufen. Die Polizei würde sich an REPAT wenden, die zuständige Abteilung im Innenministerium, um alle Flüge der letzten zwei Wochen unter die Lupe zu nehmen. Dummerweise tauchte sein Name in den Passagierlisten nicht auf, und Walid Said, dessen Passkopie der Kommissar vielleicht betrachtete, fiel ihm, trotz der Ähnlichkeit mit dem Gesuchten, nicht mehr auf als die anderen Afghanen, Pakistani und Nigerianer. David Hauser, so würde die Polizei schlussfolgern, befand sich nicht an Bord eines AIRDROP-Flugs.

Und der Syrer? Da er seine Heimreise nicht antrat, was die Polizei nicht ahnte, wo blieb er? Sicherlich nicht in Haft. Schlüpfte er in seine Identität? Der Gedanke war absurd. Niemand, selbst wenn er ihm wie ein Zwilling ähnelte, könnte ihn als Doppelgänger ersetzen. Vor allem kein Flüchtling, der gebrochen Deutsch sprach. Der Betrug würde sofort auffallen. Lebte dieser Walid Said, von seinen, David Hausers, an das Finanzamt Pankow abgeführten Steuerzahlungen unterstützt, in Berlin, oder war er, um eine Gegenüberstellung zu verhindern, ebenfalls ausgeflogen worden? Augenblick, dachte Hauser, wenn man ihm die Papiere Saids mit der Absicht unterschob, seinen Tod vorzutäuschen, wäre es dann nicht am klügsten, den Syrer umzubringen und seinen Körper als David Hauser auszugeben. Man musste nicht einmal selbst tätig werden, vielleicht übernahm der Asylant die Tötung selbst, indem man ihm eine Chance zum Selbstmord gewährte, dann musste man nur den Leichnam entsprechend präparieren. Unkenntlich machen. Durch einen Unfall zum Beispiel, damit von seinem Gesicht nicht viel übrig blieb. Auch Tote brauchten eine Identifikation.

Hauser sah den Araber, dessen angeblicher Geburtsort die Stadt Idlib war, in seinem zerstörten A6, blutüberströmt zwischen Lenkrad und Airbag, ein Polizist durchsuchte den Verunglückten, der seinen blauen Brioni-Anzug trug, und zog aus der Seitentasche des Jacketts seinen, David Hausers, Führerschein. Wenn ihm Walid Said ähnelte, in Statur, Körpergröße, Haar- und Augenfarbe, würde die Sache nicht auffliegen. Für einen DNA-Test gab es keinen zwingenden Grund. Die Todesursache war offensichtlich ein Unfall, überhöhte Geschwindigkeit, kein Verbrechen. In der Prosektur würde sein Vater nur einen flüchtigen Blick auf den ausgestellten Körper werfen, Isabel van Halen, falls sie die Polizei zur Identifizierung heranzog, ebenfalls.

Plötzlich erinnerte sich Hauser, dass ihn die Referentin ermuntert hatte, den Bart nicht abzurasieren, den er sich im Urlaub an der Algarve hatte stehen lassen. Es mache ihn männlicher, behauptete sie, reifer, irgendwie seriöser. Ein wenig sehe er aus wie dieser amerikanische Schauspieler, dessen Namen er immer wieder vergaß, ein *womanizer*, Schönling, aber mit Ecken und Kanten. Einmal, vor Jahren, war er ihm tatsächlich, leibhaftig, begegnet, in einem Hotel-Fahrstuhl an der Costa Smeralda, kurz bevor der Oscar-Preisträger auf einer sardischen Landstraße einen spektakulären Motorroller-Unfall hinlegte. Spielte er nicht in einem konfusen Thriller einen Agenten, der in Syrien im Einsatz war? Passte nicht alles zusammen? Vielleicht bereitete man in Deutschland gerade seine Beerdigung vor?

Hauser verscheuchte die Vision und trat aus dem Schatten in das gleißende Sonnenlicht, je höher er stieg, umso dünner und klarer wurde die Luft. Hinter dem Berg, den er erklomm, erhob sich ein weiterer Berg, der diesen noch um ein paar hundert Meter überragte. Er konnte sich nicht erklären, wieso er den Gipfel nicht schon früher wahrgenommen hatte. Auf der Wetterseite der Steine wuchsen Moose und Farne. Die Gegend sah aus wie frisch geschoren. Geduckte Pflanzen. Der Wind blies so stark, dass er sich immer wieder an die Felsen klammern musste, um nicht zu straucheln. Sein Schatten hatte den Bergkamm bereits erreicht, ihm selbst fehlten vielleicht noch zehn Schritte. Es wurden mehr als dreißig, bis er den Scheitelpunkt erreichte.

Vor seinen Augen breitete sich eine weite Ödnis aus. Kein Haus, keine Hochspannungsleitungen oder Spuren menschlichen Lebens. Auch Straßen, auf die er gehofft hatte, suchte er vergeblich. Kein Trampelpfad, kein Müll. Er hätte heulen können. Was für ein Betrug, was für eine Niedertracht. Das bedeutete sein Ende. Aber so schwarz er seine Zukunft sah, er verlor sich nicht in Verzweiflung, sondern machte sich, nahezu panisch, an den Abstieg. In spätestens zwei Stunden würde die Dunkelheit anbrechen. Bis dahin sollte er die Baumgrenze erreicht haben. Wenn er geglaubt hatte, der Weg nach unten gelänge schneller als der Aufstieg, hatte er sich getäuscht. Die vor ihm liegende Flanke des Berges war mit verkarsteten Steinen übersät.

Nachdem er einige Schritte quer zum Hang gelaufen war, löste sich eine Gerölllawine, krachte dreißig Meter von ihm entfernt abwärts und kam nach ungefähr vierzig Metern zum Erliegen. Nicht auszudenken, wenn sich ein solcher Abgang direkt über ihm ereignen würde. Viele Steinbrocken waren größer als Kinderköpfe. Hauser lief zwei Schritte, hielt inne, prüfte die Festigkeit des Bodens mit seinem Knüppel, schielte über seine Schulter und lauschte nach Geräuschen, die, wie er glaubte, einem Erdrutsch vorausgehen könnten. Immerhin hatte der Wind nachgelassen. Hauser sah mit Sorge, dass die Sonne bereits an die Spitzen der westlichen Hügel kratzte, die bis auf den Kamm bewaldet und also flacher als der Teil des Gebirges waren, dem er gerade den Rücken kehrte. Seine Hoffnung, die Wachstumszone zu erreichen, war nicht allein mit der Absicht verbunden, dort zu übernachten, vielmehr erwartete er festeren Grund, also eine verringerte Absturzgefahr. Hauser bewegte sich, als würde er ein Minenfeld durchqueren. Dies denkend, fiel ihm auf, dass er diese Möglichkeit, die nur naheliegend war, bislang nicht in Betracht gezogen hatte. Wenn er sich, wovon auszugehen war, in Syrien befand, irrte er durch ein Gebiet, in dem seit Jahrzehnten gekämpft und geschossen wurde. Die mehr oder weniger willkürliche Verteilung von Landminen, deren Koordinaten man später nicht mehr erinnerte, gehörte zu den irrationalen Spielregeln moderner Bürgerkriege.

Hauser nutzte die Schleifspur, die die Lawine auf den Hang gezeichnet hatte, zum Abstieg, falls es dort Sprengladungen gab, hätten sie explodieren müssen, zu viel Erdmasse war durch die Wucht des Steinschlags in die Tiefe gerissen worden. Nach dem Gesetz der Wahrscheinlichkeit ging, wo sich gerade eine Lawine gelöst hatte, nicht sofort eine zweite nieder. Mit diesen Gedanken machte sich der Wanderer Mut. Trotzdem kam er nur langsam voran und erreichte die ersten Büsche erst bei Anbruch der Dunkelheit. In der Flasche waren nur noch drei Finger breit Wasser. Hauser traute sich nicht, die letzte Reserve zu trinken. Er holte den Apfel aus dem Sack, roch daran, leckte an der Haut, biss hinein, zwang sich zum geduldigen Kauen, jede Kalorie musste gespalten, jedes Vitamin genutzt werden, er zermalmte auch das Kerngehäuse und den Stiel.

Nebel füllte das Tal. Hauser beschloss, ein Feuer zu machen. Damit erhoffte er sich dreierlei, zunächst Erwärmung, zweitens ein Signal in der Dunkelheit, wobei er die Frage, wer ihn in dieser Wildnis und bei derart miserablen Sichtverhältnissen entdecken könnte, verdrängte, drittens, die Abwehr wilder Tiere. In den Abenteuerfilmen, die er als Kind am Sonnabendnachmittag anschauen durfte, hatten verzweifelte Goldgräber sich stets mit Lagerfeuern und glühenden Holzstücken vor Wölfen geschützt. Er kroch zwischen den Gebüschen herum und tastete am Boden nach Ästen und morschem Holz. Die Ausbeute war gering. Obwohl er die Handschuhe trug, fürchtete er, bei der Suche giftiges Getier aufzustören, Skorpione oder Schlangen. Das Feuerzeug als Leuchtmittel zu nutzen, konnte er nicht riskieren, da auch der Gasvorrat zur Neige ging und der Zündmechanismus schon in der vorigen Nacht mehrmals versagt hatte. Der Tragesack aus Fallschirmseide leuchtete im Dunkeln, sodass er zumindest bemerkte, wenn er sich zu weit vom Biwak entfernte.

Schließlich hatte er genug Brennmaterial zusammen, um einen Versuch zu wagen. Er warf sich das Tuch als Windschutz über den Kopf, zerbrach Zweige und mischte trockenes Laub darunter. Papier wäre gut, dachte Hauser. Er besaß die Zigarettenbox, zwei S-Bahn-Fahrkarten, Zahnseide, Schokoladenpapier, die Plastikfolie für die Brote sowie die Verpackungen der Vitaminriegel. Gut, dass er außer der Wasserflasche nichts weggeworfen hatte. Obwohl die Verpackungen Müll waren, zögerte er, sie anzuzünden. Waren die Tickets nicht die letzten Brücken zu seiner Vergangenheit? Wie sollte er den Nachweis erbringen, dass er aus Berlin kam? In seiner Jacke steckte ein syrischer Pass, der auf einen Mann namens Walid Said ausgestellt war, die Textilien, die er am Leib trug, waren vermutlich in China oder Pakistan hergestellt. Wie wollte er beweisen, dass er Deutscher war, David Hauser, CEO der Firma AIRDROP, wie konnte er, falls man ihm, was durchaus möglich war, seine Geschichte nicht abkaufte, belegen, dass er irgendetwas mit Europa zu tun hatte? Er beschloss, nur eine Fahrkarte und zwei Riegelverpackungen als Fidibus zu opfern, die *Fair-Play*-Schachtel aber zu hüten. Die Steuerbanderole war noch intakt, die Packung also in Deutschland über den Ladentisch gegangen.

Als er die S-Bahn-Fahrkarte anzündete, fragte sich Hauser, ob auch auf dem anderen Ticket, das er verschont hatte, das Datum zu erkennen war. Schließlich würde der Aufdruck von entscheidender Bedeutung sein, um seine Legende zu stützen. Ein Mann, der eine Fahrkarte mit sich herumschleppte, die Anfang Oktober in Berlin gestempelt wurde, dürfte, wenn er nicht selbst dort gewesen war, jemanden kennen, der ihm das Beweisstück zugeschanzt hatte. Um was zu beweisen? Egal. Es war zu spät, die Fahrkarten zu vergleichen, die erste brannte schon und war ein guter Zunder, die Äste fingen Feuer. Hauser musste Nachschub besorgen, wenn die Flamme nicht gleich wieder ersticken sollte. Er warf den Fallschirm über einen Busch und versuchte, das Gewächs aus der Erde zu ziehen. Zu seiner nicht geringen Freude glückte dies. Die trockenen Teile fachten das Feuer an, die Blätter und jungen Triebe verursachten Qualm, den man, wäre es nicht stockfinster gewesen, in einiger Entfernung hätte sehen können. Im Lichtschein der Flammen entdeckte Hauser weiteres Holz. Er musste sich zügeln, nicht gleich alles auf die Feuerstelle zu werfen. Er öffnete die Flasche, spülte sich den Mund aus und spuckte das Wasser in die Flasche zurück. Dann legte er sich, in das Seidentuch gewickelt, zwei Meter neben den Flammen auf die Erde, weit genug weg vom Funkenflug.

Ihn weckte die Kälte. Die Asche qualmte. Hauser klaubte die restlichen Äste zusammen und stocherte in der Glut. Für einen Moment glaubte er in der Ferne ein dumpfes Grollen zu hören. Aber da sich das Geräusch nicht wiederholte, zweifelte er an seinen Sinnen. Er zündete sich mit dem Stock, den er zum Stochern benutzte, eine Zigarette an. Sein Vorrat war auf sechs Stück geschrumpft. Jedenfalls war es klüger, die Schachtel zu leeren, solange er etwas zum Anzünden besaß. Wenn das Feuerzeug den Geist aufgab, würde er sich verfluchen, dass er den Tabak nicht aufgebraucht hatte.

Das hastig inhalierte Nikotin verursachte ein angenehmes Schwindelgefühl. Hauser schloss die Augen. Sonst war diese Benommenheit ausgeblieben. Hatte er sie in der Aufregung nicht bemerkt oder verursachte der leere Magen den Taumel? Er hatte spät mit dem Rauchen angefangen. Lange Jahre hatte es ihn geekelt. Sein Vater, der Kettenraucher gewesen war, sich später aber zwang, den Tagesverbrauch auf zehn Stück einzuschränken, roch aus dem Mund. Papa, du stinkst, hatte er ihm gesagt, als er vier oder fünf war. Die Bemerkung hatte Dieter Hauser, den doch sonst wenig verunsichern konnte, getroffen. Sein Vater hatte versprochen, er würde das Laster, wie er sagte, aufgeben. Wann? An deinem sechsten Geburtstag, hatte der Schriftsteller erklärt und die Hand zum Schwur erhoben.

Aber zu Weihnachten, sechs Wochen nach dem 16. November, es war im Jahr 1982, rauchte er immer noch. Darauf angesprochen, hatte sich der Alte verteidigt, er schaffe es nicht, er brauche die Ablenkung, die Nikotin-Droge in der linken Hand, wenn er mit der rechten schreibe, er sei Schriftsteller, für ihn sei Tabak ein notwendiges Lebensmittel. David Hauser war enttäuscht. Er ahnte nicht, wie nützlich die Schwäche seines Erzeugers ihm später werden würde. Wann immer ihn der Vater an nicht eingehaltene Versprechen erinnerte, hatte David die Geschichte mit dem nicht gelieferten Geburtstagsgeschenk zur Hand. Sein Vater versuchte, ihn mit einer Wette abzulenken. Wenn er bis zu seinem achtzehnten Lebensjahr keine Kippen anfasste, würde er von ihm zweihundert Mark bekommen. Die Summe wurde nach der Wende auf zweihundert Westmark angepasst. Aber da wurde David bereits vierzehn, schlug den Gewinn in den Wind und rauchte in Vaters Gegenwart *Chesterfield* und *Marlboro*, wobei der Vater zu diesem Zeitpunkt, nach dem ersten Infarkt, den er nur knapp überlebt hatte, auf Schnaps verzichtete und den Zigarettenkonsum drastisch reduzierte.

Tabakgenuss, dachte Hauser, betäubt das Hungergefühl. Gegen Durst hilft er nicht. Würde er je aus diesen Bergen herausfinden? Diejenigen, die ihm die Strafe zugemessen hatten, waren auf eine ultimative Lösung aus. Keine Bewährung, sondern ein Todesurteil. Da konnte er sich noch so sehr in die Brust werfen und kraftmeierisch behaupten, so schnell sei er nicht am Ende. Nüchtern betrachtet, war er, David Hauser, am Arsch.

Er musste pissen. Der Harndrang stellte ihn vor eine Entscheidung. Sollte er seinen Urin in den Staub gießen oder besser auffangen? Womit? Das einzige Gefäß, das er besaß, war die Flasche. Zwei Fingerbreit Flüssigkeit waren noch drin. Er konnte die Entscheidung nicht hinauszögern. Pinkelte er ein, war die Hose nass und der Urin vergeudet. Also öffnete er die Flasche, trank den letzten Rest, kaute das abgestandene Wasser, so wie er in seinem früheren Leben einen edlen Rotwein abgeschmeckt hatte. Dann steckte er seinen Schwanz in die Öffnung und erleichterte sich. Er spürte, wie sich die Flasche erwärmte. Erstaunlich, dachte er, wie schnell man sich auf den Überlebensmodus einrichtet. Den Deckel festschraubend, zweifelte er, dass er von diesem Getränkevorrat allzu bald Gebrauch machen würde. Sicher war er sich nicht.

Wohin sollte er bei Anbruch der Dämmerung seine Schritte lenken? Nach Norden? Richtung Türkei? Dann lag ein weiterer Aufstieg vor ihm, und der Berg, den er bezwingen musste, war höher als der, der ihm gestern alle Kraft abverlangt hatte. Selbst wenn es die bessere Orientierung sein sollte, dachte Hauser, war das Wagnis zu groß. Ohne Nahrung und Wasservorräte konnte er eine solche Expedition nicht riskieren. Am Hang würde er keine Quelle finden. Bäche oder Flüsse suchten sich Täler. Also würde er nach Westen marschieren, wo, wenn seine Grundannahme stimmte, das Mittelmeer rauschte. Zwischen der Küste und seinem Standort lagen allerdings Hunderte Kilometer Landfläche, Gebirge oder Wüste, was wusste er schon.

Als die Sonne ihren morgendlichen Auftritt mit einem kitschigen Rosarot andeutete, machte er sich auf den Weg, die Büsche wuchsen so eng, dass er andauernd hängen blieb, wenn er sich hindurchzwängte. Dabei fühlten seine Hände den Tau, den die herzförmigen Blätter nachtsüber aufgefangen hatten. Er tauchte mit dem Kopf in das Laubwerk und leckte die Blätter ab, widerstand aber der Versuchung, in die frischen Pflanzenteile zu beißen, möglicherweise waren sie ungenießbar. Eine Magenverstimmung fehlte ihm noch. Holte er sich eine Diarrhö, wäre sein Schicksal besiegelt. Nachdem er den Kopf in ein Dutzend Gebüsche gesteckt hatte, um wie ein Vogel oder Insekt zu trinken, fühlte er sich angenehm erfrischt. Haar und Bart waren nass wie nach einem Duschgang.

So leicht sollten sie nicht mit ihm fertig werden. Seine Feinde hatten ihn in diese Pampa verschickt, in der festen Überzeugung, dass er nie wieder in Berlin auftauchte. Aber darüber war noch nicht entschieden. Er gab nicht auf. David Hauser glaubte an sich. Er hatte, mehr oder weniger aus eigener Kraft, ein florierendes Unternehmen aufgebaut, war zu Wohlstand und Renommee gekommen, er ließ sich sein Leben nicht durch ein paar militante Fanatiker entwenden. Er würde zurückkehren, koste es, was es wolle.

Wenn man ihn fragte, ob er an irgendetwas glaubte, an Gott, an die Freiheit, die Liebe oder etwas ähnlich Spekulatives, gab er zur Antwort, ich glaube an mich, dann ein paar Kilometer lang an gar nichts und am Ende ein bisschen an die Idee des Lieferservice. Das Credo, das er außerordentlich witzig fand, widmete er seinem Philosophie-Professor Kretschmer, der ihn einst im Ilmenauer Hörsaal einen intellektuellen Luftikus genannt hatte. Wahrscheinlich war der alte Spötter längst tot.

Der Weg ging beständig bergab. Er bewegte sich folglich aus dem Hochland in die Tiefebene, Richtung Siedlungsgebiet. Nach circa zwei Stunden musste er feststellen, dass die Annahme nicht stimmte. Das vermeintliche Flussbett, so üppig bewachsen, weil es im Frühjahr Wasser führte?, endete in einer Sackgasse. Die Schlucht, in deren Mitte er stand, besaß, wie er mit Staunen bemerkte, keinen natürlichen Ausgang. Sie war von schroffen Bergen eingerahmt. Die einzig offene Flanke war die Ostseite, aus der er gekommen war. Eine Schlucht ohne Ausgang schien ihm widersinnig. So hoch, wie die Gipfel waren, müssten sie in den Wintermonaten mit Schnee bedeckt sein, einige trugen noch immer oder schon wieder weiße Kuppen. Stiegen die Temperaturen, taute der Schnee, floss Schmelzwasser ins Tal. Wie suchte es sich seinen Weg ins Meer? Unterirdisch? Durch Felsspalten oder Höhlen?

Hauser näherte sich den Felsen. Er lauschte angestrengt, in der Hoffnung, ein Plätschern zu hören, ein Fließgeräusch, auf den mannshohen Steinen stehend, hielt er Ausschau nach Vögeln, sie würden wissen, wo eine Quelle sprudelte. Aber die Vögel, kleine, spatzenähnliche Tiere mit roten Köpfen, führten ihn an der Nase herum. Falls sie um versteckte Wasserlöcher wussten, unternahmen sie alles, um ihr Geheimnis zu hüten. Sie flatterten munter und kreisten über seinem Kopf, als wollten sie sich über ihn lustig machen. Hauser bewarf sie mit Steinen, aus Verzweiflung und in der leisen Hoffnung, sich ein Stück Fleisch zum Abendessen zu erjagen. Natürlich traf er nicht. Er bemerkte kaum, dass er den Aufstieg zum westlichen Berg begonnen hatte. Ihm blieb keine andere Wahl. Umkehr kam nicht in Frage.

Der Aufstieg war schwieriger als der gestrige, der Hang zerklüftet und steil, allerdings schien der Grund stabiler. Vielleicht ließ ihn diese Annahme unaufmerksam werden. Oder er forcierte sein Marschtempo zu sehr, weil er hoffte, noch vor Nachtanbruch den Scheitel des Berges zu erreichen, und achtete zu wenig auf den Weg. Ein Stein löste sich, Hausers linker Fuß verlor den Halt, er rutschte die Böschung hinunter, mehrere Meter, drehte sich in der Bewegung und landete, mit mehr Glück als Verstand, auf einem mit Moos bewachsenen Plateau. Wieder war das linke Knie betroffen, die Wunde, die er sich beim letzten Sturz zugefügt hatte, blutete kräftig, die Hose war eingerissen, aber das Gelenk unversehrt, er konnte das Bein anwinkeln. Er beschloss, den Unfall als einen Wink zu nehmen, es war Zeit für eine Rast, die Stelle eignete sich als Schlafplatz.

Eine weitere Inventur. Sein Vorratslager war in einem miserablen Zustand: ein Vitaminriegel, zwei Zigaretten und ein paar Milliliter gelbbrauner, gut durchgeschüttelter Eigenurin. Büsche wuchsen hier nicht, nur dürre Gräser. Trotzdem gab es Brennholz. Knochenbleiche Äste lagen zwischen den Felsen. Dreißig Meter über sich erblickte Hauser spärlich belaubte Baumkronen, aber keine Stämme. Ungefährlich war dieser Rastplatz nicht. Trotzdem weigerte er sich, eine andere Stelle zu suchen. Da er weder die S-Bahn-Fahrkarte noch die Zigarettenschachtel zum Anzünden benutzen wollte, kramte er die aufbewahrten Kippen aus der Jackentasche und vermengte das Filtermaterial mit zerbrochenen Zweigen. Die Fasern schmolzen. Dafür fing das Holz schnell Feuer.

Hauser bemerkte mit Entsetzen, dass sich die Sohle des linken Schuhs bei seinem Fehltritt gelöst hatte. Alles ging zu Bruch. Er sengte ein Loch in die Fallschirmseide, trennte einen Streifen ab, den er um den Schuh wickelte. Dann kürzte er ein Seil, verknotete das Tuch. Ein Klumpfuß. Die Bandage würde sein Marschtempo bremsen, trotzdem war es allemal besser, ein Provisorium zu ertragen, als auf Socken zu laufen. Er hockte vor dem Feuer und dachte an gar nichts. Es war sinnlos zu jammern, sinnlos, Pläne zu schmieden. Er würde den Aufstieg morgen früh fortsetzen. So lange, bis er umfiel. Da um ihn herum keine Büsche wuchsen, würde er keinen Tau trinken können. Aber trinken musste er. Das lernte man als Pfadfinder am ersten Ausbildungstag: Man muss Flüssigkeit aufnehmen, wenn man überleben will.

Er öffnete die Flasche. Der Gestank war das Schlimmste. Hauser ekelte sich nicht. Luxusleiden konnte er sich nicht leisten. Aber hatte die Selbstgeißelung einen Nutzen? Konnte der Körper mit der Pisse etwas anfangen? Würde er nicht exakt die gleiche Menge Urin, die er zu trinken beabsichtigte, am nächsten Tag in das Behältnis zurückspritzen? Er nahm einen spitzen Stein und markierte den Pegelstand an der Plastikflasche. Morgen würde er mehr wissen. Er schluckte die Flüssigkeit mit geschlossenen Augen, als könnte das helfen, den Geschmack zu verdrängen. Der Urin hinterließ einen muffigen Eindruck in seiner Mundhöhle. Er entnahm dem Vorratsbeutel die Zahnseide, trennte ein Stück ab und säuberte sich die Zähne. Die Schnur schmeckte nach Pfefferminz, seine Finger nach Sand und Salz. Dann zog einen längeren Faden aus der *Perlodent*-Dose und stopfte ihn in den Mund. Die Schnur verwandelte sich, je länger er darauf herumkaute, in einen faserigen Klumpen. Die Erfindung des Kaugummis. Nur Blasen konnte man damit nicht machen. Er spuckte das Knäuel in die Folie, die von den Broten übrig geblieben war.

Mit einem Gefühl vollständiger Verlorenheit schlief er ein. Hauser zählte nicht, wie oft er wach wurde und Holz nachlegte. Die Nacht war sternenklar, er fror trotz der Hitze der Glut. Dann wurde er mit einem heftigen Ruck aus dem Schlaf gerissen. Ein Gewicht drückte auf seine Schultern, seine Arme wurden auf dem Rücken zusammengepresst, er spürte die Fesselung seiner Unterarme, ein Knie stach ihm in die Taille. Hauser schrie, unklar, ob vor Schreck oder Schmerz. Jemand zog ihn an den Haaren, so dass er das Gesicht vom Boden hob. Ein Sack wurde ihm über den Kopf gestülpt. Er sah nichts mehr. Schon wieder steckte er in einer Box. Nur, dass sein Gefängnis diesmal einen sehr eigenen Geruch hatte. Ziegenkäse, meinte er.

Der Angriff dauerte keine zwanzig Sekunden, kräftige Hände umklammerten seine Brust, schleiften ihn einige Meter und ließen ihn unsanft fallen, ein harter, spitzer Gegenstand drückte unterhalb des linken Schulterblatts in seinen Rücken. Bitte, hörte er sich flehen, tun Sie mir nichts, ich bin Deutscher, wer immer Sie sind, helfen Sie mir, I need help. Ich bin aus Deutschland, Germany. Please. Hauser erhielt keine Antwort. Allerdings atmete jemand in der Nähe seines verhüllten Gesichts, Finger tasteten ihn ab, Hände fuhren in seine Taschen. Jemand lief um ihn herum. Wie vielen Angreifern stand er gegenüber? Zwar war die Art und Weise der Begegnung alles andere als freundschaftlich, gleichzeitig fühlte er Erleichterung, dass er auf Menschen gestoßen war, besser gesagt, dass ihn menschliche Wesen entdeckt hatten.

Alles würde sich aufklären. Er besaß keine Wertsachen, in seinen Taschen steckten ein Pass, ein veraltetes Handy, ein Feuerzeug, nichts, für das sich ein Verbrechen lohnte. Jetzt roch er Zigarettenrauch, trotz der dicht gewebten Kapuze. Offenbar bedienten sich die Unbekannten an seinen letzten Vorräten. Sparsamkeit zahlt sich nicht aus, dachte er, er hätte die Kippen selbst rauchen sollen.

Mein Name ist David Hauser, erklärte er, jedes Wort betonend, ich bin deutscher Staatsbürger, aus Berlin, kein Syrer, I'm German. Seine Stimme klang unheimlich, wie aus einer Tonne. Wieder blieb sein Gesprächsangebot unbeantwortet. Entweder verstand man ihn nicht, oder die Angreifer stellten sich dumm. Plötzlich spürte er einen Stoß. Der harte Gegenstand traf ihn diesmal in den Bauch, dort, wo das Zwerchfell liegt. Eine Stange, ein Stock oder der Lauf eines Gewehrs? Bevor er sich zu einer Erkenntnis aufraffen konnte, zog man den bedrohlichen Stachel aus seinem Fleisch. Hauser atmete erleichtert auf, um sogleich wie vom Donner gerührt zusammenzuzucken. Ein Schuss, abgefeuert in unmittelbarer Nähe seines Kopfes, hinterließ in den Ohren ein Taubheitsgefühl.

Er hatte sich auf den Boden geworfen, wurde aber sofort gepackt und in den Stand gerissen. Ich bitte Sie, guter Mensch, haben Sie Mitleid, ich bin unschuldig, my name is David Hauser, trust me. Jetzt spürte er den Gewehrlauf, das Rätsel hatte sich mit dem Knall gelöst, erneut im Rücken. Die Haube wurde ihm vom Kopf gerissen. Er wagte nicht, den Kopf zu wenden, blieb einfach stehen und wartete auf die nächste Entscheidung seiner Peiniger. Plötzlich war er sich nicht mehr so sicher, dass er aus der Situation unbeschadet herauskommen würde. Jede falsche Bewegung konnte sein Ende bedeuten. Eine Hand packte seine Schulter mit einem energischen Griff und schubste ihn vorwärts. Alles verlief in vollkommener Stille. Wortlos. Auch der Gefangene schwieg und stolperte, ohne dass ihm eine Richtung gewiesen worden war, bergan.

Im Dunst der Dämmerung tauchte die Baumgruppe auf, die er am Abend über sich bemerkt hatte. Sobald er schräg zum Hang lief oder sich durch Felsspalten zwängte, schaffte es der Deutsche, kurze Blicke nach hinten zu werfen. Ihm folgte ein einziger Mann. Der machte ab und zu durch ein trockenes Husten deutlich, dass er ihm auf den Fersen blieb. Wobei er wenig Lust zeigte, anzudeuten, wohin sein Gefangener laufen sollte. Wenn sie kein Ziel hatten, was war dann der Zweck dieses Spaziergangs? Er bemerkte, dass er der Wendung seines Geschicks eher mit Neugier begegnete als mit Furcht. Er sah in der Festnahme den Auftakt seiner Rettung. Der hoffnungsfrohe Gedanke beschleunigte seine Schritte, sodass der Fremde Mühe hatte, das Tempo mitzuhalten.

Hauser erinnerte sich an eine Geschichte, die ihm während eines verregneten Wochenendausflugs in einem Hotel an der Außenalster in die Hände gefallen war. Eine Partisanengeschichte eines bulgarischen oder italienischen Schriftstellers. Oder der Albaner mit dem orientalisch klingenden Namen? Darin liefen zwei Männer in die Berge, ein Scharfrichter mit geladener Waffe und ein Verräter, der sich die ganze Zeit in der Hoffnung wiegte, man würde ihn begnadigen, verschonen, man hätte das Doppelspiel nicht bemerkt, weil alle, die er den Faschisten ans Messer geliefert hatte, umgekommen waren. Kadare, so hieß der Albaner. Hauser war aber unsicher, ob die Erzählung von ihm stammte. Auch wusste er nicht, wie sie ausging. Die slowakische Geisha, ihr Name war Nela, die er in Hamburg bestellt, aber über der Lektüre beinahe vergessen hatte, klopfte an seine Tür. Nachdem sie gegangen war, hatte er das Buch nicht mehr angerührt.

Jedenfalls, dachte er jetzt, sollte man sich nie in falscher Sicherheit wiegen, wenn man vor einem Mann, der ein Gewehr trug, durch einsames Gelände geführt wurde. Gab es zwischen seiner Verschickung und der Gefangennahme einen Zusammenhang? Sehr unwahrscheinlich. Er war dem Fremden durch Zufall in die Arme gelaufen. So wie ihn auch die Wölfe nachts im Schlaf hätten überfallen können. Oder die Geier. Auch hätte er bei der Landung gegen einen Felsen prallen, hätte der Fallschirm sich nicht öffnen können. Er keuchte. Die Sonne glühte am östlichen Himmel und traf seinen Nacken und den Schädel. Ihm fehlte das schützende Tuch. Wo befand sich sein Gepäck? Hatte es der Bewacher eingesteckt? Er trug, wenn er sich nicht irrte, einen Leinenbeutel über der Schulter.

Von seinem Verfolger hatte er bislang nur Schemen erhaschen können. Ein Mann mittlerer Statur, gestutzter Oberlippenbart, schlecht rasierte Wangen, verwitterte Haut, ein Turban oder eine Ballonmütze auf dem Kopf, tief in die Stirn gezogen, ein Mund mit Zahnlücken. Sie liefen, und je länger sie liefen, umso sicherer war Hauser, dass er nicht zur Exekution geführt wurde. Um ihn zu erschießen, hätte ihn der Fremde nicht stundenlang, um Atem ringend, durch das trostlose Hochland treiben müssen. Sie erreichten die Anhöhe. Hauser warf einen sehnsüchtigen Blick ins Tal, konnte aber keine Anzeichen von Zivilisation entdecken, kein Haus, kein Auto, keine Straße. Eine kahle Karstlandschaft, in der jeder Fluchtversuch Selbstmord wäre. Der Mann könnte ihn wie einen Hasen aufs Korn nehmen.

Sollte er die Richtung bestimmen, links oder rechts, abwärts oder bergan? Der Mann berührte sein linkes Schulterblatt und dirigierte ihn nach rechts. Also lief er auf dem Kammweg nach Norden. Oder Nordwesten.

Der Sonnenstand war ein ungenauer Kompass. Am Horizont erhob sich ein schneebedeckter Gebirgszug. Hauser schätzte seine Höhe auf dreitausend Meter. Befand er sich doch in Afghanistan? Oder im Nordirak? War der Alte ein Taliban oder Gotteskrieger? Wieso versah man ihn mit syrischen Papieren, um ihn in einem anderen Krisengebiet abzusetzen? Das entbehrte jeder Logik. Und wenn es in dieser Unternehmung kein System gab, sondern einzig Willkür? Wieso schwieg der Mann?

Das Seil, das seine Schuhsohle fixierte, hatte sich gelockert, wahrscheinlich durchgerieben. Die Stoffbandage schleifte am Boden, mehrmals war er draufgetreten, wagte aber nicht, eine Auszeit einzufordern. Jetzt spürte er einen Stoß im Rücken und wandte sich um. Der Mann deutete mit dem Gewehr auf einen Stein am Fuß eines verkrüppelten Nadelbaums. Das hieß wohl, er sollte sich hinsetzen. Die Waffe blieb auf ihn gerichtet. Zwei übereinandergelagerte Läufe, ein Jagdgewehr. Sein Bewacher ließ den Leinensack fallen. Hauser registrierte: militärische Schnürstiefel, schlecht gepflegt, schwarze Cordhose, am Gürtel ein Messer, vielleicht ein Bajonett, in hellbrauner Lederscheide. Um den Oberkörper des Mannes zu betrachten, hätte er den Kopf heben müssen. Er wagte es nicht. Trotzdem war Hauser erleichtert. Der Bewacher sah nicht aus wie ein Soldat oder Bandit oder Terrorist. Ein Jäger, dachte Hauser, hatte ihn überwältigt, ein einfacher Mann, vielleicht ein Schäfer oder Bauer, der sich ein Kaninchen schießen wollte.

Wenn er ihn verstehen würde, könnte er ihm ein Angebot machen. Hören Sie zu, guter Mann, würde er sagen, ich bin Deutscher, Unternehmer aus Berlin, ich wurde entführt, fragen Sie nicht nach den genauen Umständen, die spielen keine Rolle, aber wenn Sie mir helfen, in die nächste Stadt zu kommen, zu einem Polizeiposten oder, von mir aus, auch nur zu einem Telefon, kriegen Sie eine Belohnung. Tausend Euro oder Dollar, ganz egal, Sie sollen es nicht bereuen. Deutschland, sagte Hauser, Mercedes, Lufthansa, Bayern München. Er rieb den Daumen gegen den Zeigefinger. Money. Es blieb unklar, ob eines seiner Worte den Mann erreichte. Der Schäfer räusperte sich, spuckte aus, legte das Gewehr auf die Erde und zog das Messer aus der Lederhülle. Mit einer knappen Bewegung war das Seil durchgetrennt, das Hausers Schuh umschnürte. Der Stahl musste rasiermesserscharf sein, denn die Teilung beanspruchte keinerlei Kraftanstrengung. Dann wurden Hausers Arme auf den Rücken gedreht und an den Handgelenken zusammengehalten, er prallte gegen den Stamm, an dem sich sein Bewacher zu schaffen machte.

Die Sitzposition, in der Spalte zwischen Stein und Baum, war unbequem. Dadurch, dass die Unterarme mit dem Holz verknotet worden waren, konnte er die Stellung kaum korrigieren. So musste es sich anfühlen, wenn man aus Versehen mit dem Hintern ins Klobecken rutschte. Der Deutsche hatte keinen Anlass, seine Lage witzig zu finden. Er fügte sich in sein Schicksal. Der Mann wollte ihn ruhigstellen und den zerfetzten Turnschuh reparieren. Damit sie schneller vorankamen. Hätte er an seiner Stelle auch gemacht. Vorsicht war die Mutter der Porzellankiste. Ein Tritt mit dem Knie in sein Gesicht, schon befanden sie sich in einer anderen Konstellation.

Als ihm der Fremde erneut den muffigen Stoffsack über den Kopf stülpte, sah er auch darin nicht mehr als eine Schutzmaßnahme. So konnte er niederknien und unbedroht die Bandage erneuern. Hauser hatte sich geirrt. Er hörte, dass der Schäfer das Gewehr vom Boden nahm. Offenbar wurde auch die Leinentasche aufgehoben. Dann ging der Bewacher weg. Hauser lauschte angespannt. Die schlurfenden Schritte entfernten sich. He, rief er, nicht, gehen Sie nicht weg, lassen Sie mich hier nicht zurück! Hallo, hören Sie mich? Hilfe! Hilfe! Hauser schrie lange und mit ganzer Stimmkraft. Dann schwieg er abrupt. Stille. Für einen Augenblick dachte er gar nichts, horchte nur angestrengt in die Dunkelheit, in der Hoffnung, der Mann würde es sich überlegen, umdrehen, zurückkehren.

Seine Finger suchten den Strick, mit dem er an den Baum gebunden war, doch merkte er bald, dass die Idee einer Selbstbefreiung illusionär war. Er war nicht Houdini. Der Schäfer hatte ihn so gefesselt, dass sich die Handrücken berührten, die Finger trafen sich nicht, sondern kreisten in der Luft wie hilflose Würmer. Wenn er sie nutzen wollte, musste er die Arme in der Schlinge drehen. Nur war der Strick zu straff gewickelt. Sosehr er sich bemühte, er erreichte nicht mehr, als dass die Haut an den Handgelenken abschürfte und ihn ein stechender Schmerz in der Schulter an den Sturz erinnerte.

Er schrie wieder um Hilfe. Minutenlang, bis ihm der Atem ausging. Schweiß lief in seine Augenwinkel. Bei der Hitze, die sich unter der Kapuze bildete, würde es nicht lange dauern, bis er in Ohnmacht fiel. Hauser beugte sich so weit nach vorn, wie es die Fesseln zuließen, und schwenkte den Kopf. Er kam sich vor wie ein Pferd, das Fliegen abschüttelt. Der Sack hing ihm bis auf die Schultern, ein schweres Gewebe. Mit ruckartigen Bewegungen war die Scheuklappe nicht zu entfernen, warf er den Kopf nach links, rutschte die Haube zum Ohr hin, doch wurde der Erfolg zunichte, sobald er die Gegenbewegung unternahm. Hauser senkte das Kinn und begann den Kopf nach hinten zu schleudern. Damit der Sack nicht wieder in die Ausgangsposition zurückfiel, biss er in das steife

Tuch, balancierte die Kapuze, indem er sie mit den Zähnen im Gleichgewicht hielt, und unternahm den nächsten Versuch.

Tatsächlich gelang es ihm, die lästige Hülle auf die Stirn zu bugsieren und abzuwerfen. Er rang nach Atem, hechelte wie ein Hund. Jetzt, da die Gefahr zu ersticken gebannt schien, spürte er den quälenden Durst, seine Zunge fuhr über die Lippen, hinterließ aber kaum Feuchtigkeit. Von seinem Bewacher war nichts zu sehen. Hatte er ihn bis hier laufen lassen, nur um ihn seinem Schicksal zu überlassen? Hausers Gedanken rasten. Ihm blieb nicht viel Zeit. Der Sonne ausgesetzt, hungrig, dehydriert, von den Märschen ermüdet, würde er nicht lange durchhalten. Wenn er die Fesseln nicht loswurde, würde er an diesem Ort sterben. Jede Armbewegung verursachte Schmerzen, brachte aber keine Lockerung der Stricke. Wie hatte er die Seile durchgetrennt? Mit dem Feuerzeug. Das steckte, wenn es der Schäfer nicht konfisziert hatte, in der Hosentasche. Er befreite den linken Fuß von der Bandage, schlüpfte mit seiner Hilfe aus dem anderen Schuh und versuchte, die Hosen abzuschütteln. Glücklicherweise war die Jeans zu lang und zu weit. Er musste den Bauch einziehen und den Hintern vom Stein heben, um sie auszuziehen. Das Kleidungsstück klatschte auf die Erde. So weit, so gut.

Seine Fußspitze erreichte den Hosenbund und schob die Jeans in die Nähe des Steins, zwischen seine Beine. Würde das Vorhaben funktionieren? Stück für Stück balancierte er die Hose bis auf Höhe des Knies, wobei ihm der linke Unterschenkel als Schiene diente. Endlich landete sie in Hausers Schoß. Noch war nicht viel gewonnen. Er musste das Feuerzeug in die Finger bekommen. Hauser beugte den Kopf, so tief er konnte, und kriegte den Stoff erneut mit den Zähnen zu packen. Unter der

Armbeuge hindurch bugsierte er die Hose in die Spalte zwischen Stein und Baumstamm. Allerdings war der Stoff zu sperrig, er blieb irgendwo hängen und rutschte nicht weiter. So ausdauernd seine Finger tasteten, sie erreichten keinen Fetzen.

Da erblickte er einen halben Meter von seinem Platz entfernt, einen armlangen Stock. Er wiederholte das Manöver und brachte das Holz in seinen Besitz. Nach Dutzenden gescheiterten Versuchen klemmte der Stock zwischen seinen Knien, er bekam ihn mit den Zähnen zu greifen. Mit dem Stock stopfte er die Hose in die Höhlung. Hauser biss so kräftig in das Holz, dass er um seine Implantate fürchtete, aber da der Schäfer seine Arme nah am Boden festgebunden hatte, war die Gefahr, dass ihm die Hose entglitt, gering. Die Finger erreichten das Feuerzeug und bekamen es, nach minutenlangem Tasten, tatsächlich in den Griff.

Jetzt begann der schwierigste Teil der Befreiungsaktion. Er musste die Hände so verdrehen, dass die Flamme, falls er eine Zündung herstellen konnte, die Fessel traf und den Strick durchtrennte. Die Möglichkeit, das Feuerzeug zu verlieren, eine Aussicht, die ihn fahrig werden ließ, war genauso groß wie die, sich die Hände zu verbrennen. Er hielt es in der rechten Hand, zwischen Daumen und Ringfinger, und drehte mit dem Mittelfinger das Rädchen, um eine Zündung herzustellen. Wenn das glückte, was schwierig genug war, musste er noch die Taste drücken, die das Gas ausströmen ließ. Nach einigen erfolglosen Versuchen, er war kurz davor, die Unternehmung abzubrechen, spürte er die Hitze am Handrücken, er versuchte, der Flamme, so gut es eben ging, auszuweichen, hielt dabei das Feuerzeug weiter krampfhaft fest, im Bemühen, dass die Schnur Feuer fing und schmolz. Die Bewegungen, die er ausführte, waren völlig willkürlich. Häufig erwischte die Flamme seine Finger, er biss die Zähne zusammen und stöhnte vor Schmerz. Irrte er sich oder lockerte sich die Fessel? Tatsächlich, er konnte die Hände in einen größeren Abstand bringen. Das half ihm, die Flamme sicherer zu dirigieren. Er zog erst die linke, dann die rechte Hand hervor. Die Jackenärmel waren angesengt, die Finger geschwollen, die Haut an den Handgelenken abgerieben. Seine Kehle war wund vor Trockenheit, er rutschte aus der Senke zwischen Stein und Baum, blies sich Luft auf die Finger und stand auf zitternden Beinen, David Hauser, Manager des Jahres, in seinen Unterhosen im Niemandsland.

Er stieg in die Jeans, so schnell er konnte, nicht allein, weil ihn fröstelte, vielmehr, weil er fürchtete, was er eben noch ersehnt hatte, dass der Schäfer zurückkehrte. Wenn ihn seine Ohren nicht getäuscht hatten, war der Mann in die Richtung verschwunden, aus der sie beide gekommen waren, also beschloss Hauser den Weg auf dem Kamm fortzusetzen. Zunächst wickelte er sich den Stoff um den linken Schuh und verschnürte die Bandage, dann suchte er am Fuße des Baums nach dem Feuerzeug, das er fallen gelassen hatte, verstaute die Reste des Fallschirmseils in der Kapuze, die ihm der Schäfer über den Kopf gestülpt hatte. Es handelte sich, wie er jetzt sah, um einen gestutzten, umfunktionierten orientalischen Teppich.

Seine Habseligkeiten hatten sich noch einmal reduziert. Das Samsung-Handy und sein Tragesack aus Fallschirmseide waren verschwunden. Er besaß ein fast leeres Feuerzeug, die Haube, ein paar Stücke Seil, eine S-Bahn-Fahrkarte und den syrischen Pass, den ihm der Entführer, der seinen Tod plante, unbegreiflicherweise nicht abgenommen hatte. Sosehr er sich über die Selbstbefreiung freute, das euphorische Gefühl hielt nicht lange an, er wusste, dass er dringend eine Siedlung oder Menschen aufspüren musste, die ihm zu essen und zu trinken geben würden. Alles Weitere, hoffte er, würde sich dann finden.

Das Auftauchen des Schäfers, der ihm so übel mitgespielt hatte, konnte auch als gutes Omen gelten: Da der Fremde kaum Vorräte mit sich herumtrug, musste ein Dorf oder eine Stadt, in der er Obdach und Versorgung genoss, nahe sein. Hauser hatte keine Zeit zu verlieren, er hob die Haube auf, die sich nur umständlich transportieren ließ. Weil seine Hände schmerzten, klemmte er sich den Sack erst unter den Arm, dann in den Hosenbund. Die Last wegzuwerfen, wagte er nicht. Falls er eine weitere Nacht im Freien zubringen musste, brauchte er jedes Stück Stoff, um sich zu wärmen. Hauser wandte sich um. Auf dem Pfad, den er entlanglief, war er weithin sichtbar, es gab nur krüpplige Vegetation und kaum Deckung. Er lief so schnell er konnte, in einiger Entfernung, es mochten wohl fünfhundert Meter sein, fiel der Weg ab, wie es danach weiterging, war nicht zu erkennen. Vielleicht blickte man von dort in ein bewohntes Tal? Das Erste, was er erbitten würde, war Wasser. Seine Lippen waren verkrustet und aufgesprungen. Die Zunge fühlte sich an wie ein Fremdkörper. Hauser schwankte. Er musste sein Tempo drosseln.

Plötzlich lag er auf dem Boden, hechelte in den Sand. Wenn er sich mit den Händen aufstützte, spürte er die Brandblasen. Nur noch wenige Meter bis zum Höhepunkt des Weges. Der Anblick von Dächern, vielleicht Schornsteinen, Läden, Tankstellen würde ihm neue Kraft verleihen. Mühsam richtete er sich auf und taumelte weiter. Als er den Zenit erreichte, schloss er für einen Moment die Augen, öffnete sie voller Hoffnung. Das Tal war unbesiedelt, aber, immerhin, nicht alles war verloren, Hauser erblickte das schmale Band einer Straße, die von irgendwo kam und, davon war auszugehen, nach irgendwo führte, auf der sich also, in welchen Abständen auch immer, Autos bewegen würden. Dort konnte er auf Rettung hoffen. Als er nach einer Stelle suchte, die einen gefahrlosen Abstieg ermöglichte, trat ihm ein Mann in den Weg, der hinter einem Felsvorsprung gewartet hatte.

Es war der Schäfer, der ihn mit dem Gewehr im Anschlag, aber mit regloser Miene begrüßte. Er hustete, holte geräuschvoll Schleim aus der Kehle, spuckte aus und nahm ihn wortlos in Empfang, als hätten sie sich nur für ein paar Stunden getrennt mit der Vereinbarung, sich bei Sonnenuntergang hier wiederzutreffen. Hauser schwieg. Eine unbeschreibliche Gleichgültigkeit hatte sich seiner bemächtigt. Der Schäfer hieß ihn mit einem Wink seiner Waffe auf dem Boden Platz zu nehmen. Bereitwillig fiel der Deutsche auf die Knie, hob gleichzeitig die Hände. Der Fremde lehnte die Flinte an den Felsen, hinter dem er auf seine Geisel gelauert hatte, und begann in dem Leinentuchsack zu wühlen, der über seine Schulter hing. Die Flasche, die er präsentierte, erinnerte Hauser an seine eigene, nur dass sie statt Pisse eine klare Flüssigkeit enthielt. Der Schäfer gönnte sich einen ausgiebigen Schluck, fuhr mit der Hand durch den Schnauzbart und verteilte das Nass im Gesicht. Dann schraubte er den Deckel auf die Flasche und warf sie zu Hauser. Dem gelang es gerade noch, die Kostbarkeit aufzufangen.

Das eiskalte Wasser schmeckte wie Gold. Ihm fiel kein besserer Vergleich ein. Er schluckte, schluckte und schluckte, spürte wie die Herrlichkeit die Kehle erfrischte, umklammerte die Flasche in der Absicht, sie bis auf den letzten Tropfen leer zu trinken, aber der Alte entriss sie ihm, sodass wertvolle Tropfen auf den Boden fielen. Hauser rang mit dem Unbekannten, bis dieser das Messer aus der Scheide zog und damit gefährlich nah an sein Gesicht kam. Er wurde gezwungen, sich umzudrehen, seine Arme wurden gepackt und die Handgelenke erneut mit Fesseln verbunden. Was immer der Verrückte vorhatte, umbringen wollte er ihn offenbar nicht.

Ein grober Stoß mit dem Gewehrkolben ließ ihn anhalten. Der Fremde deutete nach rechts. Ein Trampelpfad führte in die Berge. Mit jedem Meter wurde das Gelände unwegsamer. Hauser blieb vor Felsspalten stehen, unsicher, ob er in die vorgesehene Richtung lief, aber der Schäfer nickte und forderte ihn stumm zum Weitergehen auf. Es war nicht leicht, sich ohne Zuhilfenahme der Hände durch eng stehende Felsen zu zwängen, mehrmals fiel er gegen das Gestein und zerschrammte sich das Gesicht. Auch sein Verfolger hatte Mühe mit dem Labyrinth, ihn behinderten der Leinensack und die Waffe. Hauser hätte davonlaufen können. Aber wohin? Der einzige Weg führte nach oben. Sie bewegten sich wie in einem Schacht. Zwischen die Felsen verirrten sich wenige Lichtstrahlen. Immer häufiger strauchelte Hauser. Wenn er stürzte, inzwischen drei Mal, zog ihn der Schäfer wieder auf die Beine. Er hielt ihm die Flasche an den Mund und gab ihm einen Schluck zu trinken, schob ihn anschließend durch eine Spalte, die so flach war, dass er sie nur auf Knien passieren konnte. Auch hier war der Boden, wie Hauser bemerkte, ausgetreten, so als wären dort häufiger Menschen unterwegs.

Sie befanden sich auf einem halsbrecherischen Pfad, anderthalb Meter breit, an den schmalsten Stellen nur halb so viel, direkt in den Berg geschlagen. Links von ihnen lauerte der Abgrund. Wie tief es hinunterging, konnte Hauser nicht erkennen, doch befanden sie sich mit Gewissheit ein paar hundert Meter oberhalb der Straße. Plötzlich wurde der Weg breiter. Sie erreichten ein Plateau, von dem aus man das Tal vollständig einsehen konnte. Nach Hausers Schätzung war es mindestens einen Kilometer breit. Der Sonnenuntergang war von einer zynischen Schönheit.

Der Schäfer warf den Tragesack ab und zog Hauser auf den Boden. Dann verschwand der Fremde in einer Spalte. Wenig später kehrte er zurück und trug in der einen Hand ein Fladenbrot, in der anderen einen gelbgrauen Käse. Hauser nahm alles wie durch einen Schleier wahr. Erstaunlich, dass er die Augen noch offen hielt. Der Schäfer würde ihn erschießen müssen, zum Weiterlaufen konnte er ihn nicht zwingen. Die Arme hingen an ihm herab wie Puppenglieder, als ihm der Mann die Fesseln löste. Er bekam ein Stück Brot und murmelte: Danke. Ihm war, als bemerkte er ein verständnisvolles Blitzen in den dunklen Augen seines Bewachers. Es war eine karge Ration, und Hauser zwang sich, langsam zu kauen. Der Schäfer schnitt mit dem Dolch dicke Scheiben vom Käse ab, spießte sie auf und steckte sie in den Mund. Hauser musste sich mit Brot begnügen. Allerdings wurde ihm gestattet, die Wasserflasche auszutrinken. Der Fremde besaß eine eigene. Es war inzwischen so dunkel, dass er nur noch die Umrisse des Alten erkennen konnte. Zog der an seiner Zigarette, sah Hauser für einen Augenblick die Nase und den Schatten des Barts. Er knetete seine Finger, in die langsam das Blut zurückkehrte. Er lebte noch. Wie viele Tage waren seit seiner Landung vergangen? Drei? Vier? Ihm fielen die Augen zu.

Jemand leuchtete ihm mit einer Öllampe ins Gesicht. Der Schäfer packte die Knopfleiste seiner Jacke und forderte ihn zum Aufstehen auf. Hauser gehorchte und ließ sich willenlos abführen. Hinter dem Spalt, in dem der Bewacher mehrmals verschwunden war, öffnete sich eine Art Grotte. Ihre Größe konnte Hauser schwer abschätzen, da die Lampe nur einen kleinen Bereich erhellte. Er wurde tiefer in den Berg geschoben. Die Wände, an denen er Halt suchte, waren kalt, aber trocken. Der Fremde beleuchtete den Boden und drückte ihn plötzlich nach unten, er landete hart auf den Knien. Dann hörte er ein Klicken, spürte Metall an seinem linken Handgelenk und war mit der Höhlenwand verbunden. Hauser betastete die Fessel, eine primitive Handschelle. Der Schäfer hatte sie in einen Ring eingeklinkt, der in den Felsen geschlagen oder dort eingemauert worden war. Glücklicherweise nah am Boden, sodass er den Arm ablegen konnte. Obwohl es nur eine andere Art Gefangenschaft war, wusste er der neuen Lage etwas abzugewinnen. Zumindest eine Hand war frei, den Kopf konnte er drehen. Der Fremde, der die Behausung mit der Öllampe verlassen hatte, kam wenig später zurück. Er näherte sich mit einem Stück Stoff. Eine zusammengefaltete Decke landete neben Hausers Knien. Dann erlosch die Funzel. Die Finsternis war vollständig. Nur die Atemgeräusche des Bewachers störten die Stille. Hauser wickelte sich in die Decke, bemüht, etwas Stoff als Unterlage für den Kopf zu nutzen. Die Füße blieben notgedrungen im Freien.

Als er erwachte, hörte er in einiger Entfernung das trockene Gebell des Alten. Durch den Eingang der Grotte fiel schummriges Licht. Hauser setzte sich auf, den Rücken gegen die Felswand gepresst, und betrachtete seine Umgebung. Die Grundfläche der Behausung war eiförmig, das Loch am Eingang knapp zwei Meter hoch, doch senkte sich die Decke, je tiefer man in den Berg eindrang. Hinter seinem Schlafplatz lagerte ein Haufen Brennholz, am Eingang stand eine Pritsche mit Matratze und Schlafsack, daneben, an die Wand gelehnt, ein provisorisch anmutendes Regal, das mit Blechdosen bepackt war. Zwei grobe Holzkisten waren mit Schlössern verriegelt. Auf der einen brannte die Öllampe, auf der anderen entdeckte Hauser die Flinte. Er versuchte, den Kolben mit dem Fuß zu erreichen, doch fehlten mindestens zehn Zentimeter. Die Handschelle schnitt in den Handrücken.

Linker Hand der Öffnung, durch die man ins Freie trat, stand ein Kochgerät mit Gasflasche, wie Camper es benutzen, sowie ein gelber PVC-Kanister. Der Schäfer trat ein, würdigte ihn keines Blickes und machte sich an dem einflammigen Herd zu schaffen. Hallo, hörte sich Hauser sagen. Seine Stimme klang kraftlos und brüchig. Der Fremde goss aus dem Kanister Flüssigkeit in einen kleinen Topf und hielt ein Streichholz an den Brenner, bis eine blaue Flamme zündelte. Hauser wollte aufstehen, vom Liegen auf dem nackten Stein taten ihm alle Knochen weh, aber die Fesselung verhinderte eine aufrechte Haltung. Stattdessen lehnte er sich mit angezogenen Knien an die Wand. Ich bin aus Deutschland, wieso sprechen Sie nicht mit mir? Mein Name ist David Hauser, what's your name? Er fixierte den Fremden mit festem Blick, als könnte er ihn so zu einer Antwort ermuntern. Umsonst. Como te llamas? Votre nom? Hausers Fremdsprachenkenntnisse waren begrenzt. Eine passable Unterhaltung gelang ihm nur auf Englisch.

Der Schäfer ging zum Regal, das aus Brettern und einer Sperrholzplatte zusammengezimmert war, griff sich eine emaillierte Büchse und schüttete Tee in einen steinernen Krug. Dann nahm er den Topf, goss dampfendes Wasser auf, holte Holzstücke und schichtete sie auf dem Boden zu einer Art Kegel. Seine Kopfbedeckung, die Kombination aus Hut und Turban, landete auf der Pritsche. Er war, wie Hauser jetzt sah, älter, als er vermutet hatte, Ende sechzig, vielleicht schon siebzig. Sein bleigraues Haar glich den Steinen, die dem Deutschen bei seinem Marsch durch die Berge so zu schaffen gemacht hatten, seine dunkle Gesichtshaut war faltig und von der Sonne gegerbt. So sehen Menschen aus, die ihr Leben in der Natur verbringen, Bauern oder Schäfer. Wenn er wirklich einer war, dachte Hauser, so vernachlässigte er seine Herde in letzter Zeit. Auf der linken Wange, in Höhe der Nasenflügel wuchs dem Mann eine Warze oder ein Geschwür. Er saß in der Hocke und hielt dabei auf wundersame Weise die Balance, während er Reisig und kleine Äste knickte. Dann zog er aus der Jacke eine rote Tube und drückte einen Klecks einer transparenten Paste auf das Holz. Als er die Chemikalie anzündete, gab es eine Stichflamme. Das Feuer brannte sofort, der Rauch zog ins Freie, nicht ins Innere der Höhle, aber die Hitze strahlte bis zum Platz des Gefangenen.

Der Alte warf ihm den Rest der filterlosen Zigarette zu. Der Geschäftsführer der Firma AIRDROP AG ignorierte die Demütigung und beeilte sich, die Kippe, solange sie glühte, vom Boden aufzuklauben. Der Tabak kratzte im Hals. Sein Magen reagierte mit einem stechenden Krampf. Von Frühstück schien der Bewacher wenig zu halten. Die Zigarette war industriell hergestellt, keine selbstgedrehte. Irgendwo musste er die Schachtel gekauft haben, oder sie war ihm gebracht worden? Was isst er, wie versorgt er sich? Der Kerl lebt wie ein Eremit, dachte Hauser, hat aber Kontakt zur Außenwelt. Gib mir was zu essen, wenn du nicht willst, dass ich krepiere. Der Schäfer hob die Matratze an, nahm einen Schreibblock und ging hinaus.

Der Ort, an dem er sich befand, würde nur eine Zwischenstation sein, davon war Hauser überzeugt. Er ließ sich auf den Boden fallen, das Gesicht zur Wand gerichtet. Sollte der Verrückte das Kommando zum Abmarsch geben, müsste er ausgeruht sein. Er zwang sich zum Nachdenken, wollte seine Gedanken ordnen. Er befand sich in der Gewalt eines Einzeltäters, der ihn wie einen Feind behandelte. Da er dem Fremden unbewaffnet entgegengetreten war und nicht versucht hatte, ihn anzugreifen, war diese Behandlung unbegründet. Wofür hielt er ihn? Für einen Spion? Einen Ungläubigen? War der Alte ein Islamist? War er am Morgen so früh aufgestanden, um draußen zu beten? Allerdings trug er weder Teppich noch Tuch, als er zurückkam. Benutzten Muslime Unterlagen, wenn sie in freier Natur auf die Knie fielen? War die Erde rein oder unrein? Am gestrigen Abend, nach ihrer Ankunft, hatte er nicht gebetet. Irgendwie beruhigte den Deutschen diese Beobachtung. Ihm war lieber, sein Bewacher war kein zu leidenschaftlicher Gläubiger.

Blieb trotzdem die Frage, was er vorhatte? Wollte er ihn ausliefern? An wen? Und mit welchem Zweck? Erhoffte er Geld? Natürlich. Weshalb sollte er sich sonst mit ihm abgeben? In Syrien, so viel wusste er immerhin, gab es zahllose Banden und Milizen, die sowohl gegen die Regierungstruppen als auch gegeneinander kämpften. Regelmäßig wechselten Fronten und Allianzen. Im Schatten der Ukraine-Krise hatte der Konflikt in Ruhe eskalieren können. Krieg war wie ein Pilz, wenn er an einer Stelle abgeschnitten wurde, kam er an anderer umso heftiger hervor. Um ihre militärischen Ambitionen zu finanzieren, benötigten die Milizen Unmengen Dollars. Der Handel mit Gas, Gold und Öl war zum Erliegen gekommen. Das Letzte, was man noch verkaufen konnte, waren Geiseln. Ein blutiges Geschäft. Hinrichtungen, die ins Netz gestellt wurden, zeigten der Weltöffentlichkeit, dass die Drohungen der Terroristen keine leeren Worte waren. Hauser fühlte sich augenblicklich schwach. Er glaubte jetzt zu wissen, was der Fremde plante. Er würde ihn an irgendeine Bande verscherbeln, wie einen Sklaven. Selbst wenn der Mann kein einziges Wort Englisch verstand oder sogar taub war, auch diese Möglichkeit erwog Hauser inzwischen, er würde nicht so blöd sein und in ihm einen syrischen Bürger namens Walid Said vermuten.

In Hausers Taschen steckte nichts mehr. Der Schäfer hatte ihm den Pass abgenommen. Auch die Zahnseide und die aufgesparte S-Bahn-Fahrkarte war er losgeworden. Besaß der Wächter ein Telefon? Irgendwie musste er doch mit seinesgleichen Verbindung halten. Wer immer seine Leute waren. Gab es in den Bergen Empfang? Hauser wusste, dass er dem schweigsamen Hirten so schnell wie möglich entkommen musste. Ihn könnte er mit etwas Glück überwältigen, bei einer Gruppe bewaffneter Kämpfer, so stellte er sich die Milizen vor, hätte er keine Chance. Sie würden bald aufbrechen. Noch war Vormittag. Aber der Einheimische ließ sich Zeit. Was immer er da draußen zu tun hatte.

Hallo, I have to pee. Hallo, Hilfe! Hauser rief, so laut er konnte. Überließ ihn der Entführer erneut seinem Schicksal? Dass er ihn ins Lager fundamentalistischer Banditen führen würde, war nur eine Vermutung. Genauso gut konnten die herkommen und ihn übernehmen. Vielleicht hatte ihnen der Schäfer eine Nachricht übermittelt, erwartete ihre Ankunft? Die Flinte lag noch immer auf der Holzkiste. Hauser suchte nach einem Gegenstand, den er als Angel an sein Bein binden konnte, um in den Besitz der Waffe zu kommen. Kein Stock, kein Draht, kein Stein, mit dem er hätte werfen können. Nur Staub.

Was würde er mit dem Gewehr anfangen, wenn er es in die Finger kriegte? Er könnte den Schäfer erschießen. Das sagte sich leicht, war aber schwierig umzusetzen. Er kannte sich mit Schusswaffen nicht aus. Wie entsicherte man ein Gewehr? War es geladen? Was passierte, wenn er nicht traf? Der Alte würde seine Unsicherheit sofort bemerken und sich auf ihn stürzen. Bei einem Handgemenge war er hoffnungslos unterlegen. Er hatte nur eine Faust zur Verfügung. Er wusste, wie scharf die Klinge war, die der Schäfer am Gürtel trug. Mit der Jagdflinte könnte er ihn in Schach halten, verlangen, dass er die Fessel löste. Das klappte aber nur, wenn er den Mann in die Grotte lockte, in seine Nähe. Er musste einen Unfall simulieren, einen Zwischenfall, vielleicht seinen eigenen Tod, dann könnte er den Alten, sobald er sich über ihn beugte, überwältigen. Alles nur Theorie. Das Gewehr war unerreichbar. Sein Geschrei interessierte der Schäfer einen Dreck.

Was war mit der Handschelle? Bislang hatte Hauser die Fessel nur flüchtig betrachtet, seine Hoffnung, das vernickelte Ding loszuwerden, war gering. Die Schließsperren verbanden drei Kettenglieder, die er ohne Werkzeug unmöglich aufbiegen konnte. Würde er ein Stück Draht oder eine Haarnadel besitzen, könnte er versuchen, den Mechanismus zu manipulieren. Er glaubte nicht an Wunder. Diese Fessel konnte nur der passende Schlüssel öffnen. Den verwahrte der Schäfer. Ein Spezialschlüssel mit winzigem Bart, schwarz ummantelt mit Kunststoff, der aussah wie eine besonders dünne Lakritzstange. Der Bewacher trug ihn in seinem Brustbeutel. Ob Hauser in die Hosen pisste oder nicht, war ihm offenbar egal. Noch war der Druck erträglich, allerdings machte ihn die Vorstellung, er müsste dem Harndrang nachgeben, zunehmend nervös.

Der Ring, an den ihn der Schäfer gefesselt hatte, war mit einem Eisenstachel verbunden, der in einem Felsspalt steckte. Spuren von Beton, Harz oder Ähnlichem waren nicht sichtbar. Auch hatte man sich die Mühe gespart, einen Dübel in die Wand zu setzen. Was Menschenkraft hineingetrieben hatte, dachte Hauser, sollte Menschenkraft auch herausziehen können. Leider verfügte er über keinerlei Werkzeug. Mit einer Eisenstange oder einem Kuhfuß könnte er einen Hebel ansetzen. Er griff mit der rechten Hand in die zweite Schließsperre und zog. Ohne Erfolg. Hätte er eine Stange, könnte er sich auch totstellen und dem Schäfer das Eisen über den Schädel schlagen. Dann käme er in den Besitz des Schlüssels. Er riss noch einmal an dem Eisenring. Der Stift bewegte sich keinen Millimeter. Wer hat, dachte er, in dieser Gruft diese Scheißhalterung angebracht? Was ist ihre Funktion? Diente sie dazu, Tiere anzubinden, Schafe, Ziegen, Hunde? War er etwa nicht der erste Gefangene, der hier leiden musste? Sollte der Schäfer auf die Jagd nach Geiseln spezialisiert sein? Hatte er von seiner Ankunft gewusst? Irgendjemand musste seine Landung schließlich programmiert haben.

Seine Box besaß eine Nummer, jedenfalls betriebsintern, die Abteilung REPAT im Innenministerium erstellte für jeden Passagier ein Szenario. Nummer 5 wird abgesetzt: 33°17'33" Nord und 67°22'49" Ost. Ein Ort, der auf dem dreiunddreißigsten Breitengrad und siebenundsechzigsten Längengrad der nördlichen Halbkugel liegt. Irgendwo in Afghanistan. Nummer 7 landet, zwei Flugstunden später, in Myanmar: 25°40'60" Nord und 96°1'60" Ost. Es erfolgte eine genaue Risikoabwägung. Wenn die Landung zu gefährlich war, wegen Unwettern, militärischen Operationen am Boden oder zu vielen zivilen Beobachtern, wurde ein alternativer Landeplatz angesteuert. Bei drei erfolglosen Versuchen, ein Fall, der höchst selten eingetreten war, kehrte der Passagier an den Startpunkt zurück und musste auf eine spätere Mission warten.

Wenn man seinen Flug akkurat geplant hatte, wusste man, wo sein Ausflug enden würde. Für einen Informanten wäre es eine Kleinigkeit gewesen, diese Koordinaten an Freischärler weiterzuleiten. Die brauchten nur auf ihn zu warten. Als ihn der Schäfer erblickt hatte, schien er nicht besonders überrascht. Dabei war es kaum normal, mitten in den unwirtlichen Bergen des syrischen Hochlands einem Westeuropäer zu begegnen. Der allerdings, das musste Hauser gestehen, in seiner Windjacke und den Jeans nicht unbedingt wie ein Unternehmer aussah, den die Berliner Industrie- und Handelskammer zweimal hintereinander zum Geschäftsführer des Jahres gewählt hatte. Auch wies ihn der Reisepass als syrischen Flüchtling aus. Das Dokument hatte den Schäfer kaum interessiert. Wusste er, dass es eine Fälschung war?

In diesem Augenblick tauchte der Alte im Höhleneingang auf. Er ließ sich auf einer Holzkiste nieder und umklammerte das Gewehr, das bei jedem Hustenanfall auf seinen Oberschenkeln auf und nieder wippte. Hauser fürchtete, ein Schuss könnte sich lösen, fühlte aber kein Mitleid. Im Gegenteil, der Anblick des sich krümmenden Fremden war das Beste, was ihm in den letzten Tagen widerfahren war. Es geht ihm dreckig, gut so. Krepier doch, fluchte er. Kaum hatte er die Verwünschung ausgesprochen und sich den Tod des Schäfers ausgemalt, als ihn eine Erkenntnis erstarren ließ. Was hatte er davon, wenn der Alte tot zusammenbrach? Der Mann hockte vier Meter von ihm entfernt, er würde ihm, wenn er tatsächlich starb, kaum den Gefallen tun und in der Agonie in seine Nähe taumeln, damit er ihm den Schlüssel für die Handschellen abnehmen könnte. Dort, wo er jetzt schwitzte, stöhnte und spuckte, würde er zu Boden sinken und liegen bleiben. Die Leiche wäre für ihn so unerreichbar wie Berlin. Mit einem Toten als Gesellschaft hätte er, Hauser, nur die Wahl, sich zu befreien, irgendwie von dem verfluchten Ring loszukommen oder jämmerlich zu verhungern.

He, du Idiot, du dummes Schwein, schrie er, mach mich los, verdammt, wo ist der Schlüssel, he, hörst du? Der Deutsche schrie, und der Schäfer hustete. Das ging eine Weile. Als Erster beruhigte sich der Alte, er wischte sich mit dem Ärmel seines Mantels über die Augen, atmete durch. Hauser presste die Oberschenkel zusammen und drückte die rechte Hand in den Schritt. Ich muss pissen. Der Schäfer erhob sich schwerfällig, ging ins Freie und kehrte wenig später mit einem Plastikeimer zurück, den er ihm vor die Füße warf. Also hatte er verstanden, was aber noch nicht bedeutete, dass er hören konnte. Der Deutsche stand gebückt vor der Wand, stützte sich mit der rechten Hand am Stein ab und holte mit der gefesselten Linken den Schwanz heraus. Der Urin roch wie bei einem Kranken, ätzend. Er stellte den Eimer ab, da sein Bewacher keine Neigung zeigte, den Inhalt zu entsorgen.

Der Schäfer warf, auf der Holzkiste sitzend, einen Kanten Brot und einige Brocken Hartkäse auf den Boden und schob das Essen mit dem Kolben der Flinte in Hausers Nähe. Hol es dir, wenn du Hunger hast. Wie ein Hund. Ohne zu überlegen, stürzte sich der Gefangene auf die Flinte, wurde aber von der Kette zurückgerissen. Der Aufseher lächelte, öffnete die Waffe, zog zwei Patronen aus der Hosentasche und schob sie in den Lauf, eine oben, eine unten. Mit einem Klick fügten sich die aufgebrochenen Teile des Gewehrs zusammen. Die Mündung zielte auf Hausers Brust. So saßen sie sich eine Weile gegenüber, der eine auf dem nackten Boden in nackter Angst, der andere, rauchend, mit der Waffe im Arm, ruhig. Kein Wunder, dass er sich die Lunge aus dem Leib hustet, dachte der Deutsche, er raucht zu viel. Er zählte jeden Zug, den der andere einatmete. Als die Zigarette fast aufgeraucht war, schnippte der Schäfer die Kippe in Richtung des Gefangenen. Die Geste war deutlich. Zwei oder drei Züge waren noch drin. Hauser fiel wieder in die Sitzposition an der Wand zurück.

Das Feuer war niedergebrannt. Ein dünner Rauchfaden stieg aus der Glut auf und verlor sich in der klaren Bergluft. Hauser vermutete, dass sein Peiniger ins Tal abgestiegen oder zur Jagd aufgebrochen war. Weshalb hätte er die Flinte sonst geladen? So unheimlich ihm der Geiselnehmer war, seine Abwesenheit ängstigte ihn noch mehr. Sooft er sich sagte, es sei widersinnig, ihn hungrig, frierend, an die Kette gelegt, in trostloser Einsamkeit verrecken zu lassen, überzeugen konnte er sich nicht. Schließlich gab es in dieser Geschichte grundsätzlich keinen Sinn. Er verfluchte seine Feinde, die Unbekannten, die ihn auf dieses

Himmelfahrtskommando geschickt hatten. Nur blieb der Hass allgemein, die Täter waren gesichtslos, besaßen kein Profil. Wenn er auf das weitere Geschehen vorbereitet sein wollte, musste er versuchen, ihre Pläne zu durchschauen. Falls es Pläne gab. Was für Motive kamen in Frage? Politische, geschäftliche und private. Da seine Entführung mit beträchtlichem logistischem Aufwand, inklusive Kosten, verbunden gewesen sein musste, schloss er persönliche Hintergründe aus. Linke Zellen, die in ihm einen Faschisten sahen, der geflüchtete Ausländer in den Tod schickte, verfügten unter Umständen über Mittel, eine solche Aktion zu organisieren. Sie mussten allerdings Leute im Apparat, REPAT-Beamte oder das Bodenpersonal von AIRDROP auf ihre Seite bringen. Mit Geld war das möglich. Mit Geld war, wie Hauser wusste, alles möglich.

Isabel steckte in der Sache drin. Musste drinstecken. Er hielt sie für eine Schlüsselfigur der Verschwörung, wusste aber eigentlich nicht zu sagen, warum. Sie war eine Frau. Deswegen? Vielleicht. Hauser war auf eine triviale Art misogyn. Wie hatte man sie gefügig gemacht? Von ihm entfernt? In ihrem Fall kam Geld nicht in Frage. Sie verdiente gut, ihr Lebensgefährte noch besser. Wieso sollte sie ihre Existenz aufs Spiel setzen? Radikale Überzeugungen hatte Hauser bei seiner Referentin nie beobachtet. Setzte man sie unter Druck? Gab es im Leben von Isabel irgendetwas, das sie erpressbar machte? War es nicht seltsam, dass ihn, Stunden vor seiner Entführung, Isabel van Halen nach Halensee gelotst hatte? Zufall auch das? Ihr Name, das wusste er, war in der Heimat ihres Vaters alles andere als selten. Bei dem Gespräch, es war einige Jahre her, hatte Hauser von der Hardrockband Van Halen erfahren, mit der sie nicht verwandt war, Isabel hatte ihm den Song *Amsterdam* vorgespielt, der ihm nicht gefiel.

Hauser bemerkte erneut, wie wenig er von den Leuten, die mit ihm arbeiteten, wusste. Wenn ihn die Ultralinken aus dem Weg räumen wollten, würden sie den Erfolg der Unternehmung propagandistisch ausschlachten. Dann schwirrten gewiss schon Bilder von ihm im Netz herum, David Hauser, CEO von AIRDROP, in einer Box der Firma auf dem Weg ins Kriegsgebiet. Eine solche Nachricht würde einschlagen wie eine Bombe. Allerdings würde man sofort mit einer Fahndung beginnen und nach ihm, dem prominenten Opfer, mit Wärmebildkameras suchen. Nach Auswertung der gespeicherten Flugdaten wäre in kürzester Zeit klar, wo er abgesetzt worden war. Dann müsste Hilfe auf dem Weg sein.

Wieso hatte man ihn noch nicht gefunden? Noch verfügten die Amerikaner über Stützpunkte in der Region, auch die Russen. Kirchhoff, der Staatssekretär, richtig, sein Vorname lautete Boris, hätte nur zum Telefon greifen müssen. Wieso schickten sie keine Hubschrauber oder wenigstens Drohnen? Wenn die PROASYL-Leute ihre Rache öffentlich machen wollten, warum verpassten sie ihm eine falsche Identität? Das sprach dafür, dass man ihn spurlos verschwinden lassen wollte. Ein toter Westler, der in den syrischen Bergen aufgefunden wurde, sorgte kurzzeitig für mediales Aufsehen, war eine Acht-Zeilen-Meldung wert. Vielleicht stellte man ein Foto ins Netz? Jemand könnte die Ähnlichkeit mit dem verschwundenen Geschäftsmann Hauser aus Berlin bemerken. Entdeckte man hingegen eine Leiche, die ein blauer Pass mit Adler als Walid Said, Sohn des Abdullah, geboren in Idlib, auswies, krähte kein Hahn danach. Hauser merkte, dass es ihm nicht guttat, an sich als an einen Toten zu denken.

Wer von seinen Geschäftspartnern hatte etwas davon, wenn er starb? Auch wenn er leiblich nicht anwesend war, behielt er seine Firmenanteile. Man konnte ihn nicht einfach für tot erklären. Eine Wartefrist von zehn Jahren war gesetzlich vorgegeben. Erst dann erbte sein Vater. Und es war wenig wahrscheinlich, dass der Alte noch so lange durchhielt. Wer beerbte den Schriftsteller Dieter Hauser? Sie hatten das Thema einige Male berührt, sein Vater und er. Das letzte Mal, als sie darüber stritten, ob Mira nach Ecuador ausgewandert war oder noch in ihrer Kommune bei Mittenwalde lebte. Dem Alten war daran gelegen, dass sich jemand um seinen Nachlass kümmerte. Hauser hatte ihn beruhigt und angeregt, Manuskripte, Notizbücher, Dokumente, Fotos und den größten Teil seiner Bibliothek dem Archiv der Akademie zu überlassen, aber sein Vater hatte das abgelehnt, weil er nie als Mitglied aufgenommen worden war, wieso sollten sie sich, sagte er, um einen Verstorbenen kümmern, wo ihnen der Lebende am Arsch vorbeigegangen war. Auch wenn es ihm unangenehm aufstieß, wenn sein Erzeuger, um seine proletarischen Wurzeln zu zeigen, in den Gossenjargon abglitt, konnte er die Argumentation nachvollziehen. Er war so dumm, dem Alten zu bekennen, dass er nicht zum Nachlassverwalter seines Lebenswerks tauge, ein Geständnis, das diesen nicht sonderlich überraschte. Er habe das sowieso schon, sagte er, testamentarisch geregelt, er würde seine Witwe zur Alleinerbin erklären. Da müsse er aber erst mal sterben und sein Vater noch mal heiraten, hatte Hauser gewitzelt. Woraufhin der Alte nur den Kopf schüttelte und schwieg, obwohl er doch sonst immer das letzte Wort haben musste.

Die Afrikanerin. Wieso kam er erst jetzt darauf? Dieter Hauser hatte sie geheiratet. Der Alte schlug zwei Fliegen mit einer Klappe, er brüskierte seinen Sohn und band die Frau, die er brauchte, noch enger an sich, in welchem

Maße und durch welche Leistungen er von ihr abhing, wollte Hauser nicht wissen, er nahm sie zur Frau und schenkte ihr mit der Eheurkunde die ständige Aufenthaltsgenehmigung. Außerdem wurde sie tatsächlich erbberechtigt. Feyine war neben Isabel die zweite Frau in dem Komplott. Sie kannten sich. Mehrmals hatte er seine Referentin in die Prenzlauer Allee geschickt, um dem Vater Dinge zu bringen, die dieser sich erbeten hatte. Zwar verachtete der Schriftsteller die Geschäftspraktiken seines Sohnes, doch hielt ihn das nicht ab, von seinem Wohlstand zu profitieren. Mal war es ein neues Handy, mal ein TV-Modul, mit dem man internationale Fußballwettbewerbe ansehen konnte, eine Leidenschaft, die Hauser überhaupt nicht nachvollziehen konnte. Er informierte die Assistentin über die Bestellungen des Alten, sie erledigte das Ganze diskret und akkurat. Bei einem dieser Besuche war sie mit der Dienerin zusammengetroffen, einen anderen Namen konnte Hauser nicht finden. Isabel war voll des Lobes über Feyine, sie habe den Alten gut im Griff, die Wohnung sei top, der Kaffee, den man ihr angeboten hatte, ausgezeichnet. Offenbar habe sein Vater, hatte sie gestichelt, mehr Glück mit den Frauen als er.

Machte die Frau aus Eritrea, die sein Vater geheiratet hatte, gemeinsame Sache mit seiner Referentin, weil er sie sitzengelassen hatte? Isabel hatte nicht den Eindruck erweckt, sie würde ihrer flüchtigen Liaison nachtrauern. Soweit er wusste, lebte sie mit einem zwanzig Jahre älteren Architekten zusammen, der keine weiteren Kinder in einer neuen Beziehung wollte, aber dafür erfolgreich Eigentumswohnungen baute und verkaufte. Sie hatte keinen Grund, ihren Chef und Arbeitgeber in die Wüste zu schicken wegen einer längst verjährten Affäre. Isabel bekam ein Spitzengehalt. Hauser war generös. Falls Brixel den Laden übernahm, würde sich einiges ändern, der Österreicher förderte vor allem Technologen und Entwickler, der Rest der Firma war seiner Meinung nach disproportional bewertet, was so viel hieß wie überbezahlt.

Aber auch der Mann aus Linz hatte kein Motiv, die Reputation und den Marktwert eines Unternehmens zu schädigen, an dem er Anteile besaß. Um die Firma tat es ihm leid. Hauser glaubte nicht, dass ihn jemand ersetzen könnte. Mira, seine Schwester, fiel ihm ein. Auch sie würde von seinem Hinscheiden profitieren. Falls sie noch lebte. Am Ende der Pandemie war sie abgetaucht. Ich gehe in den Untergrund, hatte sie per SMS verkündet. Niemand hatte die Drohung ernst genommen. Aber seitdem gab es von ihr kein Lebenszeichen. Sein Vater, dachte Hauser, hatte nun zwei Kinder, die spurlos verschwanden. Armer alter Kommunist.

Wie viele Stunden war der Schäfer fort? Keine Ahnung, Nach Hausers Hungergefühl zu urteilen, musste es bereits später Nachmittag geworden sein, als ihn der Fremde mit dem Schuh anstieß. Offenbar war er eingenickt. Auf dem Boden lag das Samsung-Telefon. Mit Hilfe des Gewehrkolbens wurde es in seine Nähe gerückt. Einen Wink mit dem Kinn übersetzte der Deutsche als Aufforderung, das Gerät aufzuheben. Es ist leer, sagte er, no energy. Aber der Bewacher verstand ihn nicht oder wollte ihm nicht glauben. Hauser drückte den Einschaltknopf und rechnete damit, dass das Zeichen LOW BATTERY aufleuchtete oder der Bildschirm schwarz blieb. Umso überraschter war er, als das Gerät in seiner Hand schnurrte und sich das Zahlenfeld des Zugangscodes öffnete. Der Akku war, wie er sehen konnte, zu 98 Prozent voll.

Es ist nicht mein Handy, erklärte Hauser und dachte sogleich: Was für ein schwachsinniger Satz. Die Berührung des Bildschirms verschaffte ihm ein vertrautes Gefühl von Autorität. Nur sein eigener, schmutziger Zeigefinger passte nicht dazu. Er hatte vier oder fünf Tage ohne ein Mobiltelefon gelebt. Und lebte immer noch. Einen solchen Zustand hätte er sich vor Wochen nur schwer vorstellen können.

Er reichte dem Bewacher das Telefon zurück. Der schüttelte den Kopf. Seine Miene wirkte angespannt. Als Hauser in die Mündung der Flinte blickte, begriff er, was von ihm erwartet wurde. Eine vierstellige Zahlenkombination. Keine große Sache, wenn man die Zahlen parat hatte. Leider hatte er mit diesem Handy nicht das Geringste zu tun. Das würde ihm der Alte nicht glauben. Wie auch? Das Samsung hatte in seiner Jacke gesteckt. Niemand trug ein Telefon nur mit sich herum, damit es ein wenig Bewegung bekam.

Der Lauf war auf sein Herz gerichtet. Hauser hatte, davon musste er ausgehen, denn es war bei allen Modellen üblich, drei Versuche, um die Sperre zu lösen. Unklar war, wie der Schäfer reagieren würde, wenn er, was ebenfalls absehbar war, bei der Eingabe versagte. Da der Gotteskrieger annahm, das Samsung wäre sein Eigentum, müsste er annehmen, dass er den Code absichtlich falsch eingab, um das Gerät unbrauchbar zu machen. Sabotage. Ich kann es nicht, hörte sich der Deutsche sagen. Es ist nicht meins, es gehört mir nicht. Das Gewehr wurde um wenige Zentimeter angehoben. Wenn der Mann den Abzug betätigte, zertrümmerte ihm die Patrone den Kehlkopf oder das Gesicht. Hauser überlegte fieberhaft, was er tun sollte. Manche Menschen wählten als Code Zahlen, die man sich idiotensicher merken konnte: eins, zwei, drei, vier. Oder rückwärts, vier, drei, zwei, eins. Versuchte er es mit einer solch albernen Nummernfolge, könnte der Schäfer an eine

Provokation glauben. Vier Mal die Zwei war genauso gut möglich wie vier Mal die Fünf. Bei vier Ziffern gab es zehntausend Varianten. Das wusste er noch aus den Tagen seines Ingenieurstudiums, das er nicht beendet hatte.

Er entschied sich für eins, sechs, eins und noch mal die eins. Immerhin war das Geburtsdatum das Einzige, was er mit Walid Said gemeinsam hatte. Wie nicht anders zu erwarten gewesen war, funktionierte die Eingabe nicht. Er zuckte mit den Achseln und erklärte erneut, dass er den passenden Code für dieses Gerät nicht wisse. Der Schäfer bewegte einen kleinen Schieber, der hinter den Spannhähnen am Ende des Laufs lag. Hauser kannte sich immerhin so viel mit Waffen aus, um darin kein gutes Zeichen zu sehen. Er tippte eine weitere Kombination in das Zahlenfeld: eins, neun, sieben, sechs, 1976, sein Geburtsjahr, das im Pass stand. Wiederum Fehlanzeige. Nun blieb ein letzter Versuch. Aus den neuntausendneunhundertachtundneunzig Varianten, die noch möglich waren, wählte Hauser den Code, den er seit Jahren benutzte, trotz der wohlmeinenden Ratschläge, die Chiffre aus Sicherheitsgründen häufig zu wechseln: zwei, sieben, null und fünf. Am siebenundzwanzigsten Mai 2023 hatte er AIRDROP ins Handelsregister der Stadt Berlin eintragen lassen.

Kaum hatte er die Ziffern eingetippt, leuchtete der Bildschirm auf, und das Display erschien. Hauser konnte sein Glück nicht fassen. Er starrte auf das Samsung wie ein Neandertaler, der aus einer Zeitmaschine gefallen war. Einige Symbole kannte er, andere Apps waren arabisch beschriftet. Der Lauf des Gewehrs stieß gegen sein angewinkeltes Knie, die Hand des Bewachers forderte das Telefon ein. Hauser überreichte das Gerät.

Der Schäfer legte die Flinte auf die Kiste und verließ mit dem Samsung die Behausung. Der Deutsche lauschte gespannt, sollte er endlich die Stimme seines Bewachers hören, aber dieser redete nicht oder hatte sich, weil die Felsen den Empfang störten, von der Grotte entfernt.

Das Telefon gab Hauser zu denken und fesselte seine ganze Aufmerksamkeit. Dass man, wer auch immer, das fremde Handy mit seinem Code gesichert hatte, war ein Signal, eine Botschaft seiner Peiniger. Sie präparierten es für ihn, damit er mit dem Apparat Kontakt zur Welt aufnehmen konnte. Vielleicht waren seine Feinde uneins, und jemand, der mit ihm, dem Opfer, Mitleid empfand, hatte das Gerät, in einem unbeobachteten Augenblick, in seine Jacke gesteckt? Egal. Er musste auf jeden Fall in den Besitz des Telefons kommen, so schnell wie möglich. Wer wusste, wie lange der Akku durchhielt. Fest stand, der Fremde war zu einer Stromquelle gewandert, mehr noch, er musste irgendwo ein Ladekabel aufgetrieben haben. Eins, das für das altmodische Modell passte. Wenn das möglich war, lag die Vermutung nahe, dass der Ort kein Dorf war. Vielleicht eine Stadt? Obwohl noch nichts gewonnen war, fühlte sich der Deutsche in gehobener Stimmung. Hilfe war nah, eine Verständigung vorstellbar. Er würde in Deutschland anrufen. Wenn es um Lösegeld ging, musste er diejenigen sprechen, die ihn freikaufen sollten.

Was wäre passiert, wenn er das Handy gesperrt hätte? Hauser sah sich auf der filzigen Decke liegen. Das Gesicht blutig, von Schrotkugeln zerfetzt. Hätte er beim dritten Versuch gepatzt, wäre ihm als Ausweg nur die Möglichkeit geblieben, das Betriebssystem auf die Werkseinstellungen zurückzusetzen. Alle gespeicherten Daten, die für seine Rettung entscheidend werden konnten, wären gelöscht worden. Alle Nummern, Bilder, Links.

Vielleicht hatten seine Feinde oder der Sympathisant, der ihm das Samsung unter Umständen in den Anorak geschoben hatte, ja nicht nur seinen Code übernommen, sondern alle seine Daten kopiert. Kontakte, SMS, Fotos, E-Mails. Wenn nicht, hatte er ein Problem. Von wem besaß er eine Nummer? Erinnerte er sich an eine einzige? Der Effekt der elektronischen Speichermedien: Niemand merkte sich noch Nummern. Schon die Passwörter waren ein Problem. Isabel wusste nicht einmal ihre eigene Handynummer. Dabei war sie gerade vierunddreißig. Sein Vater dagegen, der im letzten Jahr achtzig geworden war, behauptete, mehr als dreißig Telefonnummern im Kopf zu haben. Er habe es trainiert, um sein Gedächtnis fit zu halten. Hauser kannte weder die Rufnummer seines Vaters noch die von Isabel oder Peter Ehrlich. Vom Staatssekretär ganz zu schweigen. Der Anschluss seiner Schwester war nicht mehr gültig. Er wusste die Einwahlnummer von AIRDROP. Immerhin. Aber nützte ihm dieser Kontakt? Er würde, falls er das Samsung in die Finger bekam, schnell handeln müssen, zielorientiert, effektiv. Er brauchte eine Person, der er absolut vertrauen konnte, jemanden, der die wenigen Worte, die er vielleicht nur mitteilen könnte, ernst nahm, nicht als Witz abtat und, statt zu zögern, die Polizei einschaltete oder besser gleich den Auslandsnachrichtendienst.

Aus welchem Grund hatten ihm seine Entführer das eigene Telefon abgenommen, ihm aber ein altes Gerät überlassen, das mit seinem Code funktionierte? Dahinter verbarg sich nicht allein Schikane. Sein Handy hätte auf seine Identität verwiesen, er wäre in der Lage gewesen, nachzuweisen, dass er David Hauser war, nicht Walid Said. Andererseits hatte man ihm nicht irgendein Gerät in die Jacke gesteckt, sondern ein präpariertes, auf ihn abgestimmtes, man musste sein Smartphone geknackt haben, um den Code in Erfahrung zu bringen. Er war sicher, dass

Isabel die Zahlenfolge nicht kannte. Er benutzte seit Jahren die Touchfunktion, um den Bildschirm freizuschalten. Sie konnte ihn nicht bei der Eingabe der Ziffern beobachtet haben. Hauser wusste allerdings auch, dass es für Profis keine große Sache war, die Kombination auszuspionieren. Gunnar, der IT-Techniker der Firma, hatte Zugang zu all seinen Passwörtern, der Administrator wusste, dass er sie leichtsinnig auf seinem Laptop archivierte. Immerhin bestärkte ihn diese Erkenntnis in der Überzeugung, dass seine Feinde über Fachwissen und Macht verfügten. Laien waren es nicht. Er registrierte dies mit einer gewissen Erleichterung. In den Händen von qualifizierten Verbrechern fühlte er sich sicherer als im Gewahrsam von Überzeugungstätern, die nicht wussten, was sie taten. Der manipulierte Apparat machte ihm Hoffnung, dass, entgegen seiner Empfindung, im Hintergrund der ganzen Geschichte doch so etwas wie Rationalität oder Kalkül wirkte.

Nach etwa einer Stunde kehrte der Schäfer zurück. Zigarettenduft begleitete sein Erscheinen. Hauser versuchte herauszufinden, wo der Alte das Samsung versteckte, welche seiner Taschen sich ausbeulte. Obwohl ihn noch immer ein nagendes Hungergefühl plagte, verschob sich sein Hauptaugenmerk von der Nahrung auf das Kommunikationsmittel. Als ihm sein Bewacher Brot und Käse und eine kleine Plastikflasche mit Wasser auf den Boden stellte, so nah, dass er die Verpflegung erreichen konnte, war er beinah enttäuscht. Telefon, sagte er bittend und hielt sich die rechte Hand ans Ohr. Der Schäfer ignorierte seinen Wunsch, nahm die Petroleumlampe von der Holzkiste und zündete sie, auf der Matratze sitzend, an. Es dauerte eine Weile, bis er den Docht zum Brennen brachte. Das Feuerzeug verweigerte wiederholt den Dienst. Hauser glaubte, dass es sein eigenes war, das rote, das in der Windjacke gesteckt hatte. Der Alte wühlte in der Kiste, die neben seiner Pritsche stand, steckte sich etwas in den Mund, nippte an seinem Trinkbecher, streckte sich auf seinem Lager aus, behielt die Schuhe an und las ein Buch.

Hauser beobachtete ihn, während er sein karges Abendbrot verzehrte. Er zwang sich, jeden Bissen so lange zu kauen, bis sich der Speisebrei im Mund auflöste. Der Schäfer konnte also lesen. Auch diese Erkenntnis nahm der Deutsche mit Erleichterung auf. Nicht dass er glaubte, die Fähigkeit würde bei seiner Wache Nachsicht oder Hilfsbereitschaft garantieren, es eröffnete sich daraus nur die Möglichkeit, sich mit dem Mann, der offensichtlich taub war, schriftlich zu verständigen. Wobei er nicht sicher sein konnte, dass der Schäfer nichts hörte. Hauser plante einen Test, er würde den Bewacher in der Nacht überraschen. Das Buch, das der Fremde las, hatte einen dunkelblauen oder schwarzen Einband, Schriftzeichen konnte Hauser im Dämmerlicht nicht erkennen. Der Schäfer beugte sich vor, um Lampenlicht zu fangen. Offenbar benötigte er eine Brille, denn er hielt sich die Seiten dicht vor die Augen.

Obwohl er das Lesen aufgegeben hatte, beneidete Hauser den Mann. Jetzt würde ein Buch guttun. Es war zermürbend, andauernd in den eigenen Gedanken zu kreisen. Was las der Alte? Eine Geschichte? Einen religiösen Text? Müsste er dazu nicht knien oder eine konzentrierte rituelle Position einnehmen? Der Bewacher wirkte entspannt. Ihm, dachte Hauser, wäre solche Lässigkeit schon deswegen verwehrt, weil sein linker Arm mit der Felswand verbunden war. Er müsste das Buch auf den Boden oder seine Knie legen, um eine Seite umzublättern. Als er sich dies vorstellte, bemerkte er, dass der Schäfer das Buch in der rechten Hand hielt und mit der linken blätterte. Das war keine Sensation. Erstaunlich war hingegen, dass er die Seite nach links umgeschlagen hatte. Das glaubte er immerhin gesehen zu haben. Wenn dies der Fall war, so hatte der Mann keinen arabischen Text vor sich. Auch Hebräisch kam nicht in Frage, aber die Möglichkeit hielt David Hauser ohnehin für wenig wahrscheinlich. Er ließ den Schäfer nicht aus den Augen. Besonders belesen schien der nicht zu sein, er brauchte ewig, um eine Seite zu überfliegen. Jetzt war er endlich so weit. Er bewegte das Buch aus der rechten Hand in die linke, befeuchtete den Zeigefinger, gähnte und schlug den Band zu.

Der Alte löschte die Lampe. Hauser tastete nach seiner Decke und rückte so nah wie möglich an die Felswand heran. Eine kalte Geliebte, abweisend, hart. Wenn er unterwegs war, hatte er nicht selten Geishas bis zum nächsten Morgen gebucht, nur um nicht allein aufzuwachen. Beim Frühstück musste er feststellen, dass ihm die Plauderei im Hotelrestaurant schwerer fiel als in der Sicherheit seines Zimmers. Er dachte an die Frauen, die er geliebt, aber nicht kennengelernt hatte, ihre Haut, den Geruch ihrer Haare, ihren oft eigenwilligen Akzent und ihre Unterwäsche, aber die Erinnerung weckte keine Lust in ihm, keine Sehnsucht, nur Tristesse, Stumpfheit, Verachtung. Er erwachte, weil ihm die gefesselte Hand eingeschlafen war, er krümmte die Finger, um die Durchblutung anzuregen. Der Schäfer atmete gleichmäßig. Er war kein Schnarcher, eher ein Schniefer. Nachts hustete er wenig. Hauser erinnerte sich seines Plans, den Alten aufzuschrecken. Er setzte sich auf, holte Luft, hielt dann inne. Es war nicht so einfach, mitten in der Nacht, umgeben von lichtloser Luft, einen Schrei des Entsetzens auszustoßen.

Was würde passieren, wenn ihn der Bewacher hörte, durchdrehte, panisch wurde, eine Gefahr vermutete, ein wildes Tier, einen Feind, das Gewehr ergriff und in den finsteren Raum feuerte, in Richtung des Lärms, in seine Richtung? Menschen in Todesangst waren zu allem fähig. So viel war sicher. Trotzdem musste er es riskieren. Er lebte schon mit zu vielen Mutmaßungen. Immerhin besaß er für sein Gebrüll eine Erklärung. Er hatte schlecht geträumt. Dass eine Geisel unter Albträumen litt, war nur normal. Er würde, sollte ihn der Schäfer mit der Taschenlampe anleuchten, schreckgeweitete, irre Augen zeigen und sich mit der freien Hand die Haare raufen.

Hauser holte erneut Luft und schrie. Das Geräusch, das aus seiner Kehle aufstieg, war tierisch und in seiner Hilflosigkeit tatsächlich verzweifelt. Die Akustik in der

Grotte verstärkte das Grauen, der Ton wurde mehrfach reflektiert, stand förmlich im Raum. Es wurde kein langer Schrei, drei, höchstens vier Sekunden. Hauser ließ ihn in einem Gurgeln ausklingen, indem er so tat, als wäre er aus einem Traum aufgeschreckt und würde nur langsam begreifen, dass seine Visionen nicht echt waren. Das machte er, wie er selbstverliebt feststellte, nicht schlecht. Wäre er in der Position des Schäfers gewesen, hätte er ihm den Auftritt abgekauft. Er lauschte, ob der Fremde reagierte. Am Eingang der Höhle entstand keinerlei Bewegung, nur die regelmäßigen Atemzüge des Bewachers waren vernehmbar. Ein leises Pfeifen durch die Nase. Hauser schrie ein zweites Mal. Jetzt mit mehr Mut. Wieder kam von seinem Entführer keine Reaktion. Entweder war er eiskalt und abgebrüht oder so taub wie Beethoven. Jeder Mensch, der über funktionstüchtige Ohren verfügte, wäre bei diesem Lärm aufgewacht, hätte sich zumindest im Schlaf bewegt. Die Einsicht, dass sein Bewacher ihn nicht hören konnte, deprimierte den Deutschen. Er konnte es sich nicht erklären, sah aber in der Behinderung des Schäfers eine erhöhte Bedrohung seines Lebens. Als würde das Handicap den Mann brutaler, rücksichtsloser machen. Das war natürlich Schwachsinn. Hauser konnte sich das lange sagen, das Gefühl ließ sich nicht verdrängen.

Sollte er einen dritten, letzten Versuch wagen, um die Aufmerksamkeit des Mannes zu erregen? Er ließ es sein und versuchte, wieder einzuschlafen. Seine Gedanken kreisten um die eine entscheidende Frage: Was für Absichten verfolgte der Schäfer? Wartete er auf andere Männer, an die er ihn übergeben würde? Käme er in eine Stadt, in eine zivilisierte Gegend (insofern es so etwas in dieser Region gab), zum Beispiel in ein Gefängnis mit Zellen und Toiletten? Als er in den Plastikeimer pinkelte, spürte er, dass es mit Wasserlassen bald nicht mehr getan war. Das Abendbrot war zwar nicht besonders üppig ausgefallen, aber auch Brot und Ziegenkäse wollten verdaut sein. Der Druck in der Magengegend wurde schmerzhaft. Er traute sich nicht, Luft abzulassen, in der Ungewissheit, sich zu beschmutzen. Was hätte er dafür gegeben, ins Freie zu kommen. Unter dem Sternenhimmel hätte er eine geeignete Stelle gefunden.

Als es gar nicht mehr anders ging, setzte er sich auf den Eimer und gab dem Druck nach. Die Tatsache, dass er an die Wand gekettet war, erwies sich in diesem Augenblick als Vorteil. Auf diese Weise konnte er sich in der Hocke halten. Harter, kleinteiliger Kot klatschte in die Flüssigkeit. Er bekam einen nassen Hintern und schwitzte vor Aufregung. Die Verrichtung war entwürdigend, aber Hauser fühlte sich befreit und auf unsichere Art glücklich. Vielleicht würde der Gestank den Schäfer überzeugen, eine Entsorgung seines Klosetts zu genehmigen.

Tatsächlich weckte ihn sein Bewacher am frühen Morgen, indem er die Fessel von der Wand löste und mit seinem rechten Unterarm verband. Der Mann warf ihm eine Rolle schwarzes Klebeband zu und berührte seinen linken Fuß mit dem Gewehrlauf. Hauser begriff die Aufforderung. Er riss mehrere Streifen ab und bandagierte den Schuh. Da auch der rechte nicht mehr in bester Verfassung war, verstärkte er auch dort die Sohle. Der Schäfer ließ ihn gewähren, betrachtete ihn aber mit unverhohlener Verachtung. Als der Deutsche mit der Reparatur fertig war, wies der Bewacher auf die Latrine. Hauser erhob sich, nahm den Eimer und taumelte ins Freie. Er hatte Schwierigkeiten, das Gleichgewicht zu finden, und schloss die Augen, weil ihn das Tageslicht blendete. Als er sich daran gewöhnt hatte, sah er seinen Bewacher auf einem Stein sitzen, rauchend, die Flinte wippte auf seinen Oberschenkeln. Er schien ohne Sorge, der Deutsche könnte eine Flucht wagen, beachtete ihn kaum und glotzte gelangweilt ins Tal. Zu seinen Füßen lag ein Schreibblock mit Ringbindung. Daneben ein Kugelschreiber und das Mobiltelefon. Hauser erwartete einen Hinweis, wo er die Fäkalien abladen könnte. Aber die Entscheidung wurde ihm überlassen.

Ein einziger Weg führte zu ihrer Höhle, jener, auf dem sie hergekommen waren. Hauser zwängte sich durch die Felsspalte, zog den Eimer nach. Er fand eine Stelle, wo er den ekelhaften Inhalt in die Schlucht kippen konnte. Als er sich über den Vorsprung beugte, sah er, dass er sich oberhalb einer Müllhalde befand. Der Hang, zehn Meter unter ihm, war mit Konservendosen und Plastikmüll übersät, ein knallbuntes Puzzle aus Abfall im Grau der Steinwüste. Nach der Menge zu urteilen, diente die Grotte schon länger als menschlicher Unterstand. Woher die Verpackungen stammten, in welcher Sprache sie beschriftet waren, vermochte Hauser nicht zu erkennen. Während er auf die Halde starrte, querte in der Ferne eine Autokolonne das Tal von Ost nach West. Er zählte acht LKWs und zwei kleinere Begleitfahrzeuge, je am Anfang und am Ende der Karawane. Militär, dachte Hauser. Hallo, schrie er, hallo. Sein Versuch, mit dem Eimer zu winken und auf sich aufmerksam zu machen, wurde von der Fesselung behindert. Eigentlich war ihm klar, dass man ihn weder sehen noch hören konnte. Aber wer weiß, vielleicht saß in einem der Führerhäuser ein gelangweilter Beifahrer mit Fernglas, der die Landschaft beobachtete. Hilfe, schrie er, Help, ich bin hier oben. Er geriet in eine derartige Aufregung, dass er sich zu nahe an den zerklüfteten Vorsprung wagte und ein paar Steine lostrat, die in die

Halde stürzten und Blechdosen und Folienfetzen mit sich rissen.

Dann bemerkte er den Schäfer. Der Mann betrachtete ihn, an der Felsspalte stehend, mit Gleichmut, entweder hatte er nicht mitbekommen, was sein Gefangener tat, oder er glaubte nicht an die Wirkung seiner Aktion, oder es war ihm egal, vielleicht weil er die Kolonne, die sich auf der Straße bewegte, nicht fürchtete. Hauser deutete ins Tal, als würde der Alte auch darauf warten, mit anderen Menschen in Kontakt zu treten. Der Schäfer schien sich tatsächlich für die Fahrzeuge zu interessieren. Hauser glaubte, der Wachmann würde die Kolonne abzählen. Sie standen nah an der Kante. Zwei Seeleute auf einer einsamen Insel, die am Horizont ein rettendes Schiff sichteten. Der Schäfer hielt das Gewehr, er seinen Eimer. Hauser bereute, den Behälter vorschnell verklappt zu haben. Jetzt hätte er den Inhalt seinem Entführer ins Gesicht schütten und sich auf ihn stürzen können, bevor der die Waffe in Anschlag brachte. Dann wäre es ein Leichtes, ihm einen Stoß zu versetzen, er würde das Gleichgewicht verlieren und rücklings in die Schlucht stürzen. Müll zu Müll. Der Deutsche rückte an seinen Peiniger heran. Nur wenige Zentimeter. Die Abstandsverringerung genügte, um bei seinem Bewacher Reflexe auszulösen. Er brachte den Gewehrlauf zwischen sich und sein Opfer. Hauser bedauerte sein Zaudern. Wer wusste, wann sich eine solche Gelegenheit wieder bieten würde?

Sie blieben auf dem Tableau, bis der Fahrzeugkonvoi in den westlichen Bergen verschwunden war. Mit einem Wink der Jagdflinte forderte ihn der Schäfer zum Rückweg auf, gewährte ihm den Vortritt durch den Felsspalt (eine Geste, die man als Höflichkeit hätte auslegen können, die aber nur dem eigenen Sicherheitsbedürfnis diente), Hauser wurde wieder an den Ring gefesselt. Der Schäfer kritzelte, auf der Matratze sitzend, Notizen in sein Heft, erhob sich dann und brachte dem Deutschen Brot und Käse. Mechanisch begann Hauser sein Frühstück zu kauen. Er hatte Klebeband erhalten, um seine Schuhe zu flicken. Das konnte nur heißen, dass sie sich bald auf den Weg machen würden. Auf einen längeren als den bis zur Müllhalde.

Welcher Wochentag war heute? Er fühlte, dass ihm die zeitliche Orientierung abhandenkam. Am Freitag, dem 5. Oktober, sollte er Kirchhoff in Halensee treffen. Der Staatssekretär empfing immer am Vormittag. Wenn man ihm dort ein Narkotikum verabreicht und ihn sofort zum Terminal nach Parchim gebracht hatte, wäre es möglich gewesen, ihn noch am selben Tag in Syrien abzusetzen. Wenn er sich tatsächlich in Syrien befand. Gleichzeitig war denkbar, dass es erst am nächsten Tag auf die Reise ging. Egal, wählte er die erste Variante, war der Ankunftstag in der Fremde ein Freitag. Am Sonnabend, dem 6. Oktober, schlief er auf dem Baum und widerstand den Wölfen. Die Nacht zum Montag verbrachte er an der Feuerstelle. Er traf den Schäfer. Dann folgte die Wanderung, die Folter mit dem Teppichsack, die Flucht vor dem Bewacher, die Wiederbegegnung, der Aufstieg in die Behausung am Berg. Das erste Nachtlager am Ring. Am nächsten Tag, einem Dienstag, ereignete sich die wundersame Episode mit dem gesperrten Telefon. Das war gestern, folglich war heute der 10. Oktober, ein Mittwoch. Der Tag, an dem er mit seinen engsten Mitarbeitern einen sogenannten Jour fixe abhielt, ein Treffen in seinem Büro in der Zentrale von AIRDROP, bei dem die anderen Standorte per Skype zugeschaltet wurden.

Spätestens heute müsste seine Abwesenheit in Berlin bekannt werden. Wo ist David, würde man Isabel fragen.

Und im günstigsten Fall (für seine Referentin) würde sie ehrlichen Herzens antworten: Ich habe nicht den blassesten Schimmer. Ich habe am Wochenende mehrmals versucht, ihn anzurufen. Vergeblich. Auch auf E-Mails hat er nicht reagiert. Hauser lebte seit fünf Tagen in der Verbannung. Er nahm einen Stein und kratzte vier Striche in die graue Felswand, durchstrich die Tage mit einem waagerechten fünften Strich. Er besaß jetzt einen Kalender. Ich hätte ihn hinunterstoßen sollen, hörte er sich sagen. Wieso hatte er nicht? Was für eine Feigheit hielt ihn zurück? Die vor den Folgen der Tat, falls sie schiefging, oder die Tat selbst? Was verband ihn mit dem Mann? Nichts. Litt er etwa schon an diesem skandinavischen Syndrom, einer emotionalen Abhängigkeit, die sich zwischen Opfer und Täter angeblich herstellte? Wiederum grübelte er über die Absichten des Schäfers nach. Wartete er in der Abgeschiedenheit einen bestimmten Zeitpunkt ab, an dem die Übergabe erfolgte? Oder blieben sie hier, bis ihn die Empfänger abholten? So wie es aussah, lag vor ihm ein weiterer Tag endloser Untätigkeit. Hauser betrachtete seine Hände. Um etwas zu erkennen, musste er sie nah an die Augen führen. Die Handflächen rochen würzig nach Zedernharz, die Haut war rau und trocken. Zum Glück hatten sich die Brandblasen an seinen Fingern nicht entzündet. Seit fünf Tagen hatte er sich nicht mehr gewaschen. Wenn man es genau nahm, seit sechs Tagen.

Sonderbarerweise erinnerte er sich genau an die Situation. Als er am Freitagmorgen die Garage betreten hatte, war ihm eingefallen, dass bei seinem Ausflug zum Werbellinsee die Ölanzeige seines Oldtimers unregelmäßig, aber wiederholt geblinkt hatte. Den Vorsatz, bei seiner Werkstatt vorbeizuschauen, hatte er während der Woche vergessen. Als er den Motor startete, leuchtete das

Warnzeichen im Cockpit erneut rot. Hauser öffnete die Kühlerhaube, prüfte den Ölstand und füllte eine Flasche Motorenöl nach. Für irgendetwas mussten sieben Semester Ingenieurstudium doch gut sein. Obwohl er den Freitagmorgenstau auf der Stadtautobahn fürchtete, kehrte er noch einmal in die Wohnung zurück, um sich die Hände gründlich zu reinigen. Er bewohnte die obere Etage eines Zweifamilienhauses, das er vor drei Jahren hatte bauen lassen. Vier Zimmer im Erdgeschoss waren an zwei Tänzer vermietet, einen spanischen Choreografen und seinen Freund, der, wie Hauser glaubte, Ukrainer war oder Russe. Das Grundstück lag in einem Villenviertel, in dem in der kommunistischen Periode Ostdeutschlands die Botschaften kleinerer Staaten Quartier genommen hatten. Links neben seinem Haus lag die ehemalige Residenz der Republik Ghana, rechts hatten Asiaten gelebt.

Der Gedanke an sein Badezimmer schmerzte ihn. Die einsame Zahnbürste in einem Kaffeebecher der New York Yankees, das Regal aus Mahagoni, in dem sich Glasflaschen mit Aftershave und Eau de Cologne befanden, Handtücher, ordentlich gestapelt, die Comics und Nachrichtenmagazine auf der Wäschetruhe neben dem Klo. Seine Wohnung war ziemlich aufgeräumt, obwohl er nur selten zu Hause war. Wenn heute Mittwoch war, kam morgen seine Putzfrau, Evelyn, eine Frau aus dem Wedding, die staubsaugte, das Parkett pflegte und seine Wäsche machte. Um sich von seinem Vater abzugrenzen, hatte er eine Deutsche angestellt, obwohl ihr Stundenlohn deutlich über dem Mindestlohn lag. Evelyn war die einzige Person, die seine Wohnung ohne Zustimmung betreten durfte, er hatte ihr vertrauensvoll einen Schlüssel überlassen. Sie kam in eine verwaiste Wohnung, in der sich seit ihrem letzten Besuch nichts verändert hatte. Der Umstand würde sie kaum alarmieren, da Herr Hauser häufig kurzfristig ins Ausland reiste. Dass er diesmal einen unfreiwilligen Ausflug unternommen hatte, ahnte sie nicht.

Natürlich konnte auch Evelyn Gärtner in die Geschichte seiner Entführung verstrickt sein. Er wusste so gut wie gar nichts von ihr. Peter Ehrlich hatte sie engagiert. Ob er nicht jemanden kennen würde, der ihm als Haushaltshilfe zur Hand gehen könnte, hatte er den Anwalt gefragt. Praktisch wie er war, hatte er sie nicht nur empfohlen, sondern auch gleich die finanziellen Fragen geregelt. Evelyn Gärtner. Hauser hatte nur eine verschwommene Erinnerung, wie sie aussah. Dunkelblond, füllig, aber ihr Gesicht blieb undeutlich. Bei ihrem Antrittsbesuch in Pankow trug sie, wie damals üblich, eine Gesichtsmaske. Er hatte ihr die Wohnung gezeigt, sich aber später bemüht, nie vor Ort zu sein, wenn sie ihre Arbeit erledigte, Donnerstag nach 13 Uhr. Herr Hauser ist nicht zu Hause, dachte er bei sich. Es wäre für Frau Gärtner kein Problem gewesen, ihn in aller Ruhe auszuspionieren. Manchmal fuhr er am Morgen nicht einmal seinen Computer herunter. Wenn sie schnell genug an die Tastatur ging, hätte sie seine Post lesen können, bevor die Bildschirmsperre aktiviert wurde. Eine Festplatte war schnell kopiert, er hätte es gar nicht bemerkt. Aber wozu sollten ihr diese Informationen dienen? Hatten sie für seine Entführung irgendeine Bedeutung? Musste man viel von ihm wissen, um ihn in ein Flugzeug zu verfrachten und über feindlichem Territorium abzuwerfen?

Für die Aktion selbst, sagte er sich, war dieses Wissen vielleicht belanglos, nicht aber für seine mögliche Befreiung. Wenn man darauf spekulierte, ihn auszutauschen, freizukaufen, war es von Vorteil, möglichst viel über seinen Freundeskreis, seine wirtschaftlichen Verhältnisse, seine sozialen Kontakte zu wissen. Das kannte Hauser aus der Geschäftspraxis. Wollte man einen Konkurrenten in die Knie zwingen, galt es, sein Umfeld genau zu studieren. Jeden Schritt, den er unternahm, musste man vorausahnen, früher wissen als er selbst. Wenn ihn Evelyn Gärtner bespitzelt hatte, lag die Vermutung nahe, dass Ehrlich in die Mission eingeweiht war oder sie, was ein quälender Verdacht war, gar initiiert hatte.

Der Anwalt war Teil der Erfolgsgeschichte von AIRDROP, in allen Anhörungen hatte er ihm zur Seite gestanden, sie kannten sich seit mehr als zwanzig Jahren, auch die Insolvenzverfahren gegen David Hausers frühere Firmen hatte Ehrlich mit annehmbaren Vergleichen zu Ende gebracht. Er besaß fünf Prozent der Anteile an AIRDROP, kein geringer Wert, aber längst nicht genug, um die Entscheidungshoheit zu erlangen. Allerdings hatte ihm Hauser Vollmachten erteilt, in seiner Abwesenheit Verträge und Geschäftsabschlüsse zu zeichnen. Augenblicklich war davon auszugehen, dass der CEO für unbestimmte Zeit *abwesend* sein würde. Solange er nicht wiederkehrte, hatte Peter Ehrlich die Macht und die Befugnis, ihn bei AIRDROP zu ersetzen. Dieses Mandat war zeitlich unbegrenzt. Hauser musste sich eingestehen, dass sein bester Freund und Angelpartner in der Liste der Verdächtigen auf einem der vorderen Plätze rangierte. Verrat konnte er sich trotzdem nicht vorstellen. Gab es für ihn als Juristen nicht unauffälligere Methoden, einen Gegenspieler zu beseitigen? Gift oder eine Manipulation an seinem Auto. Wer in einem siebzehn Jahre alten Audi durch die Gegend fuhr, musste sich nicht wundern, wenn die Bremsen plötzlich versagten. Auch würde es Ehrlich durch seinen Beruf nicht schwerfallen, Kontakte ins organisierte Verbrechen zu knüpfen. Inzwischen konnte man

Auftragsmörder aus dem Osten für ein paar tausend Euro anheuern. Dumpingpreise.

Andererseits, was nützte ihm ein billiger Mord oder raffinierter Unfall. Man würde die Leiche finden, sein Tod wäre ein Fakt, keine Vermutung. Die Erbfrage würde keine Probleme machen. Ehrlich müsste nicht nur mit einem neuen Eigentümer, sondern auch mit der Abwicklung der Firma rechnen. So gesehen war sein spurloses Verschwinden für den Anwalt die bessere Option. Vielleicht war es keine gute Idee, ihn als Ersten anzurufen. Über diese Frage musste sich Hauser keine großen Gedanken machen, die Möglichkeit stand nicht zur Debatte. Der Schäfer trug das Telefon stets am Mann. Da er Bücher las, würde er auch schreiben können. Also verständigte er sich mit Textmitteilungen. Der Deutsche fragte sich, ob sein Bewacher den Code zur Freigabe des Handys geändert hatte. Er an seiner Stelle hätte es getan. Oder hatte er ihn bei der Eingabe beobachtet und die installierte Zahlenfolge übernommen? Zwei, sieben, null und fünf. Die Ziffern gaben dem Handy einen intimen, ja vertrauten Charakter. Falls der Schäfer das Gerät zu seinem eigenen machen wollte, musste er selbst einen Code eingeben. Hauser sah seine Chancen, irgendjemanden von seinem Schicksal zu informieren, schwinden. Die Erkenntnis ließ ihn erst trübsinnig werden, dann wütend. Er schrie, fluchte, zerrte an der Kette. Doch blieb sein Protest unbeachtet. Einzige Folge war, dass er sich das Handgelenk blutig schürfte.

In diesem Moment hörte er die Stimme. Jemand sprach, ganz in seiner Nähe. Was ihn noch mehr überraschte, es war eine weibliche Stimme, hell, jugendlich und fordernd. Hauser hatte keine Ahnung, in welcher Sprache geredet wurde. Nur dass der Schäfer oder wer immer dort im Gespräch war, nicht viel zu lachen hatte. Es gab offenbar einen Konflikt. Die Frau sprach ohne Punkt und Komma, erfuhr aber keinen Widerspruch. Erst wunderte sich Hauser über diesen Umstand, dann erinnerte er sich, dass der Alte auch auf seine Proteste und Beleidigungen nur mit Schweigen geantwortet hatte. Er war stumm. Gut, aber war er nicht auch taub? Wieso dann der Wortschwall? Hauser überlegte fieberhaft, was er tun sollte. Woher kam die Fremde, was wusste sie von ihm, bedeutete ihre Ankunft Rettung oder eine neue Gefahr? Statistisch gesehen waren Frauen nicht so gewaltbereit wie Männer. Hallo, rief er, ich bin hier drinnen, Hilfe, helfen Sie mir, I need help, I am from Germany, I was captured. Schon nach seinen ersten Silben wurde es draußen still. Dann redete ein Mann, gedämpft und beruhigend. Die Frau antwortete. Hauser lauschte gespannt. Besprachen die beiden seine Freilassung? Zumindest schrieen sie sich nicht an. Da der Mann klar artikulierte und somit hören konnte, war es offenbar nicht der Alte. Zwei Leute, ein Mann und eine Frau, waren zur Höhle aufgestiegen, um ihn abzuholen, bis es zu Unstimmigkeiten kam.

Weshalb verzögerte sich der Austausch? Hatte die Schimpfkanonade dem Schäfer gegolten oder dem anderen Mann? Verlangte der Alte mehr Geld, als die Miliz zu zahlen bereit war? Wagte er es, ihnen zu widersprechen? Aber wie, wenn er nicht reden konnte? Nun, immerhin konnte er lesen und schreiben und besaß Papier und Stifte. Vielleicht hatte er den Banditen eine SMS geschickt und eine höhere Summe verlangt? Was die Frau veranlasste, ihn herunterzuputzen. Hauser registrierte, dass das Gespräch leiser wurde, die Stimmen entfernten sich. Nicht weggehen, rief er, ich bin hier, holt mich hier raus, Hilfe, verdammt, hier in der Höhle, Hilfe.

Er schrie ohne Unterlass. Nach einigen Minuten spürte er ein Kratzen im Hals. Seine Lippen wurden trocken. Dann näherten sich Schritte. Endlich. Sie hatten es sich überlegt, weiterverhandelt und eine Einigung erzielt. Der Deutsche blickte gespannt zum Höhleneingang und sah den Schäfer eintreten. Er kam allein und stellte einen durchweichten Pappkarton auf die Holzkiste. Dann ging er wieder hinaus, um einen zweiten Karton anzuschleppen. Wo sind sie hin, fragte Hauser, wann kommen sie wieder, was hast du ihnen erzählt? Wieso dauert das alles so lange? Wie verständigt ihr euch? Der Alte blickte ihn kurz an, als interessierte ihn die Frage, kramte dann den Brustbeutel unter seinem Hemd hervor und suchte nach etwas. Wenn du schreiben kannst, nimm deinen verdammten Block und den Scheißkugelschreiber und rede mit mir! Der Alte hielt einen Zylinderschlüssel in den Fingern, entfernte die Schlösser von den Kisten und begann, den Inhalt der Kartons in die rustikalen Truhen zu stapeln.

Der Anblick der Lebensmittel ließ den Deutschen verstummen. Es war zu dunkel in der Behausung, um genau zu erkennen, was der Alte verstaute, Hauser sah nur die Umrisse: runde, flache, ovale Büchsen, Plastikbehälter mit mehrfarbigen Etiketten und straff gefüllte Plastiktüten. Er hoffte, sein Bewacher würde die Lieferung zum Anlass für ein Festmahl werden lassen, sah sich aber getäuscht, der Alte verteilte das trockene Fladenbrot und den üblichen harten Käse, verschloss die Kästen, nahm einen großen und einen kleinen Topf und stellte beide vor den Eingang. Jetzt erst vernahm Hauser die Tropfen. Regen, dachte er, es regnet, am letzten Tag in Berlin hat es auch geregnet. Der Schäfer zog eine Packung Zigaretten aus der Hosentasche, holte zwei Stück heraus und warf die leere

Schachtel in die kalte Feuerstelle am Eingang. Eine glimmende Zigarette landete vor Hausers Füßen. Danke. Der Deutsche paffte hastig, damit die Glut nicht erlosch. Der Rauch versetzte ihn in ein wohliges Gefühl der Schwäche. Haschisch wäre gut, um alles zu vergessen. Während er rauchte, hatte der Schäfer die Lampe angezündet und sich mit seinem Buch auf die Matratze begeben. Auch sein Leben verlief in einem öden Gleichmaß. Wieder war ein Tag vergangen, Hauser war nicht sicher, ob er seinen Kalenderstrich an der Felswand bereits markiert hatte.

Nachts überlegte er, erneut einen panischen Schrei auszustoßen, um den Bewacher zu überprüfen. Er unterließ es und massierte sich die Finger der linken Hand, die noch schlief, während der Rest seines Körpers hellwach war. Er musste den Fremden bitten, ihn morgen zur Abwechslung mit der rechten Hand an den Ring zu ketten. Infolge des häufigen Liegens und Sitzens hatten sich an seinen Arschbacken Furunkel gebildet. Sicher war auch die Mangelernährung an seinem Verfall schuld. Seit seiner Landung im Nirgendwo fraß er Dreck. Sein Organismus, gewöhnt an hochwertige Lebensmittel, musste rebellieren. Hauser war in den letzten Jahren zum Vegetarier mutiert. Hielt sich aber nicht verbissen an die Regeln. Gelegentlich aß er Fisch, drei bis vier Mal im Jahr ein ausgesuchtes Stück Rindfleisch. Je deutlicher er an gutes Essen dachte, umso schmerzhafter verspürte er die Leere in seinem Magen. Die Jeans, die ihm schon bei der Landung zu groß gewesen war, rutschte, wie er bei seinem Ausflug zur Müllhalde hatte merken können, bei jedem Schritt. Er trat mit den Hacken auf den Saum.

Hauser lauschte in die Finsternis. Das Schwein schnieft wie ein Baby, dachte er, musste sich aber eingestehen, dass er sich mit kleinen Kindern, Säuglingen vor allem, überhaupt nicht auskannte. Er hätte ihn doch von der Klippe stoßen sollen. Dann wäre er jetzt frei. Aber wo? Er hätte sich unverzüglich auf den Weg gemacht. Das Handy würde ihm den Weg gewiesen haben. Falls der Code nicht geändert worden war. Und wenn doch? Den Schäfer hätte er nicht mehr fragen können. Solchen Sturz überlebte man nicht. Man war erledigt. Lag mit gebrochenem Genick zwischen verrosteten Konservendosen und Scheiße. Allerdings wäre das Telefon mit ihm abgestürzt. Vermutlich auch Hausers syrischer Pass. Den brauchte er. Brauchte er ihn wirklich? Nein. Er beschloss, den Ausweis, sobald er ihn in die Hände bekam, zu vernichten. Er würde die Manipulation niemandem erklären können, jeder würde ihn für einen Lügner halten, einen Spion oder Wahnsinnigen, der sich weigerte, seine Muttersprache zu benutzen.

Auf das Handy konnte er nicht verzichten. Um es zu bergen, hätte er zur Leiche absteigen müssen. Ein riskantes Manöver. Vielleicht stürzte er selbst, verlor den Halt, würde neben dem Aufseher im Abfall aufschlagen, wenn nicht tot, so eventuell schwer verletzt. Im Müll liegend, neben einem Toten, wäre er qualvoll gestorben. Er musste auf eine bessere Gelegenheit warten, den Schäfer loszuwerden. Eine sichere, bei der er den Verlust des Handys nicht riskierte. Für den Marsch Richtung Grenze brauchte er ein Kommunikationsmittel. Nur so kamen die Flüchtlinge bis nach Mitteleuropa. GPS. In dreihundert Metern haben Sie Ihr Ziel erreicht.

Wie alt mochte die Frau sein, die zur Höhle gekommen war? Trug sie Uniform? Kopftuch oder Schleier? So wie sie gesprochen hatte, konnte er sie sich seltsamerweise nicht verschleiert vorstellen. Zu selbstbewusst. Gab es Milizen, in denen Frauen eine Rolle spielten? Hatte die Unterredung mit ihm zu tun? Vielleicht war er nur Zeuge eines Ehestreits geworden? Zwei Verwandte des Schäfers, seine Nichte und ihr Mann, hatten ihn besucht und waren sich auf dem Weg in die Haare geraten über irgendeine Banalität, die Erziehung der Kinder oder einen neuen Fernseher. Aber warum war die Frau sofort verstummt, als er um Hilfe geschrien hatte? Und wieso hatte der Mann erst dann das Wort ergriffen? Trotzdem, Hilfe kam, darüber war sich Hauser sicher, nur von dieser Frau. Ihre Stimme hatte, trotz der Schärfe ihrer Rede, einen warmen Klang. Irgendwie mütterlich.

Er dachte an seine Mutter Silvia, er sah sie im Winter vor der Ofenklappe hocken, am Morgen, um das Kinderzimmer zu heizen, in dem er und Mira schliefen. Er hasste es, den Raum mit der Kleinen zu teilen. Nie durfte er am Abend Radio hören, RIAS 2, um die Schwester nicht zu stören. Sein Vater arbeitete in der Nachtstille an seinen wenig erfolgreichen Büchern, oft stand er erst gegen Mittag auf. Aber die Morgenstunde war schön, wenn die Mutter Briketts auflegte und wartete, bis die Kohlen durchgebrannt waren. Der Ofen bullerte, das Holz knackte, allmählich erwärmte sich das ausgekühlte Zimmer. Er blieb im Bett, bis sie zum Frühstück rief.

Kurz nachdem er eingeschlafen war, so schien es ihm zumindest, wurde er durch einen derben Tritt gegen die Fußsohlen geweckt. Sein Peiniger stand im Schein der Ölfunzel und forderte ihn mit einem Wink des Gewehrs zum Frühsport auf. Hauser sah mit Erstaunen, dass seine Hand von der Wand gelöst war. Dafür spürte er die Fesseln an den Handgelenken. Der Mann gab ihm einen Fetzen Brot und einen Schluck aus der Wasserflasche. Es dämmerte. Obwohl Hauser den Auszug aus dem Versteck erhofft hatte, überraschte ihn der plötzliche Aufbruch. Er bekam den Wink, vorauszugehen. Der Bewacher trug seinen

Leinenbeutel, das Tuch um den Kopf und die Sonnenbrille, die der Deutsche bis vor kurzem zu seinem Besitz gerechnet hatte, er blieb, wie Hauser mit einem Schulterblick sehen konnte, die üblichen drei bis vier Meter hinter ihm.

Sie erreichten die Stelle, wo er dem Schäfer zum zweiten Mal in die Arme gelaufen war. Der ordnete eine Rast an. Hauser drückte den Rücken gegen einen Felsbrocken und ließ sich zu Boden gleiten. Er wollte, dass ihm die Fesseln gelöst werden. Aber der Schäfer tat so, als würde er nichts verstehen. Immerhin reichte er ihm die Flasche, nachdem er selbst daraus getrunken hatte. Hauser hoffte, dass sie zu dem Ort unterwegs waren, den sein Peiniger aufgesucht hatte, um Lebensmittel zu besorgen und das Handy aufzuladen. Da er für den Hin- und Rückweg nicht länger als acht Stunden gebraucht hatte, dürfte kein allzu langer Marsch vor ihnen liegen. Auch das Wetter spielte mit, das Regengebiet hatte sich verzogen, der Himmel war nahezu wolkenlos. Hauser wunderte sich über seine Sorge, nass zu werden. Eigentlich sollte ihn eher die Frage beunruhigen, was der Schäfer vorhatte, welchen Leuten er übergeben würde. Sie nahmen den Kammweg. Der Deutsche hielt Ausschau nach dem Stein, auf dem er gesessen, dem Baum, an dem er um sein Leben gekämpft hatte. Zu seiner Enttäuschung, die ihn überraschte, konnte er den Platz nicht wiederfinden. Alle Steine und krüppligen Gehölze ähnelten sich. Dann entdeckte er die Stelle, wo er aus dem Tal aufgestiegen war. Das Dorf, das sie anstrebten, musste rechter Hand liegen. Doch schüttelte der Bewacher den Kopf, als sich der Gefangene anschickte, den Weg ins westliche Tal einzuschlagen. Ein Schubs gegen die Schulter lenkte ihn nach Süden.

Mit gebundenen Händen hatte er in dieser unwirtlichen Gegend keine Überlebenschance. Der Schäfer schien seine

Gedanken zu ahnen, er trug das Gewehr am Riemen über der Schulter, den Lauf nach unten gerichtet. Ab und zu wandte sich der Deutsche um, als brauche er eine Bestätigung, dass die Richtung stimmte. Der Bewacher hob nur das Kinn, eine Geste, die zum Weiterlaufen aufforderte. Zu seiner Linken lag der Berg, den er überwunden hatte, nachdem er die Nacht auf dem Baum geblieben war. Diese Mühe, dachte er, hätte er sich also sparen können. Am Ende der Schlucht sah man die Straße, die sich in Serpentinen in den Bergen verlor. Gerade bewegte sich eine Kolonne von Lastkraftwagen talwärts. Die Fahrer hatten Schwierigkeiten, die Anhänger durch die u-förmigen Kurven zu ziehen.

Der Deutsche spürte den Griff seines Bewachers an der Schulter. Die Ankündigung einer weiteren Pause. Hauser ging in die Knie und ließ sich auf den Hintern fallen. Vergeblich hoffte er auf die Trinkflasche. Der Schäfer entnahm seinem Tragesack ein Stück Papier und einen Bleistift. Danach zog er etwas hervor, das der Deutsche mit Neid betrachtete, ohne dass er dafür Verwendung gehabt hätte, einen Feldstecher. Der Alte blickte konzentriert ins Tal. Anschließend machte er sich Notizen. Hauser konnte den Block einsehen, da der Bewacher an den Abhang getreten war, sich also unter ihm befand. Wenn er stehen geblieben wäre, hätte sich ihm eine weitere Möglichkeit geboten, den Feind in die Schlucht zu stoßen. Aber vielleicht wagte der sich auch nur so nah an den Rand, weil er wusste, dass sein Schützling in sicherer Distanz auf dem Boden hockte.

Der Schäfer zählte die Fahrzeuge und notierte die Zusammensetzung der Kolonne. Es waren, wie Hauser auch ohne Fernglas feststellte, fünf LKWs mit Anhängern, zwölf weitere mit stumpfen Schnauzen, dazu zwei

Jeeps, jeweils am Anfang und Ende des Konvois, sowie drei Pick-ups, auf deren Ladeflächen Rohre zu erkennen waren. Geschütze? Maschinengewehre? Ob die Fahrzeuge Menschen oder Material transportierten, war mit bloßem Auge nicht zu erkennen. Der Schäfer würde es besser wissen. Er stopfte Schreibblock und Feldstecher in seinen Sack, warf ihn über die Schulter und gab ein Zeichen zum Aufbruch. Er kam einen Schritt auf den Deutschen zu, streckte die Hand aus, als wollte er ihm helfen, aufzustehen, senkte dann aber den Arm an die Hosennaht. Machte er sich lustig über ihn? Hauser schaffte es allein. Darin hatte er schon Erfahrung. Er ließ sich zunächst auf die Seite fallen, kam so in den Vierfüßerstand, hockte also auf den Knien und Händen, die, wegen der Handschellen, nur fünfzehn Zentimeter auseinanderlagen. Dann zog er die Füße an und rappelte sich auf, indem er die Knie streckte und den Oberkörper nach oben drückte.

Der Alte beobachtete seine Turnübung mit nüchternem Interesse. Ein Grinsen oder gar ein Lächeln hatte Hauser in dem bärtigen Gesicht noch nicht bemerkt. Der Kerl schien keine Gefühle zu haben. Oder zeigen zu wollen. Sie marschierten weiter. Nach einer knappen Stunde verließen sie das Plateau und nahmen einen abschüssigen Pfad unterhalb des Gebirgszugs. Das Gelände war mit Zedern bewachsen und zerklüftet. Sie durchquerten ein Waldstück. Wiederum hatte Hauser den Eindruck, die Gegend zu kennen. Dann entdeckte er in der Ebene einen weißen Fleck. Keine Luftspiegelung. Ihre Bewegung war auf diesen Punkt in der Landschaft gerichtet. Hauser brauchte noch weitere hundert Meter, um zu begreifen, dass sie sich seinem Landeplatz näherten, allerdings von westlicher Richtung. Sie hatten die gleiche Strecke, für die er zwei Tage gebraucht hatte, in sechs Stunden bewältigt. Je näher sie dem Lichtpunkt kamen, umso deutlicher konnte der Deutsche die Kontur des Schlittens erkennen. Die Box lag, wenn sie noch vorhanden war, im Schatten der Honigwaben.

Ohne dass ihm der Wächter weitere Anweisungen geben musste, näherte sich der Geschäftsführer der Firma AIRDROP den in der Ebene lagernden Überresten einer abgeschlossenen Repatriierungsmission. Formaljuristisch betrachtet waren die Trümmer sein Eigentum. Die Auftraggeber zahlten für die Passage. Das Flugobjekt und der Fallschirm waren vermietet, Eigentum der Kapitalgesellschaft, man hätte die Kapseln mehrmals einsetzen können, allerdings überstiegen die Kosten einer möglichen Bergung und Rückführung die der Neuproduktion um ein Vielfaches.

Woher wusste der Schäfer von der Landestelle? Hatte er seine Ankunft beobachtet und ihn so lange verfolgt, bis er ihn überwältigen konnte? Hatte ihm jemand einen Tipp gegeben, zum Beispiel bei seinem Ausflug zu einem Ort mit Stromversorgung, um das Telefon aufzuladen? Oder steckte er mit den Entführern in Berlin unter einer Decke, hielt er mit ihnen Kontakt und hatte so die Koordinaten seiner Absetzung erhalten? Im Flugschreiber der Maschine, die ihn hergebracht hatte, waren alle Daten präzise aufgezeichnet. Hauser verdrängte die Fragen. Jetzt beschäftigte ihn mehr, wieso ihn der Schäfer hierher zurückführte. Gab es irgendetwas zu bergen, das er, Hauser, bei seinem Rückzug vergessen oder übersehen hatte? Sollte sich dies bewahrheiten, musste zwischen seinen Entführern und dem Bewacher eine Verbindung bestehen. Der Deutsche spürte die Anstrengung des Gewaltmarschs, sein Knie schmerzte, und der linke Fuß war wundgelaufen, da das Klebeband zu straff gewickelt worden war.

Endlich erreichten sie die Box. Alles war genauso, wie er es vor Tagen verlassen hatte, nur die Spuren von Vogelkot hatten zugenommen. Niemand außer den Raubvögeln schien sich dem Objekt genähert zu haben. Der Gefangene ließ sich, ohne auf eine Genehmigung zu warten, im Schatten der Honigwaben nieder. Der Schäfer achtete nicht auf seinen Schützling, er blickte, die Augen mit der Hand beschirmend, zum Horizont. Dann zog er das Fernglas aus seinem Sack. Er schien auf etwas zu warten, das aus der Luft kam. Sollte hier und jetzt der Austausch stattfinden? Hatte man ihn gleich nach der Landung an diesem Ort übernehmen wollen, war aber zu spät gekommen? Oder informierte der Schäfer die Erpresser: Ich habe den Mann, den ihr sucht, wo soll ich ihn hinbringen? Sehr gut, wir treffen uns in der Ebene, dort, wo er runtergekommen ist. Schickten sie einen Hubschrauber? Hauser sah keine andere Möglichkeit. Selbst für ein Leichtflugzeug war die Gegend zu steinig und unwegsam.

Der Alte deutete mit dem Feldstecher in den Himmel. In großer Höhe kreisten zwei Vögel, direkt über ihnen. Die kenn ich, sagte er und grinste. Der Schäfer nahm die Flinte von der Schulter und deutete einen Schuss an. Sein Blick war ernst. Aber das war nichts Neues. Er ging zum Unterteil der Box, zog die Schale einige Meter von dem Deutschen weg, kippte sie um, ein Rinnsal floss in den braunroten Sandboden. Dann kappte er die Nylonschnüre, an denen der Rest des Fallschirms hing, raffte das Tuch zusammen und stopfte es in den Container. Er reichte Hauser die Hand und zog den Gefangenen auf die Beine. Die Handschelle wurde gelöst, der Deutsche in Richtung der Box geschoben. Er war zu erschöpft und willenlos, um darüber zu sinnieren, was das Ganze sollte. Er wurde bewegt und funktionierte wie eine Marionette. Der Schäfer trat hinter ihn, schob Hausers Jacke hoch und befestigte etwas an seinem Hosenbund. Metall schlug gegen Metall, dann zog es den Gefangenen rücklings auf den Erdboden.

Brixels Erfindungsgeist bewährte sich. Um einen sicheren Transport zu gewährleisten, hatte der Ingenieur in die Ober- und Unterseite von Deckel und Box Einlassgriffe montiert. Durch die Anbindung an die Box bekam Hauser die Hände frei und konnte die Arme im Schultergelenk bewegen. Er hatte Zeit, setzte sich auf die Erde, streckte die Beine aus und wartete ab. Das, was ihm bevorstand, machte ihm keine Angst. Es würde eine Lösung sein. Am Horizont erhob sich der Berg, den er am zweiten Tag bestiegen hatte, davor lag das Wäldchen, von dem er wusste, dass es ein Wäldchen war, bewachsen mit Zedern, jetzt eine Luftspiegelung. Das Land, in das er verbannt worden war, besaß eine abgründige Schönheit. Unter anderen Umständen hätte er sich dafür interessiert.

Der Dunst des Morgens hatte sich aufgelöst. Die Sonne stand im Zenit. Hauser riss einen Streifen von der Fallschirmseide ab und band ihn sich wie einen Turban oder ein Piratentuch um den Kopf. Der Bewacher ließ ihn gewähren. Die Ebene lag menschenleer und öde vor ihnen. Kumuluswolken warfen Schattenflächen auf die Berghänge. Niemand war gekommen. Und jetzt?, fragte er den Alten, was passiert nun, haben sie uns versetzt, kommt hier wer, was soll das ganze Spektakel? Statt einer Antwort bekam er einen Tritt, der ihn zum Aufstehen ermunterte. Ohne Fesseln konnte er sich leichter aufrichten. Machte aber keine gute Figur. Er stand unsicher, mit weichen Knien, als hätte er die Hosen voll, das Gewicht der Box zog die Jeans über seine Hüften, er musste den Gürtel enger schnallen, aber solange der Druck bestand, war das unmöglich. Plötzlich spürte er eine Verringerung der Last, der Schäfer hatte das andere Ende des Behälters angehoben und stieß ihn energisch vorwärts.

Hauser lief wie ein Esel, der einen Hieb bekommen hat. Exakt in die Richtung, aus der sie gekommen waren. Er hatte die Unterseite der Box gepackt und versuchte, sie im Gleichgewicht zu halten. Er erwartete, dass sie sich nur ein paar Meter von der Landestelle entfernten, vielleicht wollte der Schäfer die Metallkiste verstecken, damit sie nicht den Leuten in die Hände fiel, die ihn holen kamen. Nachdem sie an die hundert Meter absolviert hatten, begann der Deutsche zu zweifeln. Ihm lief der Schweiß in die Augen. Siebzig Kilo waren siebzig Kilo. Bei jedem Schritt, vor allem, wenn er schwankte, stieß ihm die Kante der Kiste schmerzhaft gegen den Steiß. Der Schäfer leistete seinen Teil, das war nicht abzustreiten, allerdings war er auch nicht an den verdammten Griff gekettet. Inzwischen mussten sie eine sanfte Steigung überwinden. Beim Hinweg hatte Hauser sie nicht bemerkt. Jetzt schon. Er nahm an, der Schäfer wollte sein Kleinod nicht in der freien Ebene verstecken, sondern am Fuß der Berge, in dem Wäldchen, das sie passiert hatten. Wir hätten das Ding leichter bauen müssen, dachte Hauser und stolperte vorwärts. Aber der Ingenieur hatte gewarnt, eine weitere Reduzierung sei aus Gründen der Betriebssicherheit nicht zu verantworten. Brixel, der Verräter.

Bei der nächsten Rast wurde er nicht abgeschnallt, erhielt aber Proviant. Der Alte beschäftigte sich wieder mit dem Fernglas. War er ein Kindskopf oder Ornithologe? Jetzt, wo die Fallschirmseide fehlte, war der Landeplatz mit bloßem Auge nur noch schwer auszumachen. Die Honigwaben vermischten sich mit den mannshohen Steinen. Wenn die Parlamentäre mit einem Hubschrauber kamen, könnten sie ihn genauso gut hier aufsammeln. Der

Platz war weniger auffällig, kaum einzusehen. Der Schäfer ließ ihm keine Zeit zum Erholen, er hob die Box an, was den Deutschen schnell auf die Beine brachte. Ehe er sich versah, befanden sie sich auf dem Pfad, der in Schlangenlinien zum Bergkamm führte. Wollte der Wahnsinnige allen Ernstes nach oben? Mit diesem Gepäck? Ihm musste viel an der Aluminiumbüchse liegen, wenn er eine solche Strapaze wagte.

Auch für den Schäfer war der Aufstieg kein Spaziergang. Er trug das dicke Ende und musste mit Nachdruck schieben, damit der Deutsche nicht stehen blieb. Hauser hörte erstmals, dass der Fremde Laute von sich gab, keine Worte, ächzende, gequälte Töne, die man nicht übersetzen musste. Die beiden Männer stöhnten im Chor. Wenn der Bewacher eine Unterbrechung anordnete, schlug er gegen die Seitenwand der Box. Augenblicklich stand Hauser still und ging in die Knie. Auch der Alte hockte am Boden. Was für ein Irrsinn, dachte er. Ziel der Mission war also nicht seine Übergabe, sondern die Bergung einer Metallkiste, für die hier niemand Verwendung haben konnte. Es sei denn, man benutzte sie als Sarg.

Hauser hörte das Pochen des Antreibers in seinem Rücken und stemmte sich hoch. Würden sie die Kapsel umdrehen, sodass ihre Einbauten, inklusive des Sitzmoduls, zur Erde zeigten, wäre sie einfacher zu tragen. Die Oberfläche war glatt, immer wieder entglitt sie dem Griff seiner Finger. Dann sackte die Box um einige Zentimeter ab, zog den Deutschen nach hinten, bis der Absturz von der Handschellenkette, die mit der Jeans verbunden war, verhindert wurde. Sie mussten noch drei Mal pausieren, und die Unterbrechungen wurden jedes Mal länger, bis die Bergkuppe erreicht war. Oben angelangt, fielen beide Männer fast zeitgleich zu Boden. Der Schäfer spendierte ein Stück Fladenbrot und einen Schluck aus der Flasche. Wärter und Gefangener lehnten sich mit dem Rücken gegen die Kiste. Der Alte rauchte, zeigte aber keine Bereitschaft, Hauser an dem Vergnügen teilhaben zu lassen. Die Rauchfahne, die ihm in die Nase wehte, verbitterte den Deutschen. Er hätte sonst was für einen Zug gegeben. Er hoffte, dass ihm der Wärter die Kippe hinwarf, aber der Zigarettenrest wurde vom Stiefel des Schäfers in den Staub getreten. Dreckskerl.

Sie liefen weiter. Nicht mehr weit, sprach er sich Mut zu, höchstens drei Stunden. Die Zunge lag ihm im Mund wie ein Radiergummi, er fuhr sich über die Lippen. Staub und Salz. Nur noch drei Stunden. Seine Stimme überraschte ihn. Kratzig und heiser. Obwohl er schnaufte und auf keine Antwort hoffte, fand er Gefallen am Reden. Überrascht, Arschgesicht? Staunst du, dass ich dir was erzähle? Was soll dieser Ausflug? Warum brauchst du die Scheißkiste? Wer hat dir verraten, wo das Ding gelandet ist? Wie nicht anders zu erwarten, erwiderte der Alte nichts, sondern folgte ihm wie ein Schatten. Du solltest dich nicht zu sicher fühlen, redete Hauser weiter, du solltest nett zu mir sein. Immerhin sind wir aufeinander angewiesen. Wieso eigentlich?, dachte er dann. Was, wenn er ihn plötzlich loswerden wollte? Ein Schubs genügte, und er fiel fünfzig Meter tief in loses Gestein. Selbst wenn er überlebte, würde er mit gebrochenen Knochen nicht weit kommen. Bei dem Gedanken klammerte sich der Deutsche an die Kiste und fühlte mit Erleichterung, dass er noch mit der Box verbunden war. Ich sollte dir wohl dankbar sein, sagte er zu dem Alten, aber du kotzt mich nur an. Der Schäfer setzte den Behälter auf den Boden. Ein paar Minuten zum Durchatmen.

Sie standen genau an der Stelle, wo dem Deutschen die Befreiung gelungen war. Der Stock, mit dem er sich der

Hose entledigt hatte, lag noch am Fuß des Steins. Hauser nickte, wusste aber nicht genau, was er damit ausdrücken wollte. Vielleicht: Ja, ich verstehe, ich erkenne den Platz, oder, ja, ich verstehe, Flucht hat keinen Sinn, oder, ja, leck mich am Arsch, du bist der Sieger. Mein Wächter, mein Schutzgott. Mit etwas Glück würden sie die Höhle vor Einbruch der Nacht erreichen. Hauser registrierte, ein wenig irritiert, dass er das Loch in der Felswand gewissermaßen als Zuhause betrachtete. Dabei hätte er nicht sagen können, ob er dort vier, fünf oder sechs Tage verbracht hatte. Auf jeden Fall zu lange.

Am Himmel erschien ein blinkender Leuchtpunkt. Hausers Arm hob sich automatisch und wies auf das Flugzeug, das über ihren Köpfen dahinzog. Der Schäfer ging auf das Spiel ein und deutete mit dem Zeigefinger auf David Hauser, pochte auf die Box und vollzog einen breitbeinigen Hüpfer. Dann klatschte er in die Hände. Hauser blickte dem Düsenjet hinterher. Er wusste jetzt, dass sein Bewacher wusste, wie er in dieses Land gekommen war. Also war er entweder informiert worden oder hatte seine Landung beobachtet. Hätte er mit ihm sprechen können, würde er genau das gefragt haben. Leider gab es keine Möglichkeit, das Gespräch fortzuführen. Immerhin, das war nicht zu bestreiten, es war eine Art von Unterhaltung gewesen. Im Grunde hatte ihm der Alte Respekt gezollt. Oder verspottete er ihn? Die Maschine verschwand in den Schleierwolken. Er hatte nicht versucht, den Piloten oder Passagieren ein Zeichen zu geben.

Aus achttausend oder zehntausend Meter Höhe waren die beiden Wanderer und ihr glänzendes Objekt nur mit Ferngläsern zu erkennen. Aber niemand würde auf die Idee kommen, das öde Bergland nach menschlichen Spuren abzusuchen. Gegen die Langeweile bot die Fluggesellschaft die bewährten Ablenkungen: Filme, abgegriffene Bordzeitschriften, schwer verdauliches Essen oder Schlafmasken. Keiner der Reisenden, deren größtes Problem darin bestand, wohin sie ihre Füße strecken sollten, ahnte, wie schnell das vertraute Leben enden und sich in einen Albtraum verwandeln konnte. Als der Bewacher den Blick des Deutschen spürte, riss er die Flinte hoch und schickte dem Flugzeug eine imaginäre Salve hinterher.

In zwei oder drei Tagen würde Vollmond sein. Empfindlich kalt war es jetzt schon. Hauser konnte die Finger, die den Kasten festhielten, kaum noch spüren. Mechanisch setzte er Schritt um Schritt. Er dachte an die Leute in dem Flugzeug, die nie erfahren würden, dass sich ihre Lebenswege gekreuzt hatten. Wie schnell hatte er sich in seine neue Existenz gefunden, die ausweglose Lage akzeptiert. Er funktionierte ohne Widerspruch. Als hätte er nie anders gelebt, ein Kuli, einer dieser zähen Burschen, die den Alpinisten im Himalaja die Ausrüstung schleppten. Sherpas. Elende Schlucker. Allerdings bekamen sie für jeden Aufstieg Geld. Er dagegen arbeitete für ein Stück Brot und die Gnade, am Leben bleiben zu dürfen. Ein reicher Mann. 400 Millionen hatte man ihm für die Firma geboten. Ein indisches Konsortium, vor genau einem Jahr. Hauser hatte abgelehnt. AIRDROP war sein Projekt, sein Kind. Was sollte er mit dem Geld anfangen? Er verdiente seit Jahren mehr, als er ausgab. Er könnte sich freikaufen. Dieser Schäfer war ein armes Schwein. Er würde ihn ausliefern und einen Hungerlohn empfangen.

Wenn er doch mit ihm sprechen könnte. Lass mich frei, führe mich in die nächste Stadt, irgendwohin, wo man telefonieren kann, und ich zahle dir einhunderttausend, zweihunderttausend, nenn mir eine Zahl, du kannst ein völlig neues Leben anfangen, kaufst dir ein Haus, eröffnest ein Hotel, lass uns diese beschissene Absteige verlassen. Du bist ein Idiot, Alter, weißt du das? Wir sollten zusammenarbeiten, ich bin viel mehr wert, als du dir vorstellen kannst. Ich bin kein Syrer, ich heiße nicht Walid Said, sondern David Hauser, es gibt keinen Araber, der David heißt, ich spreche auch kein Arabisch, das müsstest du doch hören, das ist Deutsch, German, verstehst du, Germany, Made in Germany, Mercedes-Benz, Adidas.

Hauser redete und redete, aber der Schäfer antwortete nicht. Beim nächsten Halt stülpte ihm der Alte eine Taschenlampe mit Gummiband über das Kopftuch. Wenn er den Kopf beim Laufen neigte, konnte er den Weg erkennen. Als sie in der Höhle ankamen, war es Nacht. Die Box wurde vor dem Eingang abgestellt. Hauser taumelte vor Schwäche, als er durch die Felsspalte geschoben wurde. Der Schäfer fesselte ihn wieder an den Ring in der Wand. Sein Protest blieb unbeachtet. Auch der Bewacher war völlig erschöpft. Kaum hatte er sich hingelegt, hörte Hauser sein Schnarchen. Nur im Schlaf und bei Schwerstarbeit machte er Geräusche. Der Deutsche tastete nach dem Eimer, fand ihn nicht, drückte sich die Decke gegen die Brust und schlug sein Wasser ab. Er tastete mit der freien Hand über den Boden und breitete die Decke auf der Erde aus.

Mit dem Gestank seines eigenen Urins in der Nase schlief er ein. Er träumte von Spielplätzen mit Klettergerüsten und Klopfstangen. Er fuhr Straßenbahn. Seine Schulkameraden Michael und Boris waren mit an Bord, seine quengelnde Schwester, aber auch Isabel und Brixel, der Ingenieur. Alle waren Kinder, hatten aber erwachsene Gesichter. Sie hielten Angelruten und warfen die Köder in die Wellen, die hinter dem Gefährt aufschäumten. Die Gruppe befand sich im Heckteil der Bahn, einem überdachten, fensterlosen Bereich. Eigentlich war die Straßenbahn eher ein Dampfer. Nur, dass sie nicht schwamm, sondern sich auf Schienen bewegte, die unter der Wasseroberfläche verliefen. Alle hielten die Angeln konzentriert und mit angespannten Muskeln, wenig später erfolgte der Biss. Riesige Fische mussten die Köder geschnappt haben. Ihre Kraft reichte aus, die Angler mit einem Ruck über Bord zu zerren. Erst erwischte es Michael, dann den Österreicher, auch Hausers Vater erschien plötzlich, er sah Mira in einem Strudel versinken und wurde samt seiner Angel in die Fluten gerissen, Hauser hielt Isabel fest, sie war die letzte Person, die bei ihm blieb, er klammerte sich an sie, wunderte sich, dass sie so leicht war, fast gewichtslos, bis er begriff, dass er nur noch ihren Arm in den Händen hielt, einen Frauenarm in einem roten Stofffetzen.

Hauser spürte einen Schmerz im rechten Bizeps. Dann erblickte er das mürrische Gesicht des Schäfers, beleuchtet von der flackernden Petroleumlampe. Ein knappes Anheben des Kinns signalisierte: Aufstehen! Die Handschelle wurde vom Ring gelöst und um sein linkes Handgelenk gelegt. Er erhielt die Ration Brot und Wasser. Der Schäfer stand hustend vor dem Eingang der Grotte, drängte zum Aufbruch, gewährte ihm aber die Möglichkeit, an der Müllkippe zu pissen. Hör zu, sagte Hauser, indem er sich das Hemd in die Hose stopfte, ich möchte dir ein Angebot machen. Geld, verstehst du, Money? Er rieb den Daumen gegen den Zeigefinger. Die Geste war international, in allen Ländern gebräuchlich. Der Schäfer glotzte blöd, ließ ihn jedoch ausreden. Ich gebe dir Geld, erklärte der Deutsche, jedes Wort betonend. Er unterstützte den Satz mit Zeichensprache, deutete auf sich und zu seinem Bewacher. Eine Transaktion. Kapiert? Gib mir einen Stift, was zum Schreiben. Trotz der Fessel schaffte er es, mit der rechten Hand auf die linke Handfläche zu kritzeln. Viele Nullen. Du wirst reich, kannst dir ein Haus bauen, ein Auto kaufen, Toyota, nichts ist unmöglich.

Der Alte reagierte nicht, sodass Hauser niederkniete und versuchte, eine Zahl in den Boden zu kratzen. Eine aussichtslose Aktion. Als er einen Stein aufhob, wich der Schäfer zwei Schritte zurück, das Gewehr im Anschlag. Hauser hockte auf dem Erdboden, zwei Meter vom Abgrund entfernt. Wenn er die Klippe überwand, würde er sein Leiden mit hoher Wahrscheinlichkeit beenden. Und wenn nicht? Der Alte wäre nicht fähig oder gewillt, ihn zu retten. Im besten Fall würde er ihn durch einen Fangschuss von seinen Qualen erlösen. Falls er traf. Vielleicht müsste er mehrmals schießen. Etwas fiel zu Boden. Hauser sah auf den Notizblock, den sein Bewacher stets bei sich trug. Ein Plastikkugelschreiber war in die Ringbindung geschoben. Wieder machte der Alte die Kinn-Geste der Aufforderung. Hatte er ihn also verstanden? Hauser zog den Stift aus der Fixierung, eine Maßnahme, die nicht einfach war, weil ihn die Handschelle behinderte. Die ersten Seiten des Schreibblocks waren mit kryptischen Protokollen gefüllt. Hauser glaubte Daten zu erkennen, darunter waren Symbole angeordnet, Ziffern. Als letzter Eintrag standen zwei Zahlen: 12 und 10. Hatte der Bewacher das heutige Datum festgehalten? Nach seiner Berechnung kam das hin. Er schrieb auf die letzte Seite eine 1 mit fünf Nullen, setzte das Dollarzeichen dazu. Niemand auf der ganzen Welt konnte dieses Symbol missdeuten. Einhunderttausend Dollar.

Er reichte seinem Bewacher den Zettel. Der Schäfer trat näher, beugte sich vor. Die Antwort kam unmittelbar. Kopfschütteln. Keine Sekunde Bedenkzeit. Hauser strich die 1 durch und ersetzte sie durch eine 2. Der Alte reagierte nicht anders. Als der Gefangene die Lösegeldsumme erneut korrigierte, indem er eine Null anhängte und also zwei Millionen Dollar in Aussicht stellte, verzog der Alte die Lippen zu einem verächtlichen Grinsen, nahm ihm den Schreibblock aus der Hand, öffnete den Mund und schnipste mit dem Zeigefinger gegen die aufgeblähte Wange. Plopp. Das Schnalzgeräusch war das Kommando zum Aufbruch. Hauser lief voran, vier bis fünf Meter hinter ihm der Alte mit der Jagdflinte. An jeder möglichen Abzweigung, verschiedene Trampelpfade führten ins Tal, stoppte der Gefangene, blickte sich um und wartete auf eine Entscheidung. Sie blieben auf dem Weg, den sie am Vortag genommen hatten.

Hauser hielt die gefesselten Hände vor der Brust, nicht wie sonst auf dem Rücken. Eine enorme Erleichterung. Heute, er war sicher, würde der Austausch erfolgen. Aus keinem anderen Grund hatte der Schäfer sein Angebot ignoriert. Zwei Millionen Dollar. Niemand würde ihm je eine höhere Summe zahlen. Wenn er ihn trotzdem an andere Anbieter verkaufte, stand er unter Druck. Vielleicht war der Alte selbst Mitglied der Miliz, der er übergeben werden sollte. Der Schäfer mochte wie ein Eremit leben, er war kein Einzeltäter. Da gab es keinen Zweifel. Regelmäßig wurde er mit Lebensmitteln und Wasser versorgt. Irgendwo in der Nähe ihres Unterschlupfs hatte er das Handy aufgeladen. Es musste eine Siedlung geben, eine Stromleitung oder einen Generator.

Ihn quälten Selbstvorwürfe. Er hätte geschickter verhandeln müssen. Worum ging es in der Welt? Wo hatte er seinen Grips gelassen? Gab es einen besseren Türöffner als Geld? Immerhin wusste er jetzt, was er tun würde, sobald der Austausch vollzogen war. Knallhart verhandeln. Bestimmt würde die Verständigung mit seinen neuen Bewachern einfacher werden. Für Islamisten waren westliche Geiseln Kapital. Hauser glaubte, das Geheimnis seiner Entführung gelüftet zu haben. Irgendeine syrische Miliz hatte seine Verschickung organisiert, nicht um ihn zu töten oder zu quälen, sondern um ihn zu erpressen. Dass man sich dabei seiner eigenen Technik und Spedition bedienen konnte, bewies, dass ihr Einfluss bis nach Europa reichte. Unerklärlich blieb allerdings, warum man ihm dafür seine Identität raubte, ihn mit einem fremden Pass ausstaffierte. Tarnung, dachte Hauser. Man verwischte Spuren. Vielleicht hatten die Entführer Angst, dass er anderen Leuten in die Hände fiel, die ihnen das Geschäft verdarben. Gehörte der Schäfer zu diesen oder zu jenen? Oder war er nur ein armer Irrer, der gar nicht überblickte, in welche Verstrickungen er sich einmischte, ein Hasardeur, der zockte, ohne die Spielregeln zu kennen. Sie mochten etwa zwei Stunden gelaufen sein, als der Alte einen Halt anordnete, die Wasserflasche aus dem Leinensack zog und ihn aufforderte, sich an einen Felsbrocken am Wegrand zu setzen. Er selbst stieg den steilen Hang hinauf, bis er den Kamm des Bergrückens erreichte.

Die Morgensonne tauchte den Alten in weiches Licht. Hauser glaubte den Feldstecher in seinen Händen zu sehen. Dann bemerkte er, dass dieser nur einen Arm angewinkelt hatte. Es sah aus, als ob er telefonierte. Bislang hatte er ihn immer nur Textmitteilungen schreiben sehen. Mit wem sprach er oder, besser gesagt, wer sprach mit ihm? War er gar nicht taub? Blickte er auf das Display? Erhielt er Instruktionen? Wie konnte der Schäfer antworten? Klopfzeichen?

Der Alte hatte sich mindestens hundert Meter entfernt. Vielleicht bestand jetzt, dachte Hauser, die letzte Möglichkeit zur Flucht? Sobald er den Weg verließ, würde er aus dem Blickwinkel des Wächters verschwinden. Von seiner Position aus konnte er ihn mit dem Gewehr unmöglich erreichen. Für den Abstieg brauchte der Alte mindestens so lange wie für den Aufstieg, drei Minuten. Kein schlechter Vorsprung. Würde er ihm nützen? Die Vorstellung, kopfüber in die abschüssige Steinhalde zu stürzen, war wenig verlockend. Wo wollte er hin? Ins nächste Dorf. Glaubte er ernsthaft, man würde ihm helfen, wenn er eine Siedlung erreichte?

Mühsam erhob sich der Gefangene, aber nur, um sich die Beine zu vertreten. Ihm war kalt. Der Alte auf dem Berg bewegte den Gegenstand in seiner Hand so, als würde er ein Panoramabild der Schlucht aufnehmen. Er rechnete offenbar fest damit, dass seine Geisel keine Dummheiten machte. Diese Arroganz beleidigte Hauser. Er hielt die eiskalten Finger vor den Mund und wärmte sie mit seinem Atem. Wenn heute der 12. Oktober war, fiel ihm plötzlich ein, hatte er um 12 Uhr einen Termin in Brüssel, ein Mittagessen mit dem Chef der Europäischen Kommission. Es sah nicht so aus, als ob er dieses Gespräch wahrnehmen würde.

Als der Schäfer zurückkam, machte er einen missgelaunten Eindruck. Er richtete das Gewehr auf den Geschäftsführer der AIRDROP AG und brachte ihn so auf Trab. In solchem Zustand war der Mann reizbar, vielleicht gefährlich. Die Chancen, dass er bald etwas zu essen bekam oder einen Zug aus der Zigarette, verringerten sich. Hatte er schlechte Nachrichten empfangen? Platzte die Übergabe schon wieder? Danach sah es nicht aus. Sie liefen stramm weiter Richtung Süden, der Bergrücken war nackt wie ein Schienbein, es gab kaum Vegetation, vermutlich weil hier stets Wind wehte. Hausers geflickter

Schuh machte wieder Schwierigkeiten, die Sohle schlappte bei jedem Schritt, er musste den Fuß heben und dann mit Schwung auf den Boden setzen, sonst drohte er zu stolpern. Irgendwann spürte er einen Hieb gegen die rechte Schulter. Der Schäfer wies mit der Mündung der Flinte auf seine Füße, kramte in der Hosentasche und warf ihm eine Schnur zu. Hauser kniete am Boden und mühte sich, den Strick um den Schuh zu wickeln.

Der Wächter beobachtete ihn eine Weile mit unverhohlener Geringschätzung. Na, wie stellst du dich an? Legte dann das Gewehr zwei Meter hinter sich auf die Erde, stieß den Deutschen mit der Faust gegen die Brust, sodass er umkippte, auf dem Hintern landete, und machte sich selbst am Schuh zu schaffen. Hauser musste gestehen, dass ihm die Reparatur nicht so gut gelungen wäre, selbst wenn er die Hände frei gehabt hätte. Danke, sagte er. Der Alte nickte, als hätte er ihn verstanden.

Über den westlichen Bergen braute sich eine dunkelgraue Wolkenmasse zusammen. Sie würden Regen abbekommen, möglicherweise sogar Schnee. Hauser blickte zum Schäfer. Auch der hatte die Augen zum Horizont gerichtet und trieb ihn durch erhöhtes Schritttempo zur Eile an. Sie machten sich erneut an den Abstieg in die Ebene, in der Hauser vor einer guten Woche gelandet war. Das Unwetter erreichte sie in Höhe der Baumgrenze. Es fielen dicke nasse Flocken, die tauten, sobald sie den Boden berührten. Die Steine, über die sie klettern mussten, wurden gefährlich glatt. Nach seinem dritten Sturz reichte ihm der Bewacher den Gewehrlauf und zog ihn in den Stand. Den Deutschen überraschte das Angebot. Zum einen, weil ihm der Schäfer behilflich war, zum anderen, weil der Mann eine Menge riskierte. Hatte er keine Angst, er könnte die Waffe in seinen Besitz bringen und gegen ihn richten?

Zugegeben, die Gefahr war gering, Hausers Hände waren steif vor Kälte, er fühlte sich ausgelaugt, hungrig und kaputt. Er wollte nur, dass diese Wanderung ein schnelles Ende nahm. Was immer ihn nach der Übergabe erwartete, schlimmer als es jetzt war, konnte es nicht werden.

Als sie den Landeplatz der AIRDROP-Box erreichten, waren ihre Jacken klatschnass. Der Schäfer hob den Deckel der Kapsel, ließ das Regenwasser, das sich darin gesammelt hatte, abfließen und wuchtete die fünfundzwanzig Kilo schwere Schale auf die zerfledderten Honigwaben. Danach schob er die Sperrholzplatte, mit der Hauser vor einigen Tagen wilde Tiere hatte abwehren wollen, unter die Abdeckung, sodass sie zu einem Drittel über die Palette hinausragte und eine Art Vordach bildete. Hauser wurde mit einer müden Geste aufgefordert, näher an den Pappstapel zu treten und sich unterzustellen. Der Alte ließ alle Vorsichtsmaßnahmen fallen. Offenbar war er sicher, seine Geisel würde kurz vor dem entscheidenden Moment des Austauschs kein unnötiges Risiko eingehen und ihn zu überwältigen versuchen. Ein Friedensangebot. Dazu passte, dass Hauser die Zigarette, die sich der Alte gedreht hatte, gereicht bekam.

Dem Deutschen war aufgefallen, dass der Wächter seine Zigaretten neuerdings selbst herstellte. Offenbar war die Lieferung der filterlosen, dicht gestopften Marke, die er bisher geraucht hatte, ausgeblieben. Der Feinschnitt, den er benutzte, war zu grob verarbeitet, um sich gut drehen zu lassen, man musste die Klebefalz des Blättchens mit den Fingern zusammenhalten. Als der Alte eine zweite Kippe hergestellt hatte, gab er dem Deutschen Feuer. Sie rauchten, Schulter an Schulter, im Schutz des provisorischen Vordachs. Hauser musste, um einen Zug zu nehmen, beide Hände heben. Plötzlich überfiel ihn die Sorge, die Leute, die ihn in Empfang zu nehmen beabsichtigten, könnten ihre Mission wegen des Unwetters absagen.

Tiefliegende Wolken füllten das Tal wie Nebel, der Schäfer würde Mühe haben, den Rückweg zu finden. Kein gutes Wetter zum Spazierengehen, sagte der Deutsche und atmete den kratzigen Rauch tief ein. Der Alte schenkte ihm einen flüchtigen Blick und spuckte aus. Dann herrschte wieder absolute Stille. Hauser trat von einem Fuß auf den anderen, das war der Preis der Untätigkeit. Er rauchte die Zigarette, bis er sich die Finger verbrannte. Kaum hatte er die Kippe weggeschnipst, zog der Schäfer den Deckel der Box vom Honigwabenstapel und ließ ihn auf den Boden fallen. Er landete mit der Öffnung nach unten, eine silberne Sitzbank im Matsch. Doch statt ihm einen Platz anzubieten, forderte ihn der Alte auf, die Kiste anzuheben. Dann öffnete er die Fessel an Hausers linkem Handgelenk, zog ihm die Arme auf den Rücken und klinkte die Handschelle wieder zusammen. Der Gewehrlauf wies in die Richtung, aus der sie gekommen waren. Hauser schüttelte den Kopf. Der Schäfer entsicherte die Flinte. Das gab seinem Wunsch einen gewissen Nachdruck.

Hauser ging in die Knie und packte die Abdeckung der Box. Als er über seine Schulter blickte, war der Bewacher verschwunden. Kurz darauf tauchte er hinter dem Schlitten auf, schob einen Arm in die Palette und umrundete den abgestürzten Berg aus Sperrholz und Pappe, als würde er etwas suchen. Hatten ihm die Entführer in Deutschland eine Botschaft hinterlassen? Der Alte löste sich mit einem Ruck aus der Hocke und lief eilig in seine Richtung. Kaum hatte er ihn erreicht, ging der Schlitten mit einem trockenen Knall in Flammen auf. Die Hitze war auf der Gesichtshaut zu spüren. Was sollte das Feuerwerk? Sandte er irgendwem ein Signal? Hauser blickte zum Himmel in Erwartung eines Helikopters. Der Schäfer klopfte auf die Kiste. Abmarsch.

Obwohl alle Fasern seines Körpers der Anweisung widerstrebten, setzte sich Hauser in Bewegung. Seine Befreier oder neuen Peiniger hatten sie erneut versetzt, er wurde nicht ausgetauscht, musste wieder in diese beschissene Berghöhle zurück. Ein Gefühl von Ohnmacht und Sinnlosigkeit trieb ihm Tränen in die Augen. Das kann nicht sein, sagte er, das glaube ich nicht. Haben wir diesen zweiten Ausflug nur unternommen, um noch einmal Schrott aus Leichtmetall und Kunststoff zu bergen? Er bekam keine Antwort, spürte aber, dass sein Hintermann den Druck erhöhte. Sie liefen in die Waschküche hinein, die Steuerung übernahm der Alte. Irgendwann gab der Deutsche auf, den Blick in den Nebel zu richten, er konzentrierte sich auf seine Füße. Sie durchquerten das Waldstück am Fuß der Bergkette. Verglichen mit dem Unterteil der Box, das sie gestern geborgen hatten, war der Gang eine leichte Übung. Für einen Augenblick dankte Hauser seinem Bewacher für die weise Entscheidung, das Projekt Materialbeschaffung mit dem klotzigen Teil zu beginnen.

Was würde der Alte mit ihm anstellen, wenn er zusammenbrach und sich weigerte weiterzulaufen? Ihn erschießen? Ihn mit dem Gewehrkolben schlagen oder einfach liegen lassen? So zäh und starrsinnig, wie der Schäfer war, würde er die Schale auch allein bewältigen. Aber was hätte Hauser davon? Ihm blieb die Wahl zwischen Erfrieren, Verhungern, Verdursten. Er war auf seinen Bewacher angewiesen. Der wusste das. Ihre Kleidung, Hosen und Schuhe waren vollständig durchnässt, außen vom Schneeregen, innen vom Schweiß. Beide Männer gaben ächzende Geräusche von sich. Wieso vermag er zu stöhnen, wenn er nicht sprechen kann? Tastend bewegten sie sich durch die Geröllpiste, den Abschnitt, wo keine Bäume mehr wuchsen, aber noch keine Felsen lagen, die Standflächen boten. Schotter, scharfkantiger Bruch.

Plötzlich spürte der Deutsche, wie ihn die Kiste nach hinten zog, er hätte seinem Instinkt folgen und den Deckel loslassen sollen, traute sich aber nicht und wurde infolgedessen ins Hohlkreuz gerissen, im Fallen ließ er die Kiste fahren, krümmte sich zusammen und schlitterte bäuchlings, die Hände auf den Rücken gepresst, zwei Meter bergab. Der Schäfer, der zehn Meter unter ihm lag, hatte Glück, dass ihm die Leichtmetallschale nicht auf den Kopf schlug. Der Alte bewegte sich nicht. So schnell kann's gehen. Wenn er tot war, würde er ihn liegen lassen, das Handy abnehmen, den Pass, er ging noch immer davon aus, dass der Bewacher den Ausweis bei sich trug, die Lebensmittel, das Gewehr. Er musste nur irgendwie die Arme, die ihm auf dem Rücken zusammengebunden waren, nach vorn bekommen. Er ließ sich gegen den Hang fallen, hob den Hintern, schob die Hände darunter durch und versuchte über die Kette zu steigen, erst mit dem linken Fuß, dann mit dem rechten. Im Stillen dankte er Detlev, seinem Fitness-Trainer, dass er ihn jeden Mittwoch mit Dehnübungen gequält hatte. Dank seiner Gelenkigkeit glückte die gymnastische Teilbefreiung.

Er rutschte den Abhang hinunter und landete an den Stiefeln des Alten, stieß ihn mit der intakten Schuhspitze an. Keine Reaktion. Seine Augen suchten die Flinte, konnten sie aber nicht entdecken. Dass sein Peiniger tot war, konnte er sich nicht vorstellen. Er hatte in seinem Leben noch nie einen echten Toten gesehen. Die Steine, die herumlagen, waren alle zu klein, um einen Menschenschädel zu zertrümmern. Hauser fand einen Felsbrocken, groß wie eine Bowlingkugel. Es war ja kein Mord, sondern Notwehr. Er sagte sich, dass er den Fremden hasste, dass er im Recht war, er verzettelte sich, die Abwägung dauerte zu lange. Hatte sich der Alte gerade bewegt? Wenn er sich reckte und streckte, würde es David Hauser nicht schaffen. Nicht übers Herz bringen. Solange er die Augen geschlossen hatte, befand sich der Deutsche im Vorteil. Er baute sich über dem Ohnmächtigen auf, so, dass seine Knöchel die Hüften berührten. Wenn er den Stein fallen ließ, traf er ihn auf die Stirn, aber würde die Gravitation ausreichen oder musste er, um die Aktion erfolgreich zu beenden, das Geschoss beschleunigen? Hauser hob beide Arme, holte Schwung, als ihn ein Handyklingeln erschreckte.

Der Ton kam aus der Jacke des Schäfers. Augenblicklich ließ der Deutsche den Stein fallen, beugte sich über den Gestürzten und fing an, seine Kleidung zu durchsuchen, wobei ihn die Fesseln deutlich behinderten. Das Telefon steckte in der Innentasche über dem Herzen. Ein alberner Klingelton, der ihm irrsinnig laut vorkam. Hauser erkannte die Melodie sofort. Der Song hieß *Popcorn*. Er zog das Samsung heraus und berührte das Symbol, um den Anruf anzunehmen. Er handelte, ohne nachzudenken, drückte das Telefon ans Ohr und hörte eine männliche Stimme Hallo sagen. Es klang nicht fremdländisch, das H kam nicht aus dem Hals, sondern war offen gesprochen.

Hauser zögerte. Was sollte er antworten, wenn der Anrufer denjenigen verlangte, den er eigentlich beim Abheben erwartet hatte? Er würde Verdacht erregen, Verfolger auf den Plan rufen. Hauser schwieg. Hallo, sagte die Stimme an seinem Ohr, wer ist da? Der Mann sprach Deutsch, nicht Arabisch oder sonst eine Sprache, sondern Deutsch ohne jeden Akzent. Ich bin's, David Hauser, rief der Geschäftsführer der AIRDROP AG, überrascht und glücklich, in seiner Muttersprache verhandeln zu können, vielleicht mit jemandem, der aus der Heimat anrief. Ich wurde gefangen und brauche Hilfe. Unwillkürlich hatte er die Stimme erhoben und zu schreien angefangen. Ich brauche Hilfe. Hören Sie mich? Mein Name ist Hauser. Hallo. Er wiederholte die sinnlosen Sätze noch, als er längst begriffen hatte, dass die Verbindung unterbrochen war. Das Display war dunkel. Tot. Mist, verdammter. Er konnte sich gerade noch zügeln, das Samsung gegen einen Felsen zu werfen.

Er blickte zum Schäfer. Der hatte die Augen geöffnet, brauchte aber noch ein paar Atemzüge, um vollständig in die Wirklichkeit zurückzufinden. Jetzt packte den Gestürzten ein Würgen im Hals, ein Druck auf der Brust, er kam röchelnd aus der Horizontalen, krümmte sich, hustete, beugte sich seitwärts und kotzte auf den Stein, mit dem ihm vor Augenblicken fast der Schädel zertrümmert worden wäre. Tot ist er nicht, aber krank, dachte Hauser, nicht ohne Genugtuung. Immerhin schaffte er es, sein Messer aus der Scheide am Gurt zu ziehen, als Hauser sich ihm erneut näherte. Die Spitze richtete sich gegen den Deutschen. Die beiden Männer sahen sich an. Lauernd.

Hauser versenkte das Handy im Tragesack des Schäfers, holte die Flasche heraus und gab dem um Luft Ringenden zu trinken. Für einen Moment sah es so aus, als ob der Alte die Lippen bewegen und etwas sagen wollte, aber dann riss er nur den Mund auf und schluckte wie ein Verdurstender, so lange, dass Hauser ihm das Gefäß aus den Händen reißen musste. Er hatte sich seinen Anteil verdient. Was für ein Versager, was für ein feiges Stück Scheiße bist du, sagte er sich, während er die Flasche bis auf den letzten Tropfen leerte. Er war unsicher, ob der Gestürzte das Telefon in seiner Hand gesehen hatte. Wenn er nicht völlig weltfremd war, würde er irgendwann bemerken, dass ein zwanzig Sekunden dauerndes Gespräch angezeigt wurde, das er nicht geführt hatte. Wer sonst, wenn nicht sein Gefangener, kam dafür in Frage?

Ich hätte das blöde Ding klingeln lassen und ihn erschlagen sollen, dachte Hauser. Der Alte hatte das Gewehr, auf dem er zu Fall gekommen war, unter sich hervorgezogen und als Krücke zum Aufstehen benutzt. Er wischte sich mit dem Kopftuch, das von seinem Schädel gerutscht war, das Gesicht. Seine Schläfe blutete, sonst schien er unverletzt. Er streckte die Zunge heraus in der Hoffnung, eine Schneeflocke aufzufangen. Auch Hauser plagte eine ausgedörrte Kehle. Unaufgefordert griff er den Deckel und begann, ihn den Hang hinaufzuziehen. Der Sturz hatte die Schale verzogen. Wenn der Alte beabsichtigte, die beiden Teile der Box zusammenzufügen, würden sie Schmiedearbeiten ausführen müssen. Kopf und Kragen riskierten sie für einen Haufen Schrott. Er könnte ein freier Mann sein. Den Alten hätte der Schnee zugedeckt, der in der Nacht fallen würde. Vor dem nächsten Frühjahr hätte niemand die Leiche gefunden. Da wäre er längst zu Hause gewesen.

Er zerrte die Abdeckung nach oben, die Wut beschleunigte seine Bewegungen, der Alte war, obwohl er kaum etwas zu tragen hatte, ein Bremsklotz und blieb zurück. Plötzlich fühlte er sich ihm überlegen. Das war natürlich naiv, denn der Schäfer besaß noch immer die Waffe und hatte schon bewiesen, dass er damit umzugehen wusste. Als Hauser die Bergkuppe erreichte, zitterten seine Knie so stark, dass er sich augenblicklich zu Boden fallen ließ. Auf dem Kamm lag eine geschlossene Schneedecke, der Trampelpfad war kaum noch zu erkennen. Sobald er stillstand, begann Hauser erbärmlich zu frieren. Er bewegte die Zehen des rechten Fußes, spürte sie aber nicht mehr. Wo blieb der Verrückte? Ungeduldig erwartete er den Mann, den er eben noch hatte aus der Welt schaffen wollen.

Weswegen sprach jemand, der den Alten anrief, diesen auf Deutsch an? Hauser ließ die Frage nicht los. Er war weit davon entfernt, eine Antwort parat zu haben. Vielleicht irrte er sich, vielleicht hatte ihm sein unterernährtes Gehirn einen Streich gespielt? Sodass er hörte, was er hören wollte. Wer ist da?, hatte die Stimme gesagt. Nur drei Silben. Vielleicht gab es einen arabischen Ausdruck, der ähnlich klang? Wieso war die Verbindung abgerissen? Netzverlust? Ein technischer Defekt? Hatte der Anrufer aufgelegt, als er begriff, dass er mit einem Fremden sprach, jedenfalls nicht mit dem Schäfer? Andererseits, wieso sollte man ihn, also den Alten, anrufen, wenn der taubstumm war? Wie konnte der Unbekannte davon ausgehen, dass der Gehörlose den Anruf mitbekam? Das Handy hatte nicht vibriert, nur geklingelt. Auch bei vollem Bewusstsein hätte der Schäfer den Anruf nicht bemerken können. Falls er taub war.

Der Bewacher erreichte keuchend die Höhe und ließ eine Handvoll Stöcke und Reisig in die Box fallen. Er forderte den Deutschen auf, ihm zu folgen. Wenige Schritte vom Weg lag eine entwurzelte mannshohe Zeder, die der Alte mit dem Schaft der Flinte bearbeitete. Der Baum war abgestorben, das Holz splitterte leicht. Nachdem sie den Deckel mit Ästen gefüllt hatten, ließen sie sich auf dem Rand des Behälters nieder. Die Aluminiumkante schnitt ins Fleisch, doch besser unbequem im Trocknen sitzen, als breitärschig im Schneematsch. Der Schäfer kramte aus der Hosentasche den Tabakbeutel, reichte dem Deutschen das Zigarettenpapier und nickte. Offenbar wollte er rauchen, war aber zu faul oder ausgelaugt, sich selbst ein Pfeifchen zu basteln. Hauser freute sich über die in Aussicht gestellte Zigarette, zweifelte aber, dass er die Aufgabe zufriedenstellend erfüllen könnte. Das letzte Mal hatte er vor zwanzig Jahren Zigaretten gedreht, zudem hatte er eiskalte Finger, die Hände waren gefesselt, der Tabak grob und das Blättchen schlecht gummiert. Was er zustande brachte, glich eher dem Joint eines Grundschülers, der Anblick entlockte sogar dem griesgrämigen Schäfer ein flüchtiges Grinsen.

Wie sie da beide hockten, dachte der Deutsche, boten sie ein Bild des Elends. Selbst wenn sie miteinander reden könnten, was hätten sie sich zu sagen? Alles war sinnlos. Trotzdem rauchte er mit Genuss. Der Aufstieg war geschafft. Die restliche Wegstrecke eine leichte Übung. Ein Fußmarsch von drei Stunden. Vielleicht nur zweieinhalb. Der Deckel wog nicht viel. Vielleicht war es besser so, wie es gelaufen war. Hätte er den Alten getötet, wäre er nur auf sich gestellt. Er müsste allein zur Höhle zurück, um Vorräte für die Flucht zu suchen und sich aufzuwärmen. In den nasskalten Sachen überstand er die Nacht nicht. Sie durften nicht länger pausieren, schoss es ihm durch den Kopf, mussten aufbrechen.

Da sich der Alte nicht rührte, packte Hauser die Wanne und zog sie über den verschneiten Boden. Nach zwanzig Metern spürte er einen Widerstand. Der Schäfer öffnete den Verschluss der Handschelle und kettete ihn an den Griff der Aluminiumschale. Mit gesenkten Köpfen stemmten sie sich gegen den Sturm. Als sie das Plateau erreichten, war es stockfinster. Auf den letzten Metern hatte sich sein Peiniger so weit erholt, dass er den Deckel unbedingt durch den Spalt des Eingangs manövrieren musste. In der Grotte sackte Hauser auf den Boden. Nachdem der

Alte die Petroleumlampe angezündet hatte, durchwühlte er eine der mit Vorhängeschlössern gesicherten Kisten. Hosen und Hemden landeten auf der Matratze. Der Schäfer zog sich nackt aus, rieb sich mit der Fallschirmseide trocken, er war, wie Hauser feststellte, noch dünner als er selbst, sein behaarter Körper faltig, sein Rücken vernarbt, als sei er irgendwann heftig geschlagen worden, die Brust träge, der Bauch eingefallen, aber Beine und Arme machten einen drahtigen Eindruck. Er bewegte sich vor dem Deutschen ohne Scham, stieg zuerst in eine Turnhose, zog sich, auf der Pritsche sitzend, lange Strümpfe bis über die Knie, nahm eine Cordhose, die sich von der, die er bislang getragen hatte, kaum unterschied, auch sie war zu weit, von einem Gürtel gehalten, an den Oberschenkeln abgerieben, zum Schluss setzte er sich eine Schiebermütze auf.

Auch dem Deutschen flog ein Stoffbündel zu. Der Alte löste die Kette vom Griff der Abdeckung. Mit der freien Linken konnte er sich ausziehen, aber am rechten Handgelenk schlenkerte die Handschelle, die er mühselig durch den Ärmel des Anoraks, des Pullovers und des T-Shirts fädeln musste. Hauser besah sich die Kleider: eine Hose aus grobem Filz, ein Bauernhemd mit drei Knöpfen, Wollstrümpfe. Weil auch seine Unterhose durchnässt war, er aber keine neue bekam, stieg er nackt in die Hose. Wie sollten sie die Nacht ohne Ofen überstehen? Der Alte beugte sich weiter über die Kiste und holte einen Fellmantel heraus, den er sich überzog, für den Gefangenen fand er einen grün-gelben Militärmantel ohne Schulterklappen und Rangabzeichen.

Am Morgen war der Bewacher verschwunden. Hauser wurde bewusst, dass er in der Nacht nicht an den Ring gekettet worden war. Er hätte jederzeit aufstehen, den

Deckel vorsichtig anheben, ein paar Meter bewegen und seinen Feind erschlagen können. Offenbar hielt ihn der Alte, nach dem missglückten Anschlag am Hang, für keine ernstzunehmende Gefahr. Eine Bewertung, die den Deutschen sonderbarerweise kränkte. Als er in Begleitung der Aluminiumschale ins Freie trat, musste er seine Augen schützen, so sehr blendete das Weiß. Es schneite noch immer. Während Hauser sein Wasser abschlug und einen grüngelben Fleck hinterließ, suchte er vergeblich nach Spuren des Schäfers. Wann war der Irre aufgebrochen? Und wohin?

Der Deutsche aß eine Handvoll Schnee und rieb sich das Gesicht ab. Sein Bart war verfilzt. Die Kälte brannte auf der Haut. Obwohl er zitterte und mit den Zähnen klapperte, zog er das Bauernhemd aus, es blieb auf der Kette hängen, die sich zwischen ihm und der Aluminiumbox spannte, und begann, sich unter den Achseln mit Pulverschnee abzureiben. Er wusch sich sogar den Schritt und den Hintern. Mit nacktem Oberkörper, in den fallengelassenen Hosen stehend, zitternd, den Schwanz umklammernd, als würde ihn der zupackende Griff vor der Kälte schützen, gab er ein Bild des Jammers ab. Allerdings hatte er keine Zuschauer zu befürchten.

Nachdem er sich mit dem Fallschirm abgetrocknet und mit einiger Mühe, denn er besaß nur eine arbeitsfähige Hand, in den Schlafsack des Alten gewickelt hatte, empfand er zum ersten Mal seit Tagen ein Gefühl von Erfrischung. Er inspizierte die Pritsche. Wenn sein Peiniger etwas Wertvolles besaß, würde er es in der Nähe seines Nachtlagers aufbewahren. Eine vage Vermutung. Er fand nichts. Weder Brot noch Wasser. Man kann nicht viel machen, wenn man nur eine Hand hat. Er zog die Abdeckung hinter sich her wie einen störrischen Hund.

Das erinnerte ihn an Chaplins Goldgräberfilm. Die Tanz-Szene im Saloon, als Charlie einen Strick für die rutschenden Hosen sucht und sich einen räudigen Köter ans Bein bindet. Sein Vater konnte über diese Nummer schallend lachen. Neben der Schlafstätte lag das Buch, das der Schäfer am Abend gelesen hatte. Auf dem Deckblatt oder Einband war kein Titel oder Verfasser vermerkt, die ersten Seiten fehlten. Herausgerissen. Man sah noch Fetzen in der Bindung. Auf Seite 25 standen Zweizeiler. Offenbar Gedichte. Vielleicht ein Gebetbuch. Die Schrift war lateinisch. Îro ji dest husna hebîb sergeste û heyran im ez. Was für eine Sprache? Keine Ahnung.

Er warf das Buch auf die Pritsche und machte sich an der Kiste zu schaffen, die als Nachttisch diente. Das Vorhängeschloss war schwarz und wuchtig. Was suchte er eigentlich? Den Schlüssel für die Handschellen, der wie eine Lakritzstange aussah, sein Samsung-Telefon, den Reisepass. Wenn der Schäfer kein Volltrottel war, und davon ging David Hauser inzwischen aus, hatte er die Sachen mitgenommen. Zwischen der Matratze und dem Bretterboden des Bettgestells entdeckte er drei kleinformatige Fotografien.

Auf einem Bild war der Schäfer zu erkennen, die Aufnahme musste vor Jahren gemacht worden sein, sein Haar war braun, während es jetzt nur noch wenige dunkle Strähnen aufwies. Der Bewacher stand, auf eine Schaufel gestützt, neben einem Mann seines Alters und seiner Statur und lächelte in die Kamera. Ein sonniger Tag, im Hintergrund wuchsen blattarme Bäume, keine Häuser, keine Autos. Beide Männer hielten Zigaretten in den Fingern. Auf einem anderen Foto saß eine Frau mit weißem Kopftuch neben einer Ziege und drei kleinen Jungen. Dieselbe Frau war auch auf einem Gruppenbild zu sehen, in dessen

Zentrum wiederum der Schäfer stand. Die Versammlung, Hauser zählte neun Erwachsene und sechs Kinder, hatte sich vor einem lehmgelben, zweistöckigen, aus Natursteinen errichteten Haus mit Wellblechdach aufgestellt. Drei ältere Personen, darunter der Alte, saßen auf einer Bank, im Zentrum lächelte ein junger Mann mit Vollbart, die anderen posierten dahinter und daneben. Hauser bemühte sich, aus der Kleidung der Fotografierten Schlüsse zu ziehen, die verrieten, in welchem Teil der Erde er sich tatsächlich befand. Die Gegend war wenig aussagekräftig, die Bewohner machten einen ärmlichen Eindruck.

Hauser musterte die Hose, die er seit gestern Abend trug. So wie er aussah, hätte er sich gut in die trostlose Gesellschaft eingefügt. In diesem Moment bemerkte er die Sitzgelegenheit der Männer. Wegen ihrer Hosen und Stiefel war ihm nicht eher aufgefallen, worauf sie Platz genommen hatten. Es war eine Box, ein Produkt der AIRDROP AG, genau das gleiche Modell, mit dem er, David Hauser, in dieser gottverlassenen Einöde gelandet war. Er hielt sich das Foto dicht vor die Augen, um sich zu vergewissern. Er riskierte sogar, dem Schäfer zu begegnen, indem er ins Freie trat, um die Aufnahme in besserem Licht zu betrachten. Falls er ihm in die Arme lief, konnte er ihn gleich mit einigen Fragen konfrontieren. Wusste er um seine Landung? Hatte man ihn über seine Ankunft informiert? Wer hatte seine Entführung organisiert? Gab es Kontakte zwischen den Tätern in Berlin und den Einwohnern dieser Mondlandschaft?

An einen Zufall wollte er inzwischen nicht mehr glauben. Obwohl es empfindlich kalt war, blieb der Deutsche im Freien. Zwar war er an einen knapp zwei Meter langen Aluminiumkasten angebunden, aber immerhin ohne Aufsicht, ohne Kontrolle, sein eigener Herr. Keine Ahnung, wie lange. Hunger hatte er, auch Durst. Wo verbarg der Alte den Kanister? Um Schnee aufzutauen, musste er den Kocher in Gang bringen. Dafür fehlten ihm ein Feuerzeug oder Streichhölzer. Hauser sehnte sich nach einer Zigarette. Heimlich wünschte er, der Schäfer würde zwischen den Felsen auftauchen. Seine Schritte müsste man hören, der Schnee war trocken und knirschte.

Nach einer halben Stunde vergeblichen Wartens zog er sich in die dämmrige Behausung zurück. Bislang hatte er nur den Eingangsbereich, die Pritsche und den Platz in der Nähe des Rings, seine Schlafstelle, erforscht. Den hinteren Bereich, der abschüssig war, hatte er bislang nicht erkundet. Hauser kroch auf Knien vorwärts, streckte die freie Hand zur Höhlenwand aus, zog mit der rechten den Deckel nach. Der Boden war trocken. Als sich seine Augen an die Dunkelheit gewöhnt hatten, sah er, dass die Felswand nicht bis zum Boden reichte, sondern einen Spalt bot, durch den sich ein schlanker Mensch zwingen konnte. Hauser hatte niemals zu Fettleibigkeit geneigt, das lag an seinen Genen, seinen sportlichen Leidenschaften und seiner Eitelkeit. Die karge Gefangenenkost hatte ihm ein Gewicht verschafft, das er vermutlich zuletzt als Student in Ilmenau auf die Waage gebracht hatte. Er drehte sich auf den Rücken, tastete sich mit der linken Hand vor und wälzte sich langsam durch den Felsspalt. Die Abdeckung der Box blieb in der Höhle. Ein Rettungsanker.

Schwer zu sagen, wie groß der Raum war, den er erobert hatte, jedenfalls wagte er nicht, sich auch nur wenige Zentimeter vom Durchschlupf zu entfernen. Ha, machte er, ha. Es gab kein Echo, aber einen deutlichen Hall. Seine Finger berührten Steine, scharfkantiges Zeug, sowie stabähnliche Gegenstände, glatte Äste, vermutete er und warf das Holz durch den Schlitz in den Bereich der Höhle, den er sein Zuhause nannte. Ohne Beleuchtung machte die Expedition keinen Sinn, der Deutsche wälzte sich wieder zurück.

Auf dem Deckel sitzend, betrachtete er die Fundstücke. Es waren leichte, weiße Knochen, die meisten besaßen Zigarettenlänge, nur einer, der größte, war zersplittert und maß fast zwanzig Zentimeter. Offenbar die Reste eines Tieres, sagte sich der Deutsche, ohne dass er diese Vermutung hätte begründen können. Er warf die archäologischen Schätze auf die erkaltete Feuerstelle. Durst ist schlimmer als Heimweh. Er nahm den Topf vom Petroleumkocher, ging nach draußen und füllte ihn mit Schnee. Nah am Eingang lag ein Vorhängeschloss. Hausers Herz schlug schneller. Der Schäfer hatte versäumt, die Kiste zu verriegeln, aus der er am Abend die Kleider gefischt hatte. Das war vielleicht eine Chance, etwas Essbares zu finden.

In der Truhe lagen nur die Reste des Fallschirmstoffs, den er zur Ausstattung der Höhlenwohngemeinschaft beigesteuert hatte. Da seine Strümpfe noch immer klamm waren und bei jedem Gang ins Freie nasser wurden, zog er sie, auf dem Bettgestell sitzend, aus und wickelte sich stattdessen Lappen um die Füße. So machten es die Soldaten. Während der Grundschulzeit hatte er, auf Anregung seines Vaters, viele Seiten sowjetischer Kriegsliteratur gelesen. Später nannte er das eine völlig sinnlose Lektüre, eine Einschätzung, die in diesem Augenblick widerlegt wurde.

Resigniert betrachtete er das Brennholz, das sie auf dem gestrigen Marsch zur Landestelle geborgen hatten. Amazonas-Eingeborene, erinnerte er sich, erzeugten Feuer, indem sie Holzstäbe wie Bohrer in trockenen Spänen kreisen ließen. Er versuchte es gar nicht erst. Für eine andere Methode brauchte man ein Brennglas, eine Lupe, zumindest eine Brille. All das fehlte ihm. Und selbst wenn er ein Stück

Glas gefunden hätte, der Himmel war bedeckt, die Chance, dass sich die Sonne zeigen könnte, gering. Hau doch einfach ab, du Lusche. Weshalb marschierte er nicht los? Was hielt ihn hier fest? Nicht viel, nur eine fünfundzwanzig Kilo schwere Kiste, die sich nicht abschütteln ließ.

Wenn er nah genug an die Felswand trat, konnte er die Striche erkennen, die er in den Stein geritzt hatte. Seit acht Tagen vegetierte er in diesem Loch. Es blieb ihm nichts weiter übrig, als die Behausung noch einmal zu durchsuchen. Nicht oberflächlich, sondern systematisch. Das Mobiliar war überschaubar, zwei Kisten, eine offene mit alten Klamotten und Stofffetzen, eine in der Nähe der Box. Er begann mit der Prüfung der Kapsel. Das Vorratsfach, in dem er bei seiner Landung die Notration gefunden hatte, war und blieb leer. Kein einziges Teil ließ sich von der Box abtrennen. So kräftig er an den Kopfstützen rüttelte, sie blieben mit dem Sitz verbunden. Nicht einmal die Klettbänder, die seine Arme fixiert hatten, gaben nach. Alles war sauber vernietet, verschraubt oder nahtlos verklebt. Deutsche Wertarbeit.

Als auch die Inspektion der Abdeckung kein anderes Ergebnis erbrachte, widmete sich Hauser dem Regal mit den Blechbüchsen. Vielleicht verwahrte der Alte darin nicht nur Tee, sondern auch Fressalien. Der Gedanke an Zucker machte ihm den Mund wässrig. Die Büchsen waren emailliert, grünes oder braunes Blech, Made in China, daneben standen leere Konservendosen, Thunfisch, Kichererbsen, Hühnerfleisch, einige kamen aus der Türkei, Yaprak sarma oder Fasulye Pilaki, was immer das sein sollte, die Anschriften der Hersteller, Ankara, Istanbul, waren gut lesbar, andere konnte Hauser nicht zuordnen, vermutete aber, dass sie in irgendeinem arabischen Land hergestellt worden waren.

Wieso hob man solchen Dreck auf? War der Alte ein durchgeknallter Sammler? Hauser erinnerte sich an seinen Großvater, den Vater seiner Mutter, den er manchmal in den Ferien in Kirchhasel besucht hatte, in seinem Wohnzimmer schmückten leere Bierdosen die Schrankwand. Er schmiss alle Büchsen aus dem Regal. Die Kiste, aus massivem Holz gefertigt, ließ sich nur mit Mühe auf die Seite kippen. Der Riegel war an den Korpus genietet. Selbst mit einem Brecheisen hätte er ihn nicht lösen können. Wenn er versuchte, das Holz mit einem massiven Stein zu zerschmettern, würde er den Zorn des Alten erregen. Na und? Was konnte ihm passieren? Würde er ihn erschießen? Unsinn. Wenn er das vorhatte, hätte er den Plan längst in die Tat umsetzen können. Ihm würde gar nichts geschehen.

Vielleicht lag in der Kiste Werkzeug? Eine Säge, um die Hände frei zu bekommen? Eine Feile? Wenigstens eine Nagelfeile. Hauser sah die Hände des Schäfers vor sich, seine schwieligen, harten Finger. Es war nicht anzunehmen, dass der Alte wusste, was Pediküre war. Hauser lief ins Freie, um einen Stein zu suchen, schwergewichtig müsste der sein, scharfkantig. Kubricks *Odyssee im Weltraum* fiel ihm ein. Eine Horde Urmenschen, Jäger und Sammler, die sich die Köpfe einschlugen. Was unterschied ihn von diesen Primaten? Nicht viel. Er hatte wie sie nichts zu fressen, schluckte Schnee, fror, sehnte sich nach Feuer, suchte Steine, um sie als Werkzeug zu benutzen.

Hauser barg einen länglichen schwarzen Felsbrocken aus einem Überhang. Der Effekt, der sich einstellte, als er ihn auf die Kiste schmiss, war gering, Riegel und Beschlag bekamen Dellen, der Kasten hielt stand. Kurz überlegte der Deutsche, die Kettenglieder zwischen den Handschellen zu zerschlagen, allerdings riskierte er auf diese Weise, seine Unterarme zu zertrümmern. Die eiserne Fessel war kein chinesisches Billigprodukt. Hauser steckte die freie linke Hand in die Seitentasche des Anoraks, den er über den Militärmantel gezogen hatte, weil er glaubte, so weniger zu frieren. Er schlug, um sich warm zu halten, die Füße gegeneinander, als seine Finger im Jackenfutter einen Gegenstand erspürten.

Da war etwas, das sich seltsam anfasste, etwas Ungewöhnliches, das in der rechten Tasche nicht vorhanden war. Ein Bleistiftstummel? In seiner Studentenzeit, in der Thüringer Provinz, hatte er regelmäßig die gratis angebotenen Stifte einer schwedischen Einrichtungskette mitgehen lassen. Allerdings war der Gegenstand, den er zwischen den Fingern bewegte, von weicher, nachgiebiger Gestalt. Etwas steckte in dieser Jacke, etwas, das man da untergebracht, deponiert hatte, warum? Damit er es fand? Eine Botschaft? Vielleicht einen Hinweis, der aufklärte, warum er sich in Todesgefahr befand, einen Wink, wie er sich daraus befreien konnte?

Erneut suchte der Deutsche ein Werkzeug, das ihm helfen könnte, das Nylongewebe der Jackentasche zu öffnen, ohne die Jacke selbst zu beschädigen. Immerhin war der Anorak sein einziges ziviles Kleidungsstück, nicht chic, nicht modern, aber auch kein Lumpen. Hauser fand einen fingergroßen spitzen Stein, mit dem er den Futterstoff bearbeitete. Nach wenigen Bewegungen hatte er ein Loch gerubbelt, durch das der Zeigefinger passte, um nach dem geheimnisvollen Gegenstand zu angeln. Er zog eine grün-weiße Papierrolle ans Licht, die mit Klebeband verschlossen war. Auch ohne die Fixierung zu lösen, erkannte Hauser, was er geborgen hatte, keinen Schatz, aber eine amerikanische Dollar-Note.

Er kratzte das Klebeband von dem Geldschein, in der Hoffnung, dass im Inneren der Rolle eine Botschaft auf ihn wartete. Tatsächlich war die Banknote beidseitig mit einem blauen rechtwinkligen Stempel gezeichnet: *See were your money is going*, entzifferte er den Aufdruck. Und weiter: *Find the places I have been. See were your money is spent. Register this bill at www.whereisgeorge.com.* Hauser sprach gut genug Englisch, um den Text beim Überfliegen zu verstehen, mit George war Washington gemeint, dessen Porträt den Schein schmückte, trotzdem begriff er nicht, was man ihm mit der Nachricht sagen wollte.

Um zu erfahren, wohin dieser Geldschein wanderte, musste er ihn ausgeben, und irgendjemand musste sich dann, seinem Beispiel folgend, mit der E-Mail-Adresse anmelden. Immerhin, dachte Hauser, wenn er Kontakt mit der Website *whereisgeorge.com* aufnehmen könnte, wäre es möglich, herauszufinden, wer den Dollar vorher in der Hand gehalten hatte. Ganz bestimmt seine Entführer oder diejenigen, die den Schein ins Jackenfutter eingenäht hatten. Wer tat so etwas? Wer Geld über eine Grenze oder durch eine Kontrolle schmuggeln wollte und es deshalb an einem ungewöhnlichen Ort versteckte, würde nie eine Ein-Dollar-Note benutzen. Der geringe Effekt lohnte das Risiko nicht.

Hauser war sicher, dass man ihn zum Narren hielt. Die Aktion hatte nur ein Ziel, ihn zu verwirren, ihn mit verzwickten Details, die er nicht durchschaute, in den Irrsinn zu treiben. Der gefälschte Pass, die Lumpen, die er am Leib trug, aber nie zuvor gesehen hatte, das Handy, das nicht funktionierte, aber mit seinem Code geschützt war, jetzt der Dollar, der ihm nichts nützen würde, aber mit einer Aufforderung verbunden war, der er nicht nachkommen konnte. Wahrscheinlich war auch der Schäfer, der ihn erst gefangen, dann verlassen, erneut gefangen und jetzt endgültig in der Einsamkeit im Stich gelassen hatte, Teil dieses perfiden Plans.

Vielleicht, dachte Hauser, war er ins nächstbeste Dorf gewandert und hatte sich mit einem Auto oder Motorrad ins Krankenhaus bringen lassen. Gut möglich, dass ihn der Fußmarsch oder die beschwerliche Reise zum Arzt so strapaziert hatten, dass er dort zusammengebrochen war. Der Mann war isoliert, im Koma, er würde nie wieder in die Berge zurückkehren. Er würde auch kaum jemanden über sein, Hausers, Schicksal informiert haben. Was ging ihn der Gefangene an, den er nicht hatte verkaufen können? Er kämpfte um sein eigenes Leben, was juckte ihn ein fremdes?

Der Schneefall ließ nicht nach, im Gegenteil, er war derart dicht geworden, dass Hauser den Felsspalt, durch den man sich quetschen musste, um auf den Pfad zu kommen, nicht erkennen konnte, obwohl er nur acht Meter entfernt war. In einem solchen Gestöber versagte sogar ein professionelles GPS-System. Hauser schluckte eine weitere Portion Schnee. Wer immer ihn auf diese Mission geschickt hatte, er musste damit rechnen, dass er die Landung überlebte, sich auf den Weg machte, sich retten würde. Die Leute hatten ihn beobachtet, sie mussten wissen, dass er nicht schnell klein beigab. An seiner Rückkehr nach Berlin durften sie kein Interesse haben. Vielleicht war der Schäfer doch Teil der Operation? Ein Eingeweihter? Sie hatten ihn engagiert, damit seine Heimkehr nicht stattfand. Wenn dem Schäfer diese Aufgabe erteilt worden war, wieso hatte er sie nicht erfüllt? Vielleicht aus Schwäche? Es war nicht so einfach, einen wildfremden Menschen umzubringen. Skrupel, Bedenken, Ausflüchte standen einem im Weg. Der Alte hatte sich nicht getraut, den Abzug zu betätigen.

Hauser lief, den Deckel im Schlepptau, von einer Ecke der Grotte zur nächsten, sechs Schritte hin, sechs Schritte zurück, um sich aufzuwärmen, wie er sich einredete, aber eigentlich, um überhaupt etwas zu tun. Er richtete die Pritsche auf und schleuderte sie mit Wucht gegen die Wand. Nach dem dritten Versuch fiel das Gestell auseinander.

Der Deutsche ergriff ein Kantholz, das als Fuß gedient hatte, schlug damit auf eine Nagelspitze, die aus einem zersplitterten Brett ragte. Er bewegte den Kopf des Eisenstifts so lange hin und her, bis er ihn rausziehen konnte. Der Nagel, etwa fünf Zentimeter lang, war warm, krumm und rostig und passte ins Schloss der Handschelle. Hausers Hoffnung, sich auf diese Weise von den Fesseln zu befreien, erwies sich als Illusion. So geschickt er die Hand verdrehte, um mit dem Werkzeug in dem winzigen Loch herumzustochern, das zufällige Hantieren löste den Verschluss nicht, die Anstrengung war gewaltig, der Effekt gleich null. Wütend schleuderte er den Nagel zu Boden, hob ihn aber sofort wieder auf. Man wusste ja nie, vielleicht war er doch noch für irgendetwas zu gebrauchen. Zum Beispiel konnte man sich damit die Pulsader öffnen. Aber so weit war er noch nicht.

Seine Finger umschlossen den Eisenstift, seine gefesselten Hände hielten den Schlafsack fest, den er sich um die Hüften gelegt hatte. Sechs Schritte hin, sechs Schritte zurück. Nach fünfzig Gängen hielt er inne und lauschte in die Stille. Ich werde wahnsinnig, dachte er. Dabei war er immer davon überzeugt gewesen, dass er zu wenig Fantasie besaß, um richtig durchzudrehen. In Chaplins Film über die Goldsucher in Alaska wurde der Vagabund von seinem adipösen Kumpel beinah aufgefressen, weil er ihn, im Hungerwahn, mit einem Huhn verwechselt hatte. Kam die Szene mit dem Hund davor oder danach? Jedenfalls hatten sie Charlies Schuh verspeist, mitsamt der Sohle.

Besonders liebte er den Brötchentanz, den er als Kind am Frühstückstisch oft imitiert hatte. Darüber konnte sogar seine Schwester lachen. Mira, die Nervensäge, die Widerständlerin. Bei ihrer letzten Begegnung wollte sie Geld. Geborgt, nur geborgt. Zehntausend Euro. Er werde ihr die doppelte Summe schenken, hatte er erklärt, wenn sie sich impfen lasse. Daraufhin hatte sie ihn einen Büttel des Systems genannt, eine Titulierung, die ihn sehr amüsierte. Da sie seine Geschäftspraxis ablehne, hatte er geantwortet, könne er ihr auch nicht zumuten, aus seinen Ersparnissen ein Darlehen zu beziehen.

Er blätterte im Buch des Schäfers, das bei der Zerstörung des Bettgestells zu Boden gefallen war. Ohne zu überlegen, riss er mehrere Seiten heraus, zerknäulte die Zettel. Îro ji dest husna hebîb sergeste û heyran im ez. Acht Papierkügelchen landeten im Topf. Er begann, die Blätter mit dem Stein, der das Geheimversteck in der Jackentasche geöffnet hatte, zu zerreiben. Bald bildete sich eine Schicht grauen Mehls am Grund des Topfes. Der Deutsche zerriss weitere Seiten und zerkleinerte sie mit dem Mörser. Eine Handvoll Schnee machte das Ganze geschmeidig. Der Brei, den er sich mit den Fingern in den Mund schob, schmeckte wie eiskalter Sand, trotzdem schluckte er hastig, als fürchtete er, man könnte ihm die Delikatesse wegnehmen. Hauser zweifelte am Nährwert der Pulpe, fühlte aber so etwas wie Zufriedenheit, ja Stolz, er ließ sich nicht unterkriegen, hatte noch ein paar lebensrettende Einfälle parat, war noch nicht am Ende. So schnell starb David Hauser nicht.

Dîn dibim sewda dimînim serxoş û sukran im ez, las er auf Seite 34. Da er sonst nichts zu tun hatte, fing er an, die Silben auswendig zu lernen. Obwohl er beim Wort dimînim immer wieder ins Stocken geriet, glaubte er in den Zeilen einen Reim zu entdecken. Er wiederholte die acht Worte wie ein Gebet, sprach sie fragend, fordernd, arrogant, flüsterte sie wie ein Verliebter, dann mit Hass, brüllte sie heraus, als wäre er auf dem Fußballplatz. Irgendwann bemerkte er, dass er die Schrift des geschändeten Buches nicht mehr erkennen konnte. Dîn dibim sewda dimînim serxoş û sukran im ez. Lateinische Buchstaben, kein Arabisch. Es könnte Baskisch sein, dachte er, eine Sprache, die ihn vor Jahren verwirrt hatte, als er, aus Madrid kommend, in Bilbao einen Zwischenstopp einlegte. Aber was sollte er mit einem syrischen Pass in den Pyrenäen? Andererseits musste die Sprache des Buches nicht die Sprache sein, die in dem Land, in das es ihn verschlagen hatte, gesprochen wurde. Vielleicht war der Alte zwar stumm und taub, aber sprachbegabt und lernte als fünfzehnte Fremdsprache Baskisch? Oder er war ein Baske, den es, aus unerfindlichen Gründen in diese Bergeinsamkeit verschlagen hatte. So etwas kam vor. Er, David Hauser, war für Schicksalsschläge dieser Art ein lebendiges Beispiel.

Mit der Dunkelheit nahm die Kälte zu. Er beschloss, sich hinzulegen, und begriff plötzlich, dass er in seinem Irrsinn das Bett, das er hätte nutzen können, zerstört hatte. Er zog die Matratze vom Eingangsbereich ins Innere der Höhle und stopfte sie in die Aluminiumwanne. Er kroch in den Schlafsack und ließ sich in den Sarg fallen, wobei er schmerzhaft spürte, dass sich die Entzündungen an seinem Gesäß nicht gebessert hatten. Noch im Einschlafen umklammerte seine linke Hand den Nagel. Es war sein einziger Besitz, wenn man von der nichtsnutzigen Dollarnote absah. Hauser hoffte, seine innere Uhr würde ihn früh genug wach werden lassen, also vor Anbruch der Dämmerung.

Die Sorge sollte sich als unbegründet herausstellen, denn nur wenige Minuten nachdem er eingeschlafen war, wurde er unsanft aus der Bettschale geworfen. Er landete auf den Unterarmen und sah im Lichtkegel der Petroleumlampe das Gesicht des Schäfers, Kopftuch, Augenbrauen und Bart schneeverkrustet. Hauser lag auf dem Bauch, auf dem Boden, wie eine Raupe, in den Schlafsack eingesponnen. Der Schäfer zog ihm die Matratze unter dem Hintern weg, stieß die Trümmer der Pritsche mit dem Fuß zur Seite und legte sich in voller Montur nieder. Den Deutschen wunderte, dass er den Schlafsack behalten durfte, die Lampe wurde gelöscht, und nach wenigen Augenblicken schniefte der Alte im Tiefschlaf.

Hauser dagegen war hellwach. Weshalb war sein Peiniger zurückgekehrt? Mitten in der Nacht? Bei Sturm und Eiseskälte. Hatte ihn jemand begleitet? Wieso kettete er ihn nicht wieder an den Ring? Fürchtete er keinen Angriff? Der Stein, der an der Kiste schmählich versagt hatte, würde den Schädel mühelos zertrümmern. Steh auf und tu's, dachte er. Er stellte sich vor, dass er die Fesseln von seinem Handgelenk löste. Er würde den Alten durchsuchen, ihm den Beutel von der Brust reißen. Mit Lebensmitteln, freien Händen, Feuerzeug und dem Telefon stiegen seine Chancen. Sogar ein Gewehr würde er besitzen. Wobei er nach wie vor bezweifelte, ob es eine gute Idee war, bewaffnet loszuziehen. Angesichts seiner Unbeholfenheit würde ihm die Flinte wenig nützen, er käme in Erklärungsnot, wenn man ihn fragte, und man würde ihn fragen, woher er die Waffe hatte, Menschen, denen er, hoffentlich bald, begegnete, würden in ihm mit dem Gewehr eine Bedrohung sehen und ihn entschiedener angreifen als einen harmlosen Zivilisten.

In seinem Kopf rollte die Flucht ab, eine Erfolgsgeschichte, er sah sich umringt von Kindern und Frauen, auf einer Polizeistation, in einem schäbigen Büro, ein Telefon wurde über den Tisch geschoben: die deutsche Botschaft. Ein Beamter sicherte ihm, mit öliger Stimme und schwäbischem Akzent, sofortige Hilfe zu, man werde einen Jeep schicken.

Hauser richtete sich auf. Er musste nur leise vorgehen, den Deckel Stück für Stück umsetzen, dann den Stein finden, am Schlafplatz des Alten den Felsbrocken hoch genug anheben und auf seinen Schädel fallen lassen. Keine große Sache. Er musste sich den Kopf als Kiste denken. Aber wieso, meldete sich der innere Skeptiker, sollte ihm hier, in der Gruft, gelingen, was er draußen, am Berghang, nicht übers Herz gebracht hatte? Was war so schwer daran, einen Menschen zu töten? Woher kamen seine Skrupel? Er war doch ein eiskalter Hund, das Schwein, der Zyniker und Menschenhändler?

Irgendwann hatte er angefangen, die Unterstellungen der Medien wie Referenzen zu behandeln, sich damit zu brüsten. Die Antifa hatte ihn denunziert, den Tod von Unschuldigen in Kauf zu nehmen, die meisten der von AIRDROP zurückgeführten Passagiere würden nie in ihren Heimatorten ankommen. Leere Behauptungen. Bei allen Missionen kam es, nach internen Berichten der Firma, zu insgesamt siebzehn Todesfällen. Zumeist missglückte Landemanöver. Unfälle. Traurig genug. Allerdings relativierte sich die Zahl, wenn man sie mit den Suiziden in der Abschiebehaft verglich. Die Statistik war streng geheim, aber Kirchhoff hatte einmal durchblicken lassen, dass die Zahl der Selbstmorde pro Jahr im unteren dreistelligen Bereich lag. Sieben von hundert, das war die Wahrheit. Eine andere Wahrheit war, dass Hauser den Alten nicht umbringen konnte. Er kam einfach nicht hoch. Er rührte sich nicht.

Je mehr er grübelte, umso sicherer war er, dass er die Rückkehr seines Bewachers eher begrüßte als bedauerte. Möglicherweise hatte der Schäfer von seinem Ausflug, wohin der ihn auch immer geführt hatte, Entscheidungen mitgebracht, die sein weiteres Schicksal betrafen? Konnte man aus der Tatsache, dass ihm der Schlafsack überlassen wurde, nicht schlussfolgern, dass sich seine Haftbedingungen erleichtern, mehr noch, dass seine Isolation bald enden würde? Mit diesen unzureichend begründeten, aber ungemein beruhigenden Gedanken schlief er ein.

Am Morgen wurde er tatsächlich in der Dämmerung wach. Zuerst warf er einen Blick auf das Matratzenlager, das sich der Schäfer eingerichtet hatte. Sein Gesicht war zur Wand gekehrt. Er vergrub sich tief in einen militärgrünen Schlafsack, der, wie Hauser neidvoll feststellte, dicker und von besserer Qualität war als der blaue. Offenbar hatte er ihn von seiner gestrigen Bergwanderung mitgebracht. Hauser trat ins Freie. Der Schneefall hatte aufgehört, offenbar schon seit einiger Zeit, denn die Fußstapfen des Schäfers waren deutlich zu erkennen. Für einen Moment überlegte er, ob er nicht doch die Gunst der Stunde nutzen und das Weite suchen sollte, aber dann wurde ihm die Widersinnigkeit eines solchen Versuchs bewusst, sein Verfolger brauchte nur den Abdrücken und Schleifspuren im Schnee zu folgen, um zu wissen, in welche Richtung er gelaufen war.

Ein Hustenanfall aus dem Inneren der Behausung zeigte an, dass der Alte erwacht war. Er schnürte sich die Stiefel und wich ein Stück zurück, als Hauser eintrat. Guten Morgen, sagte der Deutsche, ohne von dem anderen eine Antwort zu erwarten. Es tut mir leid, also, das hier, erklärte er, und zeigte auf die neben der Box liegenden Reste des Bettgestells. Ich wollte das nicht, was natürlich Quatsch war, gelogen, nur so dahingesagt, aber völlig egal, der Kerl kapierte sowieso nichts, ich habe Essen gesucht, ich hatte Hunger, Knast, hab ich übrigens immer noch, er machte Kaubewegungen und hielt sich den Bauch, Hunger, ich habe seit Ewigkeiten nichts gegessen, willst du mich umbringen?, dann ist es einfacher, du benutzt das Gewehr, wo bist du die ganze Zeit gewesen, was soll das, er hielt dem Schäfer die gefesselten Unterarme hin, mach auf, den Mist, lass mich frei, aber der Alte dachte nicht daran, verstand ihn nicht oder wollte ihn nicht verstehen. Er schob Hauser zur Seite, griff sich den Topf, ging am Eingang in die Hocke und füllte ihn bis zum Rand mit Schnee. Dann zündete er den Gaskocher an. So einfach funktionierte das. Man brauchte nur ein Scheißfeuerzeug, was kostet so ein Wegwerfteil in Deutschland? Einen Euro höchstens, Tineff.

Der Schäfer kramte einen Zylinderschlüssel aus dem Stoffbeutel, den er vor der Brust trug, öffnete die Kiste, auf der sonst die Öllampe stand, und zog einen kleinen schwarzen Kasten aus seiner Schatztruhe, ein Transistorradio, das nach Hausers Einschätzung fünfzig Jahre auf dem Buckel hatte. Dann stellte der Bewacher das Gerät vorsichtig auf den Boden und drückte umständlich vier Batterien in das dafür vorgesehene Depot. Er musste sich die Zellen dicht vor die Augen halten, um Plus und Minus zu unterscheiden. Mit der gleichen Umständlichkeit hatte er in das Buch gestarrt, das Hauser zu einem Teil zerrieben und gegessen hatte. Wie war es um seine Augen bestellt? Was vermochte er überhaupt zu sehen, da er doch keine Brille trug. Er hatte auch die Kolonnen auf der Straße im Tal nur gelegentlich mit dem Fernglas beobachtet, hatte ohne jede Sehhilfe Fahrzeuge in fünfhundert Metern Entfernung erkannt und etwas in seine Kladde notiert.

Hauser vernahm ein Klicken, der Alte hatte den Deckel auf das Akkufach gepresst und schaltete das Radio an. Von Störgeräuschen untermalt erklang Musik: Geigen, Zimbeln, Flöten, kehliger Männergesang. Wenn er Zweifel gehabt hätte, wo er sich befand, jetzt bekam er einen akustischen Beweis. Von wegen Baskenland, Pyrenäen, er war im Reich der Pentatonik gelandet, irgendwo im

Orient. Der Schäfer lächelte, als erwarte er den Beifall seiner Geisel. Brot wäre mir lieber, sagte David Hauser. Trotzdem konnte er nicht leugnen, dass ihn die Musik, die ihn vor zwei Wochen noch kaltgelassen hätte, eigenartig berührte.

Der Alte drehte das Radio so laut, dass das Plastikgehäuse schepperte. Wollte ihn der Wächter provozieren? Nachdem er sich eine Woche lang geweigert hatte, auf ein einziges seiner Worte oder sein nächtliches Geschrei zu reagieren, lauschte er jetzt arabischer Popmusik? Verarschte er ihn? Hörte er das Gedudel? Oder war er schwerhörig? Stellte er die Musik so laut, um ihn in den Irrsinn zu treiben?

Dann angelte sich der Schäfer seinen Tragesack und zog ein Fladenbrot hervor, das er in zwei gleich große Teile zerriss. Er hielt dem Deutschen die eine Hälfte hin, zögerte, zog die Hand zurück und überließ ihm ein Viertel. Hauser registrierte die Korrektur, war aber zu ausgehungert, um seine Verärgerung zu zeigen, panisch, gierig, ohne Sinn und Verstand, stopfte er das Brot in sich hinein. Der Alte kaute gemächlich und musterte ihn mit spöttischer Selbstgefälligkeit. Er senkte die gespreizten Finger der rechten Hand, als wollte er sagen, gemach, gemach, lass dir Zeit, Kumpel. Hauser wusste, dass er recht hatte, dass es klüger war, sich die Nahrung einzuteilen, geduldig zu kauen, jeden Bissen auszukosten, trotzdem dachte er nicht daran, den Ratschlag anzunehmen.

Hauser griff sich das plärrende Transistorradio, drückte den Schalter und stellte es aus. Du fühlst dich großartig, oder?, wandte er sich an den Schäfer, das gibt dir ein großartiges Gefühl, mich belehren zu können, aber glaub bloß nicht, dass ich den Boden küsse, nur weil du mir einen Happen hinwirfst. Du hältst dich für klug und beeindruckend, weil du eine Flinte besitzt und einen beschissenen schwarzen Spezialschlüssel für ein Paar billige Handschellen. Und ein Kofferradio von anno dazumal. Und dabei bist du ein Niemand, ein Bauer oder Schafhirt. Du hast die Sache hier nicht im Griff, das ist die Wahrheit. Du bist ein miserabler Geschäftsmann. Du riskierst Kopf und Kragen, um den Aluminiumschrott aufzusammeln, aber um mich, die kostbarste Ware, die du besitzt, kümmerst du dich einen Dreck. Ich hätte mich umbringen können. Was, wenn ich getürmt wäre? Du hast keine Ahnung, was ich wert bin. Willst du Stress mit deinen Auftraggebern? Sie hätten dir den Kopf oder die Eier abgerissen. Oder handelst du auf eigene Faust? Auch nicht besser. Ich bin aus Deutschland, verstehst du, Europa, so blöd kannst du nicht sein, dass du das nicht kapierst. Ich bin David Hauser, schrie er, mein Name ist nicht Walid Said, du kannst mich verkaufen, austauschen, bring mich in die nächstbeste Stadt, zur Polizei, es muss in diesem verdammten Land doch irgendjemand für so was wie Recht und Ordnung sorgen, Sicherheitsbeamte, Wächter, Revolutionsgarden.

Der Bewacher hatte die Wortkaskade des Deutschen genutzt, um sich eine Zigarette zu drehen. Gib mir auch eine, verlangte Hauser. Ich will rauchen. Als der fordernde Tonfall keinen Erfolg brachte, versuchte er es mit Betteln. Eine einzige, sagte er, ich flehe dich an. Gib dir einen Ruck. Oder lass wenigstens die Kippe übrig. Der Alte reagierte nicht, beobachtete ihn aber die ganze Zeit aus den Augenwinkeln. Er rauchte in aller Seelenruhe zu Ende und schnipste den Rest zum Eingang, wo gelbgrüne Spuren die Schneefläche markierten. Es musste aufgehört haben zu schneien, dachte Hauser, kurz nachdem er dort hingepisst hatte. Wo bist du gewesen? Irgendwo hast du

Batterien besorgt, woher holst du die Lebensmittel, wer liefert das Zeug? Wie weit ist es bis ins nächste Dorf? Was ist deine Aufgabe? Hat man dich meinetwegen in dieses Höllenloch verbannt? Oder bist du so eine Art Vorposten, ein Beobachter, wieso malst du täglich Striche und kraklige Symbole in deine Liste? Es macht keinen Spaß, jemandem Fragen zu stellen, der das Maul nicht aufkriegt. Dahinter steckt eine Absicht, ganz klar. Du kannst lesen, immerhin hast du ein Buch, das übrigens zum Kotzen schmeckt, also wirst du, das wäre immerhin zu vermuten, auch schreiben können. Wenn du taub bist, wieso besitzt du ein Radio? Wenn du stumm bist, wieso schreibst du nichts auf? Zum Beispiel deinen Namen. Wie heißt du? Du musst doch irgendwie heißen, ich heiße Hauser, David Hauser. Wer bist du? Walid Said? Spielen wir Rumpelstilzchen? Lässt du mich laufen, wenn ich deinen Namen errate? Abdullah? Mustafa? Osama?

Gebückt schleppte sich der Alte zum Eingangsbereich, hustete heftig und spuckte aus. Dann entnahm er der Kiste einen flachen Aluminiumkoffer und rückte die Box mit dem Sitzmodul zum Höhleneingang. Was sollte das werden? Hatte er sich, weil heute Sonntag war, ein besonders abwechslungsreiches Programm ausgedacht? Zu Hausers nicht geringer Überraschung enthielt der Koffer ein Standardset Schraubenschlüssel. Kurzentschlossen griff sich der Bewacher zwei Ringschlüssel, einen Zehner und einen Zwölfer oder das nächstgrößere Paar, das konnte Hauser bei den herrschenden Lichtverhältnissen nicht erkennen, und begann im Inneren der Box zu arbeiten. Der Schäfer als Mechaniker, dachte der Deutsche und trat näher.

Keine Ahnung, wie er es anstellte, aber nach etwa zehn Minuten landete das Sitzmodul auf dem Boden der Höhle. Sie besaßen jetzt einen Stuhl, der allerdings mehr lag als stand, weil die Hinterbeine kürzer waren als die vorderen. Der Bewacher verschloss sein Werkzeug in der Kiste, steckte den Schlüssel in den Brustbeutel und schaltete den Radioapparat an. Wieder ertönte arabische Popmusik auf Maximallautstärke. Dann zog er die Box zu der Stelle, wo bis gestern seine Pritsche gestanden hatte, stopfte die Matratze und den grünen Schlafsack in die ausgeschlachtete Schale und legte sich darauf.

Also, sagte Hauser, es ist mir egal, ob du mich hörst oder nicht. Ich finde, du solltest wissen, dass ich aus dem Spiel aussteige. Das war vollmundig formuliert, eigentlich hatte er keine Ahnung, auf was seine Drohung hinauslief. Morgen früh, sagte er, werde ich diesen verfluchten Ort verlassen, ich will dich darauf vorbereiten, dann brauchst du nicht durchzudrehen, wenn es amtlich wird, allerdings wüsste ich gern, bevor sich unsere Wege trennen, wer mir diese Fernreise eingebrockt hat. Du würdest in meiner Lage vermutlich die gleiche Frage stellen. Oder?

Wer steckt dahinter? Isabel, meine Referentin, hast du den Namen schon einmal gehört, Isabel van Halen, attraktive Person, ich nehme nicht an, dass sie dir ein Passbild geschickt hat, ihr Vater ist Holländer, daher die dunkelblonden Haare, hat in London studiert, spricht fünf Sprachen, Deutsch, Holländisch, Englisch, Französisch und Spanisch. Vielleicht auch Arabisch? Du kennst sie nicht? Falls das verdammte Samsung noch einen vollen Akku hat und du in dieser unvergleichlichen Einöde ins Netz kommst, was nicht anzunehmen ist, kannst du dir ein paar Porträts von ihr anschauen. Aber dazu bist du wahrscheinlich zu blöd. Sonst hättest du auch schon meinen Namen und mein Gesicht entdeckt. David Hauser. AIRDROP, das ist mein Baby, meine Erfindung, ein

Speditionsbetrieb, eine Gelddruckmaschine, wir versenden diese multifunktionalen Aluminiumboxen, die man auch als Nachtlager benutzen kann. Weltweit. One way.

Wenn ich sage, dass es meine Erfindung ist, so übertreibe ich nur leicht. Ich bin nur der kreative Kopf. Gezeichnet, berechnet, geplant hat sie Bastian Brixel, ein Österreicher, den kennst du auch nicht, oder? Kein Verlust, ein langweiliger Mensch, akkurat und humorlos, verheiratet, drei Kinder, kommt als Täter nicht in Frage, er würde niemals seine Familie gefährden, nein, Brixel scheidet aus, es sei denn, er wurde erpresst, irgendjemand hätte etwas in der Hand gegen ihn und bedrohte seine Frau und die drei Söhne, aber was könnte das sein, der Linzer ist viel zu bieder, als dass irgendwer irgendetwas gegen ihn vorbringen könnte, etwas Belastendes, ein Druckmittel.

Hörst du mir zu? Du scheinst doch eigentlich ein ganz netter Mensch zu sein, jedenfalls kein Sadist, was habe ich dir getan? Wie kommst du damit klar, mich in Schach zu halten, mir meine Freiheit zu verweigern? Was hast du davon? Hast du Enkelkinder, Söhne, Töchter, eine Frau? Wer sind die Leute auf den Fotos? Wieso lässt du dich für diesen Drecksposten ausnutzen? Als Aufseher, Gefängniswärter. Das ist erbärmlich.

Wer immer deine Auftraggeber sind, sie bezahlen schlecht. Trockenes Brot, Käse, Konserven, ein Hungerlohn. Damit lässt du dich abspeisen. Weißt du, wie ich gelebt habe, da, wo ich herkomme? Du hast keine Idee davon, was leben bedeutet. Du kennst nur den primitiven Standard. Wir frieren, rauchen ein stinkendes Kraut, das sich Tabak nennt, der Fraß, den du mit mir teilst, ist zum Kotzen. Wann hast du das letzte Mal Fleisch gegessen? Oder Fisch? Hummer? Muscheln? Brot, immer nur Brot, nasser Käse, und der Hunger geht trotzdem nicht weg. In

Berlin, wenn ich Appetit kriege, klicke ich in mein Handy, eine Viertelstunde später steht das Essen vor der Tür, vegetarisch oder asiatisch oder deutsche Küche, scheißegal, bestellt, geliefert, mit Klick bezahlt, alles was du willst, Alkohol, Filme, Klamotten, Salat, es gibt nichts, was sie dir nicht liefern, wenn du deine Rechnungen bezahlst, sogar Frauen oder Männer, ganz nach Geschmack und Geldbeutel, alles im Angebot, asiatisch, arabisch, hell und dunkel, groß und klein, Rubensweiber oder spindeldürre Models, das Leben kann Spaß machen, verstehst du, man kann sich abends in die Badewanne legen, warmes Wasser, mit Whirlpool, dabei Filme sehen oder Nachrichten oder E-Mails lesen oder mit seinem Vater telefonieren, der es natürlich zum Kotzen findet, wenn man ihn nackt anruft, aber wen stört das?

Ich habe eine Sauna in meinem Badezimmer, siebzig Grad, achtzig Grad, neunzig, verstehst du, mein Bad ist doppelt so groß wie diese Höhle, aber warm, Fußbodenheizung überall, sogar in der Garage, da muss man nicht frieren, niemand muss frieren, du auch nicht, alter Mann, kein Wunder, dass du dir die Seele aus dem Leib hustest, seit wann lebst du in diesem Elendsquartier? Erstaunlich, dass du nicht schon durchgedreht bist? Wieso kriegst du das Maul nicht auf? Bist du schon als Krüppel auf die Welt gekommen? Ich sag dir was, sie haben dich gefickt. Ja, mich auch. Dass ich hier gelandet bin, ist ein Riesenbeschiss, zugegeben. Aber, ich hatte vorher wenigstens ein paar gute Jahre. Ich kann mich nicht beklagen, ich war überall, auf allen Kontinenten, okay, Australien fehlt noch, aber sonst, Feuerland, Island, sogar Grönland. Es gibt ungemütliche Ecken auf der Welt, ich kann mir keine vorstellen, die so ätzend ist wie dieser Berg.

Wieso erschießt du dich nicht? Zu feige, zu blöd oder beides zusammen? Steck dir den Lauf ins Maul, drück ab. Kommst du nicht an den Abzug? Kein Problem, ich helfe gern. Aber vorher verrätst du gefälligst, in welcher Felsspalte du den Schlüssel versteckt hast. Irgendjemand muss dich finanzieren. Das machst du doch nicht freiwillig. Du musst dir doch darüber im Klaren sein, dass ich dich hasse. Ich hasse dich. Ich hätte dich erschlagen sollen, hast du es eigentlich mitbekommen? Ich hatte den Stein in der Hand. Du steckst mit diesen Leuten unter einer Decke, logisch. Ich zahle besser, bring mich in die nächste Stadt, ich gebe dir Geld, so viel, dass du ein neues Leben anfangen kannst, ein richtiges Leben, nicht so ein Ersatzleben, einen Beschiss. In einem deutschen Krankenhaus wird man dich aufpäppeln. Oder geh in eine Privatpraxis, hier, in diesem räudigen Land. Auch hier muss es Ärzte geben, die für richtiges Geld anständige Arbeit machen.

Dîn dibim sewda dimînim serxoş û sukran im ez. Was ist das für eine Sprache? Wo bin ich? Wenn noch mehr Schnee fällt, sind wir bald von aller Welt abgeschnitten. Wir werden erfrieren. Wie lange reichen die Vorräte? Wer gibt dir das Recht, über mein Schicksal zu entscheiden? Spielst du Gott? Bist du religiös? Sicher. Du musst dich an irgendwas festhalten. Etwas Höherem. Nur mit Gottesfurcht lässt sich so ein Hundeleben aushalten. Nennt ihr Allah nicht den Starken, Mitleidigen, Gerechten? Ich weiß, ihr habt neunundneunzig Namen für euren Boss. Warum so viele? Geht's nicht bescheidener?

Erstaunlich, dass du dich für etwas Besonderes hältst. Hast du mal in den Spiegel gesehen, in deinem Dorf? Du bist ein Penner. Du stinkst auch so. Dein Hemd, deine Hose, wann hast du sie das letzte Mal gewaschen? Dir die Zähne geputzt? Wie heißt du? Ich gebe dir eine letzte

Chance, dass du deinen Namen nennst. Hassan? Ali? Abdullah? Walid wirst du nicht heißen, das wäre zu billig. Gut, ich nenne dich Hassan. Gefällt dir der Name? Den kann ich mir gut merken, weil ich dich hasse. Nice to meet you, Hassan, ich bin ein Geschäftsmann aus Berlin, Germany, was für Geschäfte machst du? Kannst du Auto fahren? Ich suche einen Kutscher, jemanden, der mich sicher durch die Hauptstadt fährt. Willst du den Job? Sechstausend brutto. Schönes Auto, A6, Baujahr 12, Schaltgetriebe, getönte Scheiben, Lederlenkrad, Regensensor, Gasdruckstoßdämpfer, Zahnstangenlenkung, null Schnickschnack. Für einen Augenblick hatte er den Eindruck, der Schäfer würde aufhorchen, jedenfalls drehte er ihm den Kopf zu, glotzte in seine Richtung und paffte an seiner Kippe. Ja, Hassan, so ein Maschinchen hast du noch nie gesehen, höchstens im Fernsehen, die Bundeskanzlerin ist damit rumgefahren, zu Beginn ihrer Amtszeit, als sie noch die Mutter der Nation war, der Liebling der Kleinbürger, zehn Jahre vor der ersten Flüchtlingskrise.

Worüber redete er mit dem Mann?, dachte Hauser. Was konnte der Analphabet von Deutschland wissen? Tu nicht so scheinheilig, rief er, ohne Grund laut werdend, von der Box hast du doch auch gewusst, ich habe deine Fotos entdeckt, ich bin nicht blöd, ihr habt eine Box geborgen, irgendwo, du und deine Leute, ihr benutzt sie als Gartenbank. Genau das gleiche Teil wie das, auf dem du sitzt. Was passierte mit dem Kerl, der damit unterwegs war? Hat er von seinem Flug berichtet? Was machte er in Europa? Hat er geklaut, jemanden verletzt, war er Schwarzarbeiter? Hatte er Kontakt zu PROASYL?

Was, wenn seine Entführung gar nicht in Berlin geplant worden war, sondern hier, dachte Hauser, in der Pampa, ein Racheakt? AIRDROP hatte in den vergangenen Jahren Tausende Passagiere ausgeflogen, darunter einige hundert nach Syrien. Nicht selten radikalisierten sich Repatriierte nach ihrer Rückführung. Die Enttäuschung über die erfolglose Flucht trieb sie den Milizen in die Arme. Gut möglich, dass man ihn nicht als Geisel benutzte, um Geld zu erpressen, sondern als prominentes Opfer. Dass man ihm den Prozess machen wollte. Öffentlich. Im Livestream. Er kannte Videos, wo Entwicklungshelfer, Missionare, Journalisten vor laufender Kamera geköpft wurden. Unschuldige Märtyrer in der Gewalt von Wahnsinnigen. Die Propagandamaschine der Gotteskrieger brauchte solche Bilder. So konnten sie der Welt zeigen, wozu sie in der Lage waren. Wir holen die Täter aus ihren videoüberwachten Eigentumswohnungen, bringen sie in die Gebiete, die wir befreit haben, und sprechen dort das Urteil, hieß die Botschaft. Ihr könnt euch nicht verstecken, unser Arm ist lang, länger, als ihr für möglich haltet.

Hauser verschlug es die Sprache. Plötzlich sah er deutlich, was ihn erwartete: ein Exempel. Hör zu, Hassan, hörte er sich sagen, oder wie du auch immer heißt, ich weiß nicht, was sie dir über mich erzählt haben, es ist mit Sicherheit nicht wahr, ich bin anders, jedenfalls nicht dein Feind, ich bin kein Ungläubiger, ich glaube an keinen Gott, ich glaube, ja, woran eigentlich? An den Lieferservice, die Freiheit von Kauf und Verkauf, Angebot und Nachfrage, das ist vielleicht mein Verhängnis, mein Vater ist Kommunist, ich wurde Konsumist, es klingt ähnlich, ist aber nicht das Gleiche.

Vater hat uns allein erzogen, wobei allein die Situation nicht ganz trifft, es waren ständig Frauen in unserer Wohnung, immer andere, ein Kommen und Gehen, einige blieben Monate, Almuth blieb am längsten, zwei Jahre, dann hielt sie den Alten, also Dieter Hauser, nicht mehr aus, sie hat sich gut um uns gekümmert, ich war damals fast 14 und habe zu meinem Vater gesagt, dass er ein Riesenidiot ist, wenn er sie gehen lässt. Er wollte mir eine Backpfeife geben, ließ es dann bleiben. Er wusste, dass ich recht hatte. Jetzt ist er ein alter Mann, älter als du, achtzig, nein, inzwischen einundachtzig, ich bin sein einziger Sohn, der Stammhalter, wenn er mich verliert, wird ihn der Schmerz töten, wir haben kein einfaches Verhältnis, das habe ich schon erwähnt, glaube ich, aber Kind bleibt Kind, Blut ist dicker als Wasser, so sagt man, er hat ein schwaches Herz, trinkt und raucht zu viel.

Weißt du übrigens, dass ich hier als Nichtraucher gelandet bin, irgendjemand hat mir eine Schachtel Zigaretten in die Tasche gesteckt, *Fair Play*, jemand, der besser als ich gewusst hat, was ich brauchen werde, wenn ich einsam durch die Berge irre. Ich habe sofort wieder angefangen. Auch das war nur ein abgekartetes Spiel, Betrug, Folter. Man machte mich süchtig, weil man sich ausrechnete, dass ich die Abhängigkeit bitter bereuen würde. Ich sollte Mangel in jeder Form erfahren, Hunger, Durst, Kälte, kein Tabak. Das ganze Programm des Elends. Und warum? Weil ich alles habe, weil ich unanständig reich bin. The higher you climb, the harder you fall.

Ja, ich habe Feinde. Das bleibt nicht aus, wenn man Erfolg hat. Du fragst dich bestimmt, wer mir das angetan hat? Wüsste ich auch gern. Vielleicht meine Referentin, mein Geschäftspartner und Angelfreund oder Kirchhoff, der Politiker mit dem Karriere-Gen? Die Antifa, um mich zu strafen. Oder die Anti-Antifa, um es der Antifa in die Schuhe zu schieben. Oder Mira, weil ich ihr kein Geld pumpen wollte oder nur unter strengen Auflagen. Sie glaubt, Deutschland ist eine Aktiengesellschaft der Amerikaner. Früher hat sie Steine auf ihre geschwollenen Gelenke gelegt und sich von Bachblütentee ernährt, jetzt zitiert sie Houston Stewart Chamberlain und kämpft gegen die Pharmaindustrie. Wenn ich sterbe, erbt diese Irre die Hälfte meiner Firma. Zweihundert Millionen, ist das etwa kein Motiv? Mein Vater wird von seinem Anteil nicht mehr viel haben, aber seine schwarze Prinzessin ist nicht älter als vierzig. Wer ist der Hauptverdächtige, was denkst du?

Meine Widersacher kennen mich nicht. Nur das Klischee. Das Leben hat mich nicht verwöhnt. Mein Vater verdient nichts, ein Rentner als Sozialfall. Ohne meine Unterstützung hätte man ihn längst aus der Wohnung geschmissen. Alles, was ich besitze, habe ich selbst erarbeitet. Keine Erbschaft, keine Geschenke. Mein Glück war, dass ich im richtigen Moment zugeschlagen habe. Vielleicht, Hassan, eröffnet sich dir in diesem Augenblick eine ähnliche Chance, und vielleicht lässt du sie gerade verstreichen? Ich habe um die Jahrtausendwende mit Energieaktien spekuliert, war aber auf längere Sicht nie erfolgreich, mal ein paar tausend Euro Gewinn, dann wieder ein paar tausend Verlust, war wie Lottospielen, das große Los zogen immer die anderen. Als nach der letzten Corona-Welle das große Airline-Sterben begann, fielen auch die Preise für neue und gebrauchte Passagierflugzeuge. Maschinen, die vor der Krise zehn Millionen Euro gekostet hatten, wurden plötzlich für ein Drittel des Wertes angeboten, fanden aber trotzdem keine Käufer. Der Preisverfall war atemraubend. In den Hangars stauten sich stillgelegte, funktionstüchtige Jets. Ich habe zum besten Zeitpunkt gekauft. Es hätte auch schiefgehen können. Schulden im achtstelligen Bereich. Störten mich nicht. Mein Leumund war gut, Geld war billig. Ich versprach super Zinsen und hatte Sicherheiten.

Ja, ich bin Unternehmer, ich kann das, und ich mache es gern. Das sagt sich so leicht, jemand, der locker verdient, ist aber ein Knochenjob, Freizeit gibt es für mich nicht, wer kümmert sich um den Laden?, nur ich, um Investitionen, Abschreibungen, neue Märkte, Brixel und Isabel gehen jeden Tag pünktlich nach Hause und legen die Füße hoch, in meinem Kopf rattert es weiter, ich arbeite so lange, bis mir die Augen zufallen, manchmal werde ich nachts wach und setze mich an den Rechner, weil ich eine Idee habe, in welchem anderen Beruf ist das so, ich kenne keinen, höchstens brotlose Künstler, Schriftsteller, wenn Vater ein neues Buch schrieb oder darüber nachdachte, war er unausstehlich, nicht ansprechbar, wir wurden zu den Großeltern verfrachtet, Mira und ich, damit er seine schöpferische Ruhe hatte, rund um die Uhr. Ein Maurer hat Feierabend, ein Müllfahrer, Ärzte, sogar die Geishas können irgendwann sagen, Schluss, ich geh ins Bett, was natürlich komisch ist, weil sie ja auch im Bett arbeiten. Körperlich schwere Arbeit.

Du bist Schäfer, du kannst das verstehen, du hast deine Herde, das ist de facto das Gleiche wie eine Firma, auf beides muss man ständig aufpassen, siehst du, wir haben mehr gemeinsam, als wir denken. Weißt du was, Alter, ich hätte dir meine Uhr geschenkt, leider hat man sie mir abgeknöpft, bevor ich auf die Reise ging, irgendwelche Arschlöcher. *Un Patek Philippe ne vous appartient jamais seul.* Das Mantra der Firma. Sehr witzig. Eine Patek gehört einem nie ganz allein. Lange habe ich mich gefragt, was der Spruch bedeutet. Jetzt kapier ich ihn, ein Witz, ein ausgesprochen guter Witz. Schade, dass du ihn nicht verstehen kannst. Ja, Alter, da staunst du Bauklötze, wie ich mich amüsiere. Ich kann ziemlich witzig sein, das wird mir immer wieder bestätigt, ich bin nicht so ein humorloser Heiliger wie du. Du kannst an deinem Stolz verrecken, dein Stolz geht mir am Arsch vorbei.

Ich würde gern wissen, wer sie jetzt trägt, meine *Patek Philippe*, was will so ein linker Penner mit einer Uhr, die dreißigtausend kostet, verkaufen kann er sie nicht, jedes Modell ist registriert, in Genf eingetragen. Krokodillederarmband, silbernes Zifferblatt, Gehäuse aus Gold, hätte dir gefallen, du hättest sie womöglich für ein paar Euro auf einem Basar verschleudert. Ja, du dummer alter Sack, man muss den Wert der Dinge erkennen, dafür fehlt dir der Blick, wieso hast du die Frau nicht zu mir gelassen, die vor ein paar Tagen hier war, sie hätte gewusst, was ich wert bin. Frauen haben so einen Riecher. Wer ist sie? Deine Nichte oder Tochter oder deine Vorgesetzte? Was für ein Verein seid ihr? Liberale Islamisten, gibt's so was? Ist sie im Bett genauso dominant wie mit der Zunge? Eigentlich steh ich mehr auf den osteuropäischen Typ, eure Mädchen sind mir zu stramm, aber ihr mögt das, je fetter die Bräute sind, desto höher der Preis auf dem Heiratsmarkt. Übrigens, falls sie sich beruflich umstellen will, ich kenne da zu Hause einen exquisiten Escort Service, die suchen immer nach exotischen Modellen.

Der Schlag mit dem Gewehrkolben traf ihn unvermittelt gegen die rechte Schulter, Hauser fiel rücklings um, riss die Abdeckung mit sich, der Alte kniete ihm auf der Brust, die knochigen Fäuste trafen, obwohl sich Hauser mit der freien, linken Hand zu schützen versuchte, auf die Augen, den Mund und das Kinn. Qunda, fluchte der Schläger, Qunda, und spuckte ihm ins Gesicht. Hauser wischte sich über die Lippen und schmeckte Blut, das ihm aus der Nase lief.

Der Überfall hatte ihn eiskalt getroffen. War der Schäfer durchgedreht? Woher kam diese unkontrollierte Wut? Sein Gesicht glühte. Wer hat dir ins Gehirn geschissen? Er sagte es ruhig, leise, abschätzig, hätte aber besser geschwiegen, denn der Alte, der am Höhleneingang um Atem rang, stürzte sich erneut auf ihn, um blindwütig weiterzuprügeln. Der Deutsche schützte sich mit dem Deckel, der an sein rechtes Handgelenk gekettet war, um die Fußtritte, die auf Bauch und Unterleib zielten, abzuwehren. Wieder hörte er, dass er *Hund* genannt wurde, wobei er nicht ahnte, dass Qunda etwas anderes bedeutete. Ein Kompliment war es nicht.

So plötzlich, wie er über ihn hergefallen war, ließ der Alte von ihm ab, hustete und holte sich einen Becher Wasser. Hauser sah ihn nicht, hörte aber sein Schlucken. Er versuchte seine Gedanken zu sortieren. Was verwirrte ihn am meisten? Der unerklärliche Gewaltausbruch, die Tatsache, dass der Mann plötzlich die Sprache entdeckt oder wiedergefunden hatte, oder die Vorstellung, dass er Deutsch sprach, zumindest ein Wort, das ihn zum Vierbeiner herabsetzte. Wenn er das Wort Hund kannte, bedeutete das gar nichts. Hauser war oft in Griechenland gewesen, er konnte guten Tag, danke und bitte sagen und wusste, dass Malaka in verschiedenen Zusammenhängen sehr Verschiedenes bedeutete, Griechisch konnte er deshalb noch lange nicht. Trotzdem fragte er den Alten auf den Kopf zu, ob er Deutsch verstand.

Und der Schäfer gab, jede Silbe betonend, eine indirekte, aber eindeutige Antwort: Halt deine Maul.

Hauser stand der Mund offen. Augenblicklich vergaß er die Schmerzen im Gesicht. Er rappelte sich auf und starrte den Schäfer an.

Wieso ein Hund?

Niemand sagt so, erwiderte der Alte. Fur eine Hund bist du zu schlecht. Hund ist treu, kann man sich verlassen auf Hund. Du bist Qunda.

Was ist das für ein Tier?

Keine. Ist eine Mann, der keine ist. Das bist du.

Er hatte ihn gefoppt. Vorgeführt. Ausgehorcht. Falls das seine Absicht gewesen war, so war es ihm glänzend gelungen. Er hatte dem Araber alles erzählt, sein Herz ausgeschüttet und die Hosen heruntergelassen, und jetzt, wo er genug wusste, konnte das Aas auf die Maske verzichten. Schwein. Falschspieler. Lügner. Betrüger. Und er hatte ihm vertraut, er hatte ihn verschont, draußen am Hang, in der Nacht, er wollte ihm freiwillig Geld geben.

So empört der Deutsche war, so war ihm doch klar, dass er seinen Zorn nicht zeigen durfte. Er musste die Situation akzeptieren und versuchen, das Beste daraus zu machen. Die Verhandlungslage war plötzlich eine andere. Am besten fährt man, dachte er, noch immer mit der höflichen Tour.

Mein Name ist David Hauser, ich bin Deutscher.

Für mich ist nicht neu, unterbrach ihn der Alte, hast du gesagt oft.

Wo bin ich? In welchem Land?

Es kam keine Antwort. Hauser versuchte es noch einmal, überdeutlich:

Wie heißt das Land, in dem wir uns aufhalten? Syrien?

Nicht weit weg, sagte der Alte.

Iran?

Auch.

Was? Nicht weit weg. Irak?

Auch.

Was soll das, dachte der Deutsche, spielen wir jetzt Stadt, Land, Fluss. Türkei?

Nicht weit weg.

Offenbar dachte der Schäfer nicht daran, das Geheimnis preiszugeben. Hauser konnte es sich nicht leisten, beleidigt zu tun, er musste weiterfragen.

Wieso hast du die ganze Zeit geschwiegen, obwohl du reden kannst? Wo hast du das gelernt, meine Sprache?

Der Alte drehte sich eine Zigarette, unterbrach seine Tätigkeit und grinste ihn an. Hauser ließ sich nicht entmutigen und fragte weiter.

Wie heißt die nächste größere Stadt?

Colemêrg.

Der Ortsname sagte ihm gar nichts.

Gibt es ein Dorf in der Nähe?

Oramar.

Wie weit entfernt?

Du bist sehr, wie sagt man, sehr … der Alte suchte einen bestimmten Ausdruck, merakli, also hast Hunger auf Neues, aber jetzt Pause für deine Fragen. Jetzt bin ich, der fragt. Du hast Geld, wolltest Geld zahlen an mich.

Hauser hatte einige Schwierigkeiten, das Gestotter in Hochdeutsch zu übersetzen, war aber froh über die Wendung des Gesprächs, der Alte kam gleich zur Sache.

Ja, sagte er, ich biete dir Geld.

Hast du so viel, wie sagen, eine Million?

Hauser nickte.

Was Geld, Dinar, Rial, Lira oder Euro?

Wenn du mir hilfst, nach Hause zu kommen, eine Million Euro.

Du hast geschrieben zwei.

Ja, ja, richtig, wir waren bei zwei.

Der Schäfer pfiff durch die Zähne.

Ist viel, sehr viel! Und wo ist deine Zuhause?

Berlin, sagte Hauser, eine große Stadt in Deutschland.

Für mich ist nicht neu, wiederholte der Alte genervt.

Seitdem er seine Zunge benutzte, fand Hauser, zeigte er deutlich mehr von seinen Gefühlen als in der stummen Phase.

Warst du schon mal dort, in Berlin?

Nur gehört, nicht gesehn.

Komm mit, ich sorge für dich, ich kauf dir eine Wohnung, ein Auto.

Bist du so reicher Mann?

Du glaubst mir nicht, stimmt's?, denkst, ich erzähle Märchen, nur damit du mir hilfst. Gib mir das Handy, ich beweise es.

Wenn so reich, warum kommst du hierher so? Der Alte klopfte auf die Box. Wieso geflogen damit? Kannst nicht nehmen Lufthansa, bist schlechter Mensch, Verbrecher?

Irgendjemand wollte mich loswerden, erklärte Hauser, das waren schlechte Menschen, Terroristen.

Walid Said, wer ist das?

Ein Syrer, aber ich kenne ihn nicht. Er hat am gleichen Tag wie ich Geburtstag, aber das ist vielleicht nur ein Trick.

Bist du geworden, wie sagt man, eingelegt? Der Alte berührte sein Ohrläppchen. Auf dein Ohr geschlagen?

Hauser brauchte einen Moment, um zu begreifen.

Übers Ohr gehauen? Ja, vielleicht konnte man es so ausdrücken.

Ist dein Geld also weg, bist du armer Mann jetzt?

Nein, sagte der Deutsche, so viel Geld verliert man nicht so schnell, ich wurde vor zehn Tagen entführt, man muss zehn Jahre lang verschwunden sein, bis man für tot erklärt wird.

Hast du Frau?

Jetzt begann das Verhör kitzlig zu werden. Hauser wusste nicht, was er antworten sollte, wusste aber auch, dass er schnell reagieren musste, um keinen Zweifel an seiner Auskunft aufkommen zu lassen, also sagte er:

Ja, natürlich.

Ist komisch, sagte der Alte.

Was, fragte Hauser, soll daran komisch sein?

Du hast nicht gesagt von Frau. Wie heißen sie?

Evelyn. Erst wollte er Isabel sagen, war sich aber nicht sicher, ob er in seinen Monologen irgendwann den Namen seiner Referentin erwähnt hatte. Ich bin mit Evelyn seit mehr als zwanzig Jahren verheiratet.

Du hast aber keine Ring am Finger.

Stimmt. Den haben mir diejenigen, die mich in diese Box gesetzt haben, abgenommen, genauso wie meine Uhr, meine Kreditkarten und mein Telefon.

Vielleicht war sie?

Mit der kryptischen Frage konnte der Deutsche nichts anfangen, aber der Alte ließ nicht locker:

Vielleicht war sie? Er schlug auf die Box, auf der er breitbeinig saß. Hat dich in Flugzeug gesetzt, Tschüs.

Er grinste und winkte mit der Hand wie bei einem Abschied.

Jetzt kapierte Hauser, wovon die Rede war.

Du glaubst, sie, also Evi wollte mich zum Mond schießen, in die Wüste? Das ist Quatsch.

Bist du gesichert?

Hundertprozentig, sagte Hauser und wusste, dass er damit recht hatte, aber dem Alten nicht sagen konnte, warum.

Dann sagen wieso?

Weil sie mich trotz meiner Schwäche liebt.

Der Satz, der eine Lüge war, schnürte ihm die Kehle zu, er musste schlucken, um nicht zu heulen.

Warum, in aller Welt, sollte sie so etwas tun?

Weil du besuchen fremde Frauen.

Nein, Evelyn liebt mich, sie hat ein gutes Herz, sie hat mir immer verziehen.

Hast du Kinder?

Klar, sagte Hauser, drei Stück, eine Information, die er in dem Moment bereute, als er sie aussprach, denn sofort wollte der Alte wissen, wie sie hießen.

Zwei Mädchen und ein Junge, erklärte der Deutsche, um Zeit zu gewinnen, Mira, Feyine, das sind die Mädchen, und Bastian, der Große.

Wie alt sind Kinder?

Der Junge ist zehn, sagte er, Feyine sieben und die Kleinste geht noch in die Kita, sie ist erst vier. Für sie ist es sicher noch am einfachsten, dass ihr Papi nicht zu Hause ist, aber die beiden anderen, Feyi und Basti, Hauser war ziemlich stolz, für seinen erfundenen Nachwuchs Kosenamen aus dem Hut zu zaubern, die beiden werden sich bestimmt wundern, wieso ich nicht anrufe. Wenn er auf Reisen geht, erklärte er, gehört es zu den Ritualen, einmal am Tag, meist vor dem Schlafengehen, ein Videotelefonat zu führen.

Warum gewartet zehn Jahre?

Der Schäfer genoss die Unterhaltung offensichtlich, was ihn aber nicht veranlasste, seinem Gesprächspartner eine Zigarette anzubieten. Hauser kam nicht hinterher.

Gewartet worauf?

Auf Kinder.

Ich verstehe nicht, was du meinst, sagte der Deutsche und fragte sich, indem er den Satz aussprach, ob es angemessen war, den Alten unverhohlen mit du anzusprechen, als wäre er Barista in einem Berliner Szene-Café.

Du und deine Frau sind eine Paar zwanzig Jahre, aber Geburt von Sohn zehn Jahre hinterher.

Das stimmt, bestätigte er kleinlaut.

Ihm wurde plötzlich klar, auf wie dünnem Eis er sich bewegte und dass er höllisch aufpassen musste, was er erzählte. Mit dem Mann war nicht zu spaßen, der verstand jedes Wort und, mehr noch, er merkte sich alles.

In den ersten Jahren konnte sie, also meine Frau, keine Kinder kriegen, aber wir haben nicht lockergelassen, Evelyn war dann vier Monate in einer Spezialklinik, die Hormonbehandlung hat angeschlagen.

Bist du deswegen zu die Huren?

Wovon redest du?

Hast du gesagt, dass du Huren bedienst.

Das waren keine Prostituierten, verteidigte er sich, sondern Freundinnen. Er blickte dem Alten ins Gesicht und begriff, dass der ihm nicht glaubte.

Weiß deine Frau?

Wovon soll Evelyn etwas wissen?

Von Geishas?

Hauser schwieg. Das Gespräch nahm eine Entwicklung, die ihn sprachlos machte. So eifrig wie er ins Plaudern kam, schien der Alte froh, die Sprache wiedergefunden zu haben. Wenn er seine Selbstgespräche so aufmerksam verfolgt hatte wie seine letzten Bemerkungen, dachte Hauser, steckte er schön in der Scheiße. Da er sogar mit dem exotischen Begriff Geisha etwas anfangen konnte, war er mit Sicherheit nicht der unbeleckte Dorftrottel, den er bislang in ihm gesehen hatte. Kein Schwachkopf, sondern ein gerissenes Kerlchen. Wuchsen damit seine Überlebenschancen oder wurden sie kleiner? Hauser wagte keine

Prognose. Klar war, dass er in diesem Verhör die Initiative übernehmen musste, sonst lief er Gefahr, sich in verhängnisvolle Widersprüche zu verstricken.

Qunda, was bedeutet das?

Schwuchtel, erklärte der Alte, wobei er das U über Gebühr betonte.

Dein Deutsch ist Klasse. Wo lernt man so schöne Worte, auf der Volkshochschule in Damaskus?

In Kesselstadt, ist Stadtteil von Hanau. Ist schöne Stadt, kennst du?

Nein.

Schade. Hättest du reisen sollen, als du in Deutschland.

Ich kann es nachholen, wenn ich zurück bin.

Weiß keiner, wann und ob.

Wieso, soll ich ewig hier bleiben?

Ist eine lange Weg, fünftausend Kilometer, wenn du laufen, hundert Tage mindestens.

Es gibt Autos und Flugzeuge.

Hast du Geld?

Ja, einen Dollar, dachte Hauser, und weiter: Das lass mal meine Sorge sein.

Ich glaube, ich werde mir Hanau irgendwann ansehen, soll ich jemand grüßen von dir?

Ja, Pfarre von heilige Elisabeth, hat mir geholfen viel mit Wohnung und Sachen an Anfang. Aber ich nicht glauben, dass du bald fährst.

Hauser schwieg betreten. Er hatte sich bessere Aussichten erhofft, jetzt, da er sich mit dem Bewacher verständigen konnte. Auf jeden Fall musste er das Gespräch in Gang halten.

Hast du da lange gelebt, in diesem Kesselstadt?

Acht Jahre.

Wann?

Nicht wichtig.

Da hatte der Alte nicht unrecht, im Grunde interessierte ihn seine Lebensgeschichte einen Dreck, er wollte nur von der eigenen ablenken.

Was passiert mit mir?

Weiß nicht.

Der Araber, oder was immer er war, blickte zur Decke und hob ratsuchend die Hände.

Entscheiden andere.

Wer?

Kann nicht sagen, wirst du sehen.

Dîn dibim sewda dimînim serxoş û sukran im ez. Kannst du mir wenigstens übersetzen, was das bedeutet?

Ich bin verrückt wegen Liebe, ich bin betrunken und bin auch mit Dank. Ist uralte Gedicht. Lesen du Buch mit deine Kinder, abends am Bett?

Hauser begriff nicht, was der Alte von ihm wollte.

Am Bett, Geschichte für Kind.

Natürlich. Macht doch jeder. Also jeder Vater.

Was gelesen für deine Tochter Mira, als du zuletzt Berlin.

Mira? Hauser durfte jetzt keinen Fehler machen, wie alt, hatte er gesagt, war sie?

Da muss ich nachdenken, erklärte er und blieb in dem Fall ausnahmsweise bei der Wahrheit, ich war, vor meiner Entführung, ein paar Tage verreist, nicht in Berlin, deswegen hab ich es nicht gleich parat. Es war ein Buch über Bären, der Titel?, wie hieß das Buch noch mal?, ich glaube: Der Bär im Waschsalon. So ein Schwachsinn, dachte er, was faselst du? Ein Bilderbuch, wenig Text, über einen Waschbären, der sich verläuft, in einem Waschsalon landet, dort sorgt er für einige Aufregung, weil er glaubt, er passt da hinein, das ist sein Zuhause, aber das sehen die Leute, die da waschen wollen, ganz anders.

Gut lustig, sagte der Alte.

Findest du?

Ja, Kleine mögen Tiere.

Warum interessiert dich, was ich meinen Kindern vorlese?

Ich kenne dich nicht, wollen wissen, wie du lebst. Wir wohnen ja beiden jetzt, wie heißen in Deutschland, WG?

Das ist der treffende Ausdruck, aber ich muss dir gestehen, dass ich wenig Lust habe, noch länger in dieser WG zu bleiben. Ist mir zu kalt, zu dreckig, das Essen ist eintönig.

Leider wirst du besitzen müssen Ausdauer.

Öffne die Handschellen, und ich verschwinde auf Nimmerwiedersehen.

Kann ich, wenn du Tod willst.

Das Dorf ist nicht weit weg, höchstens vier Stunden, glaubst du, ich schaff das nicht?

Nicht Weg ist deine Problem. Sondern Empfang in Oramar.

Was für ein Empfang?

Bist du tot, schneller als du Mund offen.

Ich bin Deutscher, Ausländer.

Genau das Problem. Hast du gehört von Ansar al-Sunna?

Wer soll das sein?

Eine Brigade, angefangen von Abu Abdullah al-Shafi, war in Haft von Amerikanern. Dann tot in Bagdad zentrales Gefängnis.

Ja, und? Was geht das mich an.

Ansar al-Sunna seit fünf Monate serok, also Chef in Oramar. Wenn sie dich fangen, Kopf ab.

Hauser schluckte. Er bekam gerade seine schlimmsten Befürchtungen bestätigt. Falls ihn der Bewacher nicht wieder verarschte.

Aber du warst doch dort, in Oramar, vor einigen Tagen? Und hast Lebensmittel geholt und das Telefon aufgeladen?

Richtig, sagte der Alte, wobei er das CH wie ein SCH aussprach.

Und dir ist nichts passiert?

Bist du blöde Mann, bin ich Deutscher?

Wissen die da unten, Hauser zögerte, die Frage zu stellen, vor allem, weil er die Antwort fürchtete, wissen die, dass ich hier oben bin?

Nicht alle wissen, nur eine volle Hand.

Und wenn wir zusammen runtergehen? Du erklärst ihnen, wer ich bin, was ich für meine Befreiung zahle. Vielleicht sind diese Al-Sunna-Leute nicht so bescheiden wie du.

Der Alte erhob sich, kramte in einer der Pappkisten, die auf dem Regal standen, bis Hauser die Inneneinrichtung der Höhle auf den Kopf gestellt hatte.

Hier schauen, sagte er und reichte dem Deutschen das Foto, das die Versammlung zeigte, bei der die AIRDROP-Box als Gartenbank diente. Kennst du die Mann?

Der vernarbte, schmutzige Zeigefinger des Schäfers wies auf den jungen Bartträger im Zentrum der Sitzgruppe.

Keine Ahnung, wer soll das sein?

Seine Name Ağır Yılmaz, heißen aber jetzt Abdullah al-Douri.

Ich kenne beide nicht, versuchte Hauser einen Witz.

Ist nur eine Mann, nicht zwei.

Schon klar, was ist an ihm so besonders, abgesehen von seinem eindrucksvollen Bart?

Kommandeur von Al-Sunna-Brigade.

Du kennst ihn wohl gut, sagte Hauser, ihr scheint Freunde zu sein, so wie ihr da zusammensitzt.

Drei Jahre vorbei, sagte der Alte, damals Yılmaz, heute Abdullah, ist bevor dir gelandet.

So froh der Deutsche war, sich wieder unterhalten zu können, so sehr strengte ihn das Gespräch an.

Was meinst du mit: Ist bevor dir gelandet?

Wieder benutzte der Alte die Box als Trommel.

Hier, in Kasten. Dann pochte er energisch auf das Foto. Ist Mann, von dem du gesagt Schwarzarbeiter.

Heißt das, fragte Hauser, dieser Yılmaz ist bei euch mit einem Fallschirm gelandet?

Genau gleiche Kiste.

Das war in der Tat eine Information, die zum Nachdenken anregte.

Und wo befindet sich der junge Mann zurzeit, dieser Yılmaz?

Der Alte machte eine knappe Bewegung mit dem Kopf, was wohl bedeutete, unten im Tal, im Dorf.

Gut, gehen wir zu ihm. Ich erzähle meine Geschichte, du übersetzt.

Al-Douri sprechen Deutsch, sagte der Schäfer, hat gelebt in Köln.

Umso besser, dann rede ich selbst mit ihm.

Was für eine schwache Kopf du, bitte, sprechen mit ihm, aber er wird nicht glauben, al-Douri glauben nur an Sunna und sich allein. Auch keine große Freund von Deutschland oder Europa. Wird dir viele Frage hinstellen. Und wenn deine Antwort nicht gut passen, in Wut kochen.

Wieso? Habe ich ihm etwas getan?

Niemand kann wissen, kam als nachdenkliche Antwort.

Wenn du Schiss hast, geh ich ohne dich, ich finde den Weg, lass mich frei, ich werde allein verhandeln, du bist da raus, ich kenne deinen Namen nicht, was ja nicht mal gelogen ist, habe dich nie getroffen, von dieser Höhle weiß ich nichts, ich bin abgesetzt worden, ein paar Tage in den Bergen herumgeirrt und dann, endlich finde ich Oramar, Salam aleikum, Guten Tag, helfen Sie mir, mein Name ist David Hauser. Los, hol den verdammten Schlüssel, öffne die Fesseln, fertig ist der Lack, ich ziehe ab und du siehst mich nie wieder.

Wenn du gehst, du gehst nicht lange. Der Alte griff sich die Flinte.

Wieso?

Weil ich gute Jäger.

Das ist nur Bluff, du würdest nicht schießen, warum jetzt, nach einer Woche, was hat sich zwischen uns geändert?

Wenn du fluchtest, muss ich dich tot machen, weil sonst al-Sunna mich tot machen.

Ich verstehe kein Wort, sagte der Deutsche.

Weil Hilfe geschenkt, weil nicht berichten al-Douri, dass du hier bist gelandet mit Kiste, heißen Verrat, Verrat gehen mit Strafe.

Ich werde gar nichts verraten. Kein einziges Wort, versprochen.

Das sagen jetzt.

Du bist mir völlig egal, beteuerte Hauser, ich will nach Hause, mehr nicht.

Mir klar, du wollen retten Arsch, haben keine Prinzip, keine Glauben, nur eigene Sucht, ich betraue deine Worte null. Worte wie Dreck. In Oramar schlagen sie grün und blau, deine Körper, keine Stelle ohne Schlag, bis du sagst alles, und du werden erzählen, kannst du glauben, mehr als wahr.

Hauser schluckte. Die Perspektiven, die ihm aufgezeigt wurden, waren wenig verlockend.

Für solche Leute arbeitest du?

Er sagte den Satz leise, aber verständlich. Wenn sich der Alte provoziert fühlte, könnte er in Versuchung geraten, ihm zu zeigen, dass er die Verhörtechnik der Al-Sunna-Brigade selbst beherrschte. Zu Hausers Verwunderung blieb der Schäfer ruhig und spuckte aus.

Sind nicht meine Leute.

Du bist nicht in ihren Diensten? Kopfschütteln. Aber sie liefern dir Lebensmittel, Tabak, Wasser?

Ist Berfin, meine Tochter, die bringt.

Sie lebt im Dorf?

Alle haben, meine ganze Familie leben dort, meine Haus habe gebaut mit meine Handwerk, mit Spargeld aus Hanau, bin geboren dort, groß gewachsen, jetzt nur noch Berfin mit Mann und Kinder.

Haben dich die beiden besucht, hier oben in der Höhle, vor vier Tagen?, fragte Hauser.

Jetzt stutzte der Alte.

Wie, beiden? Nur Tochter war hier, Berfin.

Hör auf zu flunkern, zwei Leute haben geredet, laut und deutlich, eine Frau und ein Mann, sie stritten, erst sprach nur die Frau, dann habe ich mich gemeldet, um Hilfe geschrien, da hat sich der Mann eingemischt.

Das war nicht Cemil, das war ich, Holzkopf.

Der Alte hatte ihn klar und deutlich Holzkopf genannt, wo immer er die Vokabel aufgeschnappt hatte, Hauser musste anerkennen, dass sie treffend war.

Logisch, der Alte selbst war mit der Frau in Streit geraten. Er konnte ja, was Hauser am Donnerstag – oder Mittwoch? – nicht ahnte, nicht nur hören, sondern auch reden, noch dazu in mehreren Sprachen.

Deine Tochter?

Meine jüngste.

Sie hat dir den Kopf gewaschen.

Wie meinen du?

Das sagt man so.

Berfin war mit Zorn.

Ging es um mich?

Kind hat mir verboten, ins Dorf kommen, weil Miliz misstrauen, nennen mich eine Verräter.

Vielleicht bist du das ja, dachte Hauser, fragte aber:

Versteht deine Tochter Deutsch?

Berfin geboren in Tirkiye. In Kesselstadt bin ich gewesen junger Geselle.

Hauser konnte ein Lächeln nicht unterdrücken. Die Nachricht war dem Alten rausgerutscht, umso wertvoller war sie für ihn. Mit hoher Wahrscheinlichkeit befand er sich also nicht in Syrien oder Afghanistan, sondern in der Türkei, auf Nato-Gebiet, also beinah in Europa.

Berfin ist sechsundzwanzig Jahre, ich habe gegründet Familie, als zurück. Drei Söhne, zwei Mädchen.

Und alle leben in Oramar?

Nur Berfin. Zwei schon tot, Mustafa ist auf Arbeit in Linz, Eliv in Entep.

Linz in Österreich?

Ja, gibt es zweite Linz woanders?

Gut möglich, sagte Hauser, in Gedanken versunken, ein Bekannter von mir lebt in Linz an der Donau. Brixel, ein super Ingenieur.

Ist große Stadt, viel mehr als Hanau.

Sagt dir der Name Brixel, Bastian etwas?

Ist eine gute Freund von dir, oder?

Ich bin sein Chef, wir sind Kollegen. Wie kommst du darauf?

Weil dein Sohn mit Name Bastian?

Mein Sohn? Richtig, er hatte ja einen Sohn. Nein, das ist Zufall, als mein Basti geboren wurde, kannte ich Brixel noch nicht. Evelyn, meine Frau, wollte ihn Bastian nennen, nach einem Fußballer, für den sie mal schwärmte.

Scheinsteiger, sagte der Türke.

Genau der, Schwein, nicht Schein, korrigierte Hauser, überrascht, dass seine mutigen Assoziationen gekauft wurden. Den kennst du?

Na klar, Bayern Munich.

Aus deiner Zeit in Deutschland?

Der Schäfer warf ihm einen prüfenden Blick zu.

Machen du Test? Schweinsteiger – er akzentuierte den Namen überdeutlich – hatte Fußball Anfang zweitausend Jahr, da war ich schon lange nach Hause, aber in Oramar wir haben auch Fernseher, Eurosport.

Ehrlich gesagt, langweilt mich Fußball, meinte Hauser und dachte an seinen Vater, da geht es doch nur noch um Geld.

Ich dachte, du liebst, erwiderte der Alte zweideutig.

In dem Moment hörten sie das Geräusch. Flatternder Motorenklang, der anschwoll. Die Männer traten zum Ausgang der Höhle, Hauser hielt die Box an seiner rechten Seite, der Alte hatte die Flinte genommen. Ein tarnfarbengrüner Hubschrauber kreiste in geringer Höhe über dem Bergkamm. Hauser wollte ins Freie treten, aber der Alte hielt ihn an der Schulter zurück.

Du bleiben in şikeft, Helikopter mit Kamera, Infrarot.

Der Schäfer nahm das Fernglas. Dabei war die Maschine so nah, dass Hauser die Kokarde am Heck auch ohne Sehhilfe erkannte, drei Ringe, rot, weiß, rot.

Österreich, rief er, der Hubschrauber kommt aus Österreich.

Der Alte setzte den Feldstecher ab und begann schallend zu lachen.

Nein, keine Österreicher, die suchen nicht dich, David Hauser, das ist Artêşa tirk, qatil, Mörder, suchen vielleicht mich.

Als er das enttäuschte Gesicht des Deutschen sah, sagte er, du denken ernst, Helikopter ist deine Brixel aus Linz?

Für einen Augenblick hatte er tatsächlich gehofft, sie würden ihn holen, nun, nicht unbedingt sein Chefingenieur persönlich – obwohl der tatsächlich einen Pilotenschein besaß –, aber ein Einsatzkommando, schließlich waren in allen Krisengebieten internationale Truppen als sogenannte Friedensmissionen unterwegs? Endlich drehte die grüne Libelle ab, schwebte ins Tal und folgte der Straße in Richtung Norden. Die türkische Armee, dachte er, über die der Alte abschätzig gesprochen hatte, müsste ihm zu Hilfe kommen. Wenn er sich auf ihrem Hoheitsgebiet befand – egal, wer die Gegend, in der sie sich befanden, momentan kontrollierte –, waren die nationalen Streitkräfte für seine Sicherheit verantwortlich. Die Frage war, ob man das Verteidigungsministerium informiert hatte und die Offiziere das Amtshilfegesuch ernst nehmen würden.

Der Alte kümmerte sich um das Feuer. Er benutzte ein paar Tropfen des Brandbeschleunigers, mit dem er den Schlitten an der Landestelle erfolgreich abgefackelt hatte. Hauser überlegte, wie er den Türken wieder in ein Gespräch verwickeln konnte, ohne zu weiteren riskanten Auskünften gedrängt zu werden. Den Hubschrauber hatte er mit wenig Wohlgefallen betrachtet, deswegen war er wohl eher Kurde als Türke. Aber druckten die ihre Bücher mit lateinischen Buchstaben?

Was macht dein Sohn in Linz, fragte er, weil er das Gefühl hatte, der Bewacher wurde beim Thema Kinder besonders redselig.

Mustafa kommt mir hinterher, sagte der Alte, während er dickere Äste auf die Feuerstelle legte.

Ist er auch Schäfer?

Ich bin gelernte Automobilschlosser. So wie er es verkündete, schien er seinen Beruf zu mögen.

Hätte ich nicht gedacht, gestand der Deutsche.

Weiß ich, für deine Meinung wir nur Bauern oder Verkäufer von Döner Kebab. Sohn hat Diplom an Fachschule, ist Ingenieur im Regenwassermanagement. Er sprach das Wort langsam, Silbe für Silbe.

Wunderschön, erklärte Hauser mit geheuchelter Begeisterung, wie sagt man dazu auf Kurdisch?

Gibt nicht, machen hier niemand. Deswegen bleiben Mustafa in Österreich.

Dem Alten war nicht aufgefallen, dass er Hausers ins

Blaue geschossene Vermutung bestätigte, und der sah keinen Grund, ihn darauf hinzuweisen.

Habt ihr Kontakt, du und dein Sohn?

Telefon. Der Alte pochte auf sein Herz. Offenbar trug er das Handy in der Brusttasche.

Ihr sprecht aber selten, ihr zwei, ich habe dich in der ganzen Woche nie telefonieren gesehen. Das war zwar gelogen, aber ob der Alte bei ihrem zweiten Marsch zur Landestelle das Telefon benutzt oder nur in der Hand gehalten hatte, konnte er nicht mit Sicherheit behaupten.

SMS besser, weniger Geld.

Und deine Töchter und deine Frau, wann rufst du die an?

Wieso hast du Interesse?

Ja, weißt du, ich habe gerade nichts anderes zu tun – Hauser hatte den Eindruck, dass er die Situation allmählich in den Griff bekam – und es geht mir wie dir, ich würde gern erfahren, mit wem ich die Wohngemeinschaft teile, obwohl ich sie, daran hat sich nichts geändert, auf der Stelle verlassen möchte.

Wird nicht gehen schnell, schnell. Nicht vor Frühling.

Bist du wahnsinnig, alter Mann, heute ist, wenn ich mich nicht verzählt habe, der 14. Oktober, wann beginnt in diesen verfluchten Bergen der Frühling?

Mitte Adar, nach Newroz.

Was heißt das, Adar?

März, dritte Monat.

Ich soll bis März in diesem Abort bleiben? Auf keinen Fall. Das kannst du vergessen. Eher bin ich tot. Ich bin ein Mensch, ich habe Familie, wie du, einen Vater, Kinder, die auf mich warten.

Natürlich werde ich dich bringen nach Oramar, von dort kommen in Stadt.

Na, dann los, worauf warten?

Nicht heute, im März.

Nimm dein Gewehr, knall mich ab, das ist die bessere Lösung. Wenn du mit meinem Leben irgendetwas anfangen willst, du oder deine Kumpane, dann muss es in den nächsten Tagen passieren. Sechs Monate, unmöglich. Für dich ist das vielleicht normal, keine Ahnung, wie lange du hier schon haust, vielleicht bin ich für dich eine willkommene Abwechslung, zu zweit, nicht immer nur allein, aber ich ertrage das nicht, ich bin gefangen, ein halbes Jahr Gefängnis, kannst du dir vorstellen, was das bedeutet?

Ja, sagte der Alte, ist Horror, ich weiß. Aber gibt schlimmer.

Ach ja, was zum Beispiel, verdammte Scheiße?

Izolasyon, wie sagt man?, einsame Zelle, Folter.

Gib mir eine Zigarette, bitte. Zu Hausers nicht geringer Überraschung kam der Alte dem Wunsch nach.

Warum warten bis März, kannst du deinen Chefs nicht klarmachen, dass die Übergabe früher stattfinden muss, weil die Geisel, also ich, nicht so lange durchhält.

Der Alte schüttelte den Kopf.

Hast du gesehen, Wetter?

Ja, verdammt, ich bin nicht blind, es schneit, na und, wir sind nicht aus Papier, vor zwei Tagen spazierten wir noch bei Sturm und Eisregen zehn Kilometer durch die Berge, um zwei verdammte Aluminiumkästen zu retten, aber ein Abstieg ins Tal ist plötzlich zu gefährlich wegen ein paar Zentimetern Schnee? In fünf Monaten bin ich tot.

Wenn du jetzt in Dorf auftauchen, bist du sofort toter Mann.

Das glaube ich nicht, du willst mir, warum, begreife ich nicht, Angst machen, was soll bis März passieren, ist al-Douri im Frühling besserer Laune?

Nein, ist weg, wenn Schnee schmilzt. Hauser verstand nicht.

Er ist weg? Wieso, was sind diese Ansar-al-Sunna-Leute, Nomaden, Schäfer, Hirten?

Im Winter ist Frieden, du verstehst?

Nein, sagte Hauser, kein Wort.

Sind schlechte Straßen zwischen Berge, erklärte der Alte, wenn Schnee, alles zu, blockiert. Gar nichts gehen. Komm mit.

Hauser folgte dem Bewacher nach draußen, bis zur Mülldeponie.

Kannst du sehen Straße?

Nein.

Die Serpentinen am westlichen Berghang waren verschwunden. Wohin das Auge blickte, erstreckte sich eine geschlossene weiße Fläche. Der Alte zeigte auf seinen Bauchnabel.

In eine Woche Schnee bis hier, in zwei Woche so.

Er hielt die flache Hand unters Kinn. Die Prognose beruhigte den Deutschen nicht. Wenn der Wintereinbruch anhielt, wurde ein Abstieg tatsächlich unmöglich, also musste er den Alten zügig überzeugen.

Zurzeit, sagte der Schäfer, der angeblich Autoschlosser war, operieren in Provinz sechs Parteien, al-Sunna, Tauhid, eine Gruppe, die nur Allah verfolgen und Union mit andere Dschihadisten verboten, dann Jesiden-Miliz, klein, aber kämpfen wie Löwen, YPG, Peschmerga, meine Leute und am Ende Besatzer, also Artêşa tirk. Oramar war zwei Jahr in Kontrolle von uns, wir haben Sieg über Tauhid. Dann im August letzte Jahr Offensive von al-Sunna. Şehîd ketin – in Gefecht gefallen Ferhat. War zweiundzwanzig, mein Sohn. Liegt dort in Grab.

Sie haben euch besiegt, und du bist in die Höhle geflohen?

Ist lange Geschichte.

Erzähl, sagte der Deutsche, der hoffte, er würde erfahren, was der Alte mit ihm vorhatte, sobald er wusste, weshalb er sich in den Bergen versteckte.

Meine Partei hat Befehl gegeben, dass ich bleibe im Haus, weil zu alt für Kampf. Krieg ist für junge Mann heute. Müssen mobile sein, heute hier, morgen dort. Alte Leute Klotz am Bein. Also bin ich, wann al-Sunna mein Dorf besitzt, nicht auf Rückzug mit Genossen, sondern in meine Haus, zusammen mit Berfin, ihre Mann und die Enkel. Genug Platz dort. Und mein Herz schwer von Traurigsein. Ferhat war gute Junge, aber schlechte Soldat. Spielte tembûr besser als alle. Tembûr ist Laute mit fünf Draht. Auch sehr gute Gesang. Alle Mädchen waren seine in Oramar, wenn er gewollt. Al-Sunna hat ihn gemordet. Und wir haben Ferhat in Erde gelegt, im Sommer. Chef von Salafisten war al-Douri, also Ağır Yılmaz, den ich kenne, seit er so. Der Alte fasste sich ans Knie. Al-Douri war in Schule mit Cemil, der Mann von Berfin. Also mein, wie man sagt in Deutsch, verschwiegener Sohn. Cemil guter Mann für Tochter, aber schwach im Entscheid, hat keine Kraft hier oben – er tippte sich an die Stirn –, nicht dumm, aber keine Willen, ist wie Wachs. Keine Held. Hat sich einpacken lassen von seine alte Kamerad, fuhr mit Ağır über Grenze nach Zaxo, Saemalka Moschee, für einen Prediger, zwei Monate, dann hatte Cemil Bart wie Ağır, Essen nur halal, in unsere Haus Salafisten-TV ganzen Tage, und Cemil verlangen von Berfin Schleier. Wurde mir schlecht in eigene vier Wand. Weil ich gewohnt bin ohne Gebet oder Glauben. Al-Douri wissen, dass ich so bin, Agnostik, keine Sufi. Hat Cemil gesagt, sollen kontrollieren, wie ich telefoniere, was schreiben am Computer.

Ihr habt Computer in Oramar? Hauser wurde hellhörig. Auch Internet?

Wir hatten, bis al-Sunna gekommen. Alle WiFi kassieren Miliz. Aber Cemil haben Genehmigung, Ausnahme, weil Propagandachef von al-Douri. Alles gewesen in Ruhe bis Frühling. Dann, als Passweg in Irak offen, Schnee geschmelzt, gekommen erste Kommandeur von al-Sunna nach Oramar, Kamal Salih, sagt man ist Sohn von Bruder von Abu Abdullah al-Shafi, wichtige Mann. Gegen ihn al-Douri zahmes Hund. Hat auch gewedelt mit Schwanz. Seit Besuch von Kamal Salih war alles anders. Alle Frauen von Straße, und wenn, nur in Tschador. Salih haben bestellt, alle Mann in Schule von Dorf, einzeln für Interview. Haben gefragt, was gemacht, wo gelebt, ob Mu'min, was denken von Öcalan, wie über Dschihad? Wer falsch antworten, bekommen Wohnung in Schule, Keller, mit Kette. Mir hat Cemil Warnung gezeigt hinter Hand. Nicht, weil wollen Gutes, sondern weil Gefahr für sie wegen mir. Also bin ich in Berge. War ich weg, als al-Sunna mich gesucht. Solange Salih in Oramar, bis Ende von April, hat Cemil mir gebracht Essen. Als alîkar von al-Douri, seine Assistent, gehen ohne Papier und Stempel. Nach Monat, wenn Salih zurück nach Irak, hat sich gebessert Leben in Oramar, aber Tochter sagen, ich soll bleiben in şikeft, wegen mir, wegen ihr, wegen Mann und Kinder.

Wer im Dorf weiß, wo du dich aufhältst?

Nur Berfin, Cemil und, was ich glaube, al-Douri. Ob er andere informieren, Mitglieder von Miliz, keine Ahnung. In Al-Sunna-Kommando viel Streit. Kann immer geben für alle Todesurteil.

Hilfst du ihnen deshalb, wollte Hauser wissen, aus Angst?

Was helfe wem?, fragte der Alte.

Die Zettel, die du jeden Tag schreibst, die Notizen, wie viele LKWs von Westen nach Norden rollen, und umgekehrt. Und was sie geladen haben, Waffen oder Mannschaften? Der Alte nahm einen tiefen Zug aus der Zigarette und schien nachzudenken.

Zettel nicht für al-Sunna.

Hauser dauerte die Antwort zu lange.

Für wen dann?

Niemand. Nur Zeit vertreiben. Verkehr im Tal ist alles, was passiert, selten Vogel, manchmal Helikopter. Hobby, damit Zeit nicht auf Kopf fällt.

Spionage aus Langeweile? Erzähl mir keine Märchen.

Spion, bin ich Spion? Machen Statistik, nicht mehr.

Okay, sagt der Deutsche, dann erzähl, wie deine Miliz heißt, also die Bande, die du deine Leute nennst?

Keine Bande, Terrorgruppe, meine Partei reguläre Armee.

Besteht da ein Unterschied?

Milizen haben Kampf für Clans, privat, Religion. Meine Leute suchen Staat, Vaterland für alle Kurde, gemeinsame herêm, Land mit Grenzposten, Hauptstadt, eigene Geldscheine, Regierung, Mitglied in UN.

Klingt gewaltig, Hauser nickte anerkennend, aber von diesen Träumen seid ihr offenbar noch ein paar Schritte entfernt, wenn es euch nicht mal gelingt, ein Nest wie Oramar zu verteidigen.

War nur kleine Einheit, acht Mann, vier Frauen. Wir holen zurück, bei nahe Chance.

Wann?

Der Alte stand abrupt auf.

Verstehst du meine Worte? Im März, wann Schnee ist vorbei. Du bist im Pech, Winter früh diese Jahr. Letzte Jahr erst Schnee Dezember. Ist keine Verlass mehr, Wetter kaputt. Jetzt, siehst du, geht Schnee zu Regen.

Ja und?, meinte Hauser, den das Gerede über den Wechsel der Jahreszeiten nervte, spielt das irgendeine Rolle?

Bist du dummer Kopf? Wenn Regen, steigt Temperatur, ist Physik.

Hauser stellte sich zu seinem Bewacher in den Höhleneingang und starrte in die Dämmerung. Es regnete tatsächlich, sehr fein, aber ausdauernd.

Bald ist Holz zu Ende.

Der Deutsche nickte. Dass der Vorrat zu Ende ging, war ihm auch schon aufgefallen.

Müssen wir morgen Expedition, bist du bereit?

Blöde Frage, habe ich eine andere Wahl?

Nicht wirklich, kam als Antwort.

Manchmal glaubte Hauser, der Alte spreche besser Deutsch, als er den Anschein erweckte. Morgen, beim Holzsammeln, würde er darauf bestehen, ohne Handschellen zu arbeiten. Um zu fliehen, sobald sich eine Gelegenheit bot. Dem Alten fehlte, durch seinen Husten, die Kraft für einen Ausdauerlauf. Sein einziges Mittel, ihn aufzuhalten, war die Waffe.

Hast du in Oramar Autos repariert?

Manche Mal, antwortete der Kurde. Nur drei Wagen im Dorf. Traktor von Tican Derdiyok, der Schafe züchtet. Tican, reichste Mann in Siedlung. Al-Douri fährt Terrano Pick-up, Geschenk von Miliz, und ich meine Auto, deutsche Fabrik, kannst du raten, was.

BMW, sagte Hauser spontan.

Woher du weißt?

Passt zu dir, erklärte der Deutsche, ist kräftig, hält lange durch, nicht besonders anspruchsvoll.

Machen Witz mit mir?

Überhaupt nicht. Wie alt ist der Wagen?

Baujahr 94.

Und steht jetzt wo?

In Dorf, bauen Garage für Auto, obwohl alle haben gelacht, sagen, Rizgar waren zu lange in Deutschland.

Hauser horchte auf.

Fährt das Ding noch?

Ist Schmückstück. Rollte und rollt und rollt, glaubst du, ich habe zwei linke Hand? Habe von Mustafa Ölpumpe schicken lassen und vertauscht.

Ich mach dir einen Vorschlag, sagte Hauser, du überlässt mir dein Auto und kriegst dafür das neueste BMW-Modell.

Aber plus die zwei Millionen? Der Alte lachte und schien ihn nicht ernst zu nehmen. Solange al-Sunna in Oramar, kommt niemand an Auto. Posten mit Maschinengewehr auf Straße nach Gever.

Du hattest von einer anderen Stadt gesprochen, irgendwas mit Kohle.

Colemêrg, ist Hauptstadt von Provinz, Tirkan heißen sie Hakkâri, wenn du da hinwillst, musst du Strecke gehen über Gever, drei Stunden, mit Auto. Aber bei Schnee unmöglich. Landen in Schlucht oder Fluss. Kann niemand schaffen. Nicht mal Panzer. Deswegen im Schnee Frieden, kapiert?

Ich glaub dir kein Wort.

Hauser setzte sich auf die Kiste, mit der er verbunden war, und stützte das Gesicht in die freie Hand. So saß er eine halbe Stunde oder länger, während die Dunkelheit die Höhle füllte. Der Alte hatte während der ganzen Zeit kein Wort gesprochen. Er ließ auch die Feuerstelle und die

Funzel unberührt. Dass er nicht schlief, erkannte Hauser an der glühenden Zigarettenspitze.

Dein Vorname ist also Rizgar? Keine Antwort. Wie weiter, also dein Nachname?

Ist nicht wichtig.

Du willst es mir nicht sagen?

Kluge Junge, ist besser für beiden. Was du nicht kennen, kannst du nicht verrat.

Du bist wohl ein hohes Tier, also wichtiger Mann, in deiner Partei?

Spielen kein Rolle, ob große oder kleine Lampe. Kriegen Ärger so oder so.

Der Deutsche versuchte zu verstehen, was ihm der Alte sagen wollte, kam zu keinem befriedigenden Ergebnis, scheute aber die Nachfrage.

Wo hast du gelernt, Autos zu reparieren, hier in den Bergen?

Natürlich nicht, kam die Antwort aus der Dunkelheit. Hier nur Dorfschule, sechs Klasse, alle in eine Zimmer. Kannst du nicht lernen viel. Wenn ich zwanzig, erzählte er weiter, haben gemusst Militär, Afyonkarahisar, große Flugplatz. Hab ich bekommen Interesse für Maschine, Technik. War dort von Dezember zweiundachtzig bis Sommer vierundachtzig, fünfzehn Monat, nie zu Hause. Von Afyonkarahisar bis Hakkari tausendfünfhundert Kilometer. Nach Soldat habe ich gelernt in Diyarbakır, wir sagen Amed, Schule für Handwerk, aber ohne Test, kein Dokument, bis Verhaftung, von Internat direkt Zîndana Amedê, bis Ende sechsundachtzig.

Was ist das: Zîndana Amedê?

Gefängnis, heißt in ganz Türkei Hölle.

Was hast du verbrochen, eine Bank ausgeraubt oder einen Mann entführt?

Habe gekämpft, aber ohne Lizenz, illegal.

Für wen?

Für Freiheit von Kurd, meine Volk.

O Gott, bist du etwa Kommunist?

Marxist-Leninist, sagte der Alte.

Da kenn ich jetzt schon zwei, stöhnte Hauser, verbünde dich mit Dieter Hauser, der träumt auch noch von Revolution. Wieso will man ein System verändern, das funktioniert?

Für dich funktioniert, für andere nicht, lautete die Antwort.

Kennst du eine Alternative? Meine Schwester trötet ins gleiche Horn, das System ist krank, aber wenn man sie fragt, was sie anders machen würde, hat sie keinen Schimmer.

Du hast Schwester, seit wann?

Fast fünfzig Jahre, wieso?

Hast du nicht geredet von sie.

Dafür gibt's auch keinen Grund, ich mag Mira nicht und weiß nicht, wo sie steckt.

Hat sie aber Name wie Tochter? Hauser stutzte, erinnerte sich dann an seine erfundene Familie und nickte.

Warum Kind nennen wie Schwester, wenn du nicht leiden?

Das habe ich mich auch oft gefragt in den letzten Jahren, wich Hauser aus. Meine Schwester hat einen Schuss, verstehst du, ich glaube, sie ist verrückt. Macht Yoga und plant Anschläge auf den Staat. Gut möglich, dass sie mich in diesen Schlamassel reingeritten hat. Ich bin ihr Bruder, das ist unwichtig, weil ich ihre Meinung nicht teile, bin ich ein Feind. Den darf man entführen, betäuben, in ein Flugzeug setzen und über Niemandsland abwerfen wie Müll. Woher wusstest du eigentlich von meiner Landung? Irgendjemand muss dich informiert haben?

Ich gesehen Maschine, erklärte der Alte, flach am Himmel, sechs Propeller, selten, ich dachte Tirkan Armee, Nachschub, haben mit Fernglas gesehen Fallschirm, bin zu Landestelle, als du gekommen zurück, du mich gesehen, nein?

Augenblick, Moment, unterbrach Hauser den Redefluss des Alten, soll das heißen, willst du behaupten, du hast mich verfolgt?

Ganze Zeit, wusste immer, wo du bist. In Nähe von Box ich denke noch, du bist von uns, wie Yılmaz, angekommen gleiche Airline, aber schnell gesehen, Berge waren unbekannt für dich, bist nicht von hier, schlafen auf Baum oder Feuer machen, dachte, du Spion, allerdings dumme Spion, was ja richtig, dachte, dich haben Amerikaner gelandet, um zu helfen hinter Front Feinde.

Erzähl keine Märchen, wenn ich ein Agent wäre, hätte ich mich nicht von dir überrumpeln lassen. Du hättest mich gleich an al-Sunna ausliefern können, warum musste ich in dieses Loch?

Wollte entdecken, was du bist, erklärte der Kurde. Ob du Schwein bist?

Und bin ich eins?

Ja.

Wieso hast du mich nicht geschlachtet?

Ich esse keine Schwein.

Dem Deutschen fiel keine passende Entgegnung ein. Eine Woche lang hatten sie kein Wort miteinander gewechselt, jetzt fühlte sich die Stille beklemmend an.

Wie lange warst du im Gefängnis, nahm Hauser den Faden wieder auf.

Zweihalb Jahr, für Staatsverrat. War in meine Schrank in Wohnheim eine Stück von *Ala Yekiti*, Zeitung von *Kawa*, hat mein Bruder Ferat gegeben, als er besucht.

Zwei Jahre Gefängnis für eine Zeitung?

War schwere Jahr, achtziger. In Oramar viele Apocular tot.

Hauser überblickte nicht mehr, was der Alte erzählte. Jedenfalls schien er weniger harmlos zu sein, als er vermutet hatte.

Armee hat gesagt, ich bin Apocular, was nicht richtig, wurde erst in Hanau.

Du meinst, Autoschlosser?

Partei, sagte der Alte, Apocular, sind meine Leute, Kamerad von Abdullah, der serok, Anführer.

Den hast du in Deutschland getroffen?

Apo nie in Deutschland, aber seine Politik.

Wie bist du nach Hanau gekommen?

Mit Flugzeug, habe Pass bezahlt zweihunderttausend Lira. Dreihundert deutsche Mark. Vater hat gegeben, damit ich aus Land fahre, wollte nicht alle drei Sohne verlieren an Tirkiye. Hat verkauft zehn Schaf. Januar siebenundachtzig bin gekommen in Frankfurt. Hatte Glück, gute Freund Hakim aus Kaserne, lebte in Offenbach. Hat geholfen für erste Arbeit. War in Ballonfirma.

Interessant, sagte Hauser, so was Ähnliches mache ich auch. Heißluft oder Gas?

Sind wir gefahren mit Transporter, haben Ballon gebracht und gepumpt Luft. Aus Flasche.

Bist du auch mitgeflogen? Hauser hörte den Alten lachen.

Was für Unsinn denken. Können du nicht fliegen mit Luftballon, viel Gefahr. Haben wir an Schnur gebunden.

Im Autohaus, Eröffnung, oder Geburtstag von reiche Kinder oder Heiraten. Ist Dekoration. Kannst du haben alle Formen, rund wie Lampe, oder Wurst, auch Figur. Erst denken, ist schwer, aber mit Zeit einfach, machen du Hase oder Vogel. Kannst du mich wecken Nacht, machen Flamingo mit verbundene Augen.

O Gott, dachte Hauser, ich bin in der Gewalt eines Luftballonkünstlers, womit hab ich das verdient?

Aber nur halbes Jahr bei *Kreativ-Ballon*, fuhr der Alte fort, haben Ohren auf, Autoservice suchen Ersatz für Reifenmontage. Horst hat genommen auf Probe immer abends. Konnten ich gut, haben technische Hände, Horst gesagt. Bin ich dort angestellt. Gute Chef. Gerechte Deutsche. Viel geholfen, Koffer mit Schraubenschlüssel Geschenk. Rizgar, hat gesagt Horst, du jung, nicht gefallen auf Kopf, geh lernen, Berufschule, Ausbildung, kannst du kommen in Werkstatt fest. Hat gesucht Mechaniker, waren wenig fachliche Arbeiter. Trotz gute Geld. Im Jahr vor deutsche Einigkeit, viele Arbeit, danach kommen Ossis, vorbei für Landsleute von uns, die nur Hilfskraft. Autoservice von Horst ist nah an Staustufe Mühlheim, hab ich Wohnung entdeckt in Hanau. Kesselstadt grüne Ecke, besser als Frankfurt. Herderweg zwei, Zimmer in höchste Haus von Stadt, fünfzehn Stock, ich war im achte, erste Zeit nur mit Vorsicht, konnte nicht Fahrstuhl. Blick nach Ost, kannst du sehen Main, großer Fluss, kennen du?

Ja, klar, sagte Hauser, ich bin geschäftlich oft in Frankfurt.

Auch Kesselstadt?

Nein.

Hast du gehört?

Nein.

Ist gewesen in Nachrichten, zehn Jahr vorbei. Mord, neunmal. Wissen du? Alle Ausländer, vier von uns, also meine Leute. Einer tot in Kiosk Schumacherplatz, weißt du, wo ich gewohnt, hast du Erinnerung?

Ich glaube schon, sagte Hauser, wusste aber nicht wirklich, worüber der Alte redete.

Warst du dabei?, fragte er unaufmerksam.

Vor zehn Jahr, haben gehört, was ich sagen, war zurück in Oramar.

Wieso erzählst du mir dann von diesem Mord?

Neun Leute, acht Mann, ein Frau, kam in Nachrichten, überall.

Ja, jetzt, wo du es sagst, fällt es mir wieder ein. Schreckliche Geschichte.

Hat einfach abgedrückt, Mörder, wahllos, ich kenne Gegend gut, Heumarkt, haben Deutschkurs, direkt über Penny, oben lernen, unten einkaufen.

Du hast Asyl beantragt?

Klar, wer illegal, ohne Arbeit, keine Schule, kein Antrag für Wohnung. Schon in Frankfurt, Amt, Antrag, Register.

Ging das so einfach?

Stimmt, hat gedauert lange Weile, hörte Hauser die Bestätigung des Alten. Er zündete sich eine weitere Zigarette an.

Erst Gericht Misstrauen, nicht geglaubt, gefragt, wieso nach Militär gleich auf Schule, ob Verbindung zu *Kawa*, ob ich beweisen können Zeit in Gefängnis Diyarbakır. Ich ohne Dokument oder Papier, nichts. Nur Zeugen, aber alle in Heimat. Haben ich Hemd ausgezogen und besichtigt Richter Rücken.

Was hast du gemacht?

Meine Rücken, Haut kaputt von Schläge in Zîndana Amedê, kann ich besichtigen dir, wenn du nicht glauben, morgen früh. Geschlagen mit Fahrradschlauch, zwei Nacht, am schlimmsten Schmerz von Ventil. Zîndana Amedê ganzer Horror. In vierundachtzig sieben Tote, Necmettin Büyükkaya, bei Verhör, Cemal Arat und Orhan Keskin mit Hungerstreik, Remzi Aytürk, sich Selbstmord gegeben, auch Yılmaz Demir, Halil Ibrahim Baturalp und Hüseyin Yüce totgeprügelt. Gute Genossen, Helden. Ist genug jetzt, Schluss, müssen schlafen, Holz suchen, morgen früh.

In Deutschland warst du sicher, hattest einen Job, warum bist du weg?

Hauser lauschte in die Stille, bekam aber keine Antwort. Er dachte an den kommenden Tag. Er besaß zwei Optionen, entweder einfach davonrennen, sobald sich eine Gelegenheit ergab, was bedeutete, dass ihn der Alte mit der Flinte nicht erreichen konnte, oder einen Angriff wagen, den Bewacher überwältigen, niederschlagen, um ihm Trinkwasser und Proviant abzuknöpfen. Der zweite Plan besaß Vorteile bezüglich der weiteren Flucht, war aber auch riskanter. Sobald er die Fesseln los war, musste er handeln. Sollte er die Aussage des Kurden ernst nehmen und Oramar meiden? Dann blieb nur der Marsch auf der Straße Richtung Norden. Er wusste nicht, wohin sie führte, wie weit es bis zur nächsten Siedlung war und ob ihm die Bewohner dort freundlicher gesinnt sein würden als die Al-Sunna-Brigade.

In der Nacht träumte er wieder von Kindern, seinen Kindern. Er war ihr Vater, aber gleichzeitig war er auch ein Kind, sie waren mindestens fünf oder sechs, der Raum, in dem sie lebten, erinnerte an sein altes Kinderzimmer, das er mit Mira hatte teilen müssen, bis sich Vater irgendwann, drei Jahre nach Mutters Tod, entschloss, ihr Zimmer auszuräumen und ihm zu überlassen. Seine Schwester spielte eine Rolle, er hatte vergessen, was ihre Aufgabe war, daneben ein Junge, der Bastian hieß, sein Sohn, aber manchmal war auch er selbst dieser Bastian, das Spiel bestand darin, vom Doppelstockbett zu springen und Hurra zu rufen, wenn man gelandet war, zunächst war unklar, welchen Sinn das Ganze hatte, was man treffen sollte, plötzlich flatterte vom Teppich ein grüner Wellensittich und rettete sich auf die Gardinenstange. Wieder nichts, sagte ein dunkelhäutiges Kind, einen Versuch hast du noch, das ist dann ultimativ dein letzter.

Es war noch dunkel, als ihn der Alte weckte. Heute mal nicht mit einem Fußtritt, sondern indem er ihn an der Schulter berührte. Auf dem Kochgerät stand ein Topf mit heißem Wasser. Hausers Körper war steif vor Kälte. Als er – in Begleitung der Aluminiumwanne – ins Freie trat, um sein Wasser abzuschlagen, fiel ihm auf, dass es noch immer nieselte und die Schneefläche vor dem Höhleneingang dunkle Flecken aufwies. Der Boden war aufgeweicht, Erde klebte an den Schuhsohlen.

Wetter verrückt, war der Satz, mit dem ihn der Alte begrüßte, Regen gefallen, ganze Nacht. Der Abstieg ins

Tal würde nicht einfach werden. Der Alte entfernte die Handschelle vom Deckel der Box und fesselte dem Deutschen beide Arme.

Was soll das?, fragte Hauser, denkst du noch immer, dass ich abhaue.

Sollen nicht?, kam als Antwort.

Der Alte drängte zum Aufbruch, Hauser stürzte einen Becher Tee hinunter und folgte dem Kurden, kauend, ein Stück Fladenbrot in der Hand. Rizgar ging voraus, er trug die Flinte, mehrere Stricke und ein Beil, von dem Hauser den Blick nicht wenden konnte. Kein Wunder, dass der Alte es vor ihm versteckt hatte. Für einen Moment glaubte er, mit Hilfe der Axt die Kette zerschlagen zu können, die seine Hände verband, aber wie sollte das funktionieren? Er konnte nicht ausholen, jemand musste den Schlag für ihn ausführen. Der Kurde würde sich dazu kaum bereit erklären. Warum auch? Er besaß einen Schlüssel. Also würde er das Beil benutzen, um den Alten auszuschalten. Schaffte er das? Kaum. Er war nicht dieser Russe aus Dostojewskis Roman, dessen Name ihm nicht einfiel.

Kennst du *Schuld und Sühne*? Der Bewacher drehte sich um.

Was wollen?

Dostojewskis Buch, wo der Mörder mit einer Axt zuschlägt? Wie heißt der Romanheld? Ich habe eine Namensschwäche.

Keine Ahnung, was reden, kennen kein Menschen, der so heißt, Dostojewski.

Sie bogen nach links ab. Obwohl Hauser geglaubt hatte, sie würden in Richtung der Landestelle laufen, begann der Alte den Abstieg ins östliche Tal, in die Ebene, wo der Deutsche überwältigt worden war. Nach einer guten Stunde erreichten sie den Überhang, den Hauser von seinem letzten Rastplatz aus hatte einsehen können. Die Bäume, die sich im verwitterten Gestein festkrallten, waren nackt, ohne Rinde, abgestorben, es fehlte ihnen Wasser und Erdreich, sie neigten sich in den Abgrund.

Todesmutig trat der Alte an die Klippe und begann trockene Äste abzuschlagen, die er Hauser zuwarf.

Mach Stricken zu Bund.

Steine fielen polternd in die Tiefe. Sie waren unter die Schneegrenze abgestiegen, aber die Felsen waren kalt und schlierig.

Hauser rutschte mehrere Male aus und schlug hin. Seine linke Hand blutete. Er musste den richtigen Moment abpassen, nichts übereilen, geduldig abwarten, hier am Hang, wo es keinerlei Deckung gab, war an ein Entkommen nicht zu denken. Rizgar arbeitete fünf Meter entfernt. Die Flinte lag zu seinen Füßen, er demonstrierte eindrucksvoll, wie geschickt er mit dem Beil umzugehen wusste. Wenn der Alte es vorzieht, nah am Abgrund, auf lockerem Gestein zu schwitzen, dachte der Deutsche, statt ihm die Plackerei zu überlassen, muss sein Misstrauen beträchtlich sein. Eigentlich hatte er auch allen Grund dazu.

Inzwischen lagen zu Hausers Füßen genügend Äste, um sie zu einem Bündel zusammenzuschnüren. Das Gebinde war fast so schwer wie der Deckel, den er in der Höhle mit sich herumschleppte. Wenn jeder zwei Packen auf die Schulter nahm, würden sie damit ein, zwei Tage auskommen. Hauser ertappte sich dabei, dass er sich noch länger in der Grotte sitzen sah. Auf keinen Fall. Wenn er Rizgar überzeugte, dass er die Last auf dem Rücken, nicht vor der Brust tragen müsste, würde der vielleicht ein Einsehen haben und die Handschellen öffnen. Dann schmisse er ihm das Holzpaket ins Gesicht. Die Last würde ihn umhauen. Er hätte zehn Sekunden, um den Hang zu erklimmen und sich ein Versteck zu suchen. Nicht viel Zeit. Besser, er warf zwei Holzbündel. Hauser sammelte Äste und stapelte sie auf die ausgebreiteten Stricke.

Als er die Knoten festzog, zerriss ein Knall die morgendliche Stille. Ein trockenes, kaltes Geräusch. Der Alte hielt sofort mit der Arbeit inne, hob den Kopf und lauschte konzentriert. Ein zweiter Schlag ertönte, dann ein halbes Dutzend hintereinander. Der Lärm kam aus dem Tal jenseits des Bergkamms, wo Straße und Dorf lagen.

Hawan topo, sagte der Alte aufgeregt, griff sich ein Holzpaket und forderte den Deutschen zum Aufbruch auf. Granat, komm, schnell.

Er stieg den Hang hinauf, so wendig und beherzt, dass ihm Hauser, der sein Paket wirklich vor der Brust trug, nur mühsam folgen konnte. Als er sah, wie der Alte enteilte, gratulierte er sich dazu, den Fluchtplan vertagt zu haben. Verschwitzt und atemlos erreichten sie den Kamm. Rizgar beobachtete mit dem Feldstecher die Straße, Truppenbewegungen oder Einschläge waren nirgendwo zu erkennen. Der Gefechtslärm kam aus den Bergen, er glich einem Gewitter, das man hörte, aber noch nicht sah.

Oramar, sagte der Alte, chinesisch hawan topo, QLZ87, Kaliber fünfunddreißig.

Kannst du das sehen? Der Deutsche streckte die Hand nach dem Fernglas aus.

Nicht sehen, nur hören, erklärte der Kurde.

Hauser glaubte ihm nicht, wollte aber wissen, welche Gruppierung die Chinesen unterstützten.

Keine oder alle, lautete die salomonische Antwort. Amerikaner keine Plan, unterstützen heute die Miliz, morgen andere. Russen warten, was Amis machen, und entscheiden Gegenteil. Peking gibt QLZ87 an alle, die Geld. Hauptsache Dollar.

Sie schlugen den Weg zur Höhle ein. Offenbar war die Beschaffung von weiterem Brennmaterial vorerst ausgesetzt. Hauser bedauerte den Rückzug, die Expedition fühlte sich wie eine Niederlage an. Andererseits fragte er sich, was der Kriegslärm bedeutete. Verschlechterte oder verbesserte sich seine Lage damit, hatte das Ganze überhaupt einen Effekt für ihn? In der Grotte wurde er, trotz seines Protests, wieder an das Oberteil der Box angeschlossen.

Früher, sagte der Alte, begann Winter im Oktober, wann erste Schneefall, blieb Schnee bis März. Manchmal bis Mai. Jetzt anders. Reşko buzul wird klein und klein, jedes Jahr. Ist wie Österreich. Haben mir erzählt Mustafa, war in Ötztal, schmilzt auch in Alpen Eis, das bleiben früher für Sommer. Tirkan sagen buzul, wir çîyaqeşa. Wie heißt Deutsch? Ist glatt, heißt Wort Gletscher?

Worüber redete der Mann? Hauser dachte sehnsüchtig an die Zeit, als der Alte stumm geblieben war. Der Alte machte wenig Anstalten, sich auszuruhen, öffnete die Kiste, verschloss die Axt und gab der Geisel ein halbes Fladenbrot und ein Stück Käse.

Kann länger dauern, bis zurück, erklärte er und schnürte seine Stiefel. Wunder du nicht, wenn nachts allein.

Wohin gehst du, was hast du vor?

Der Kurde wollte ihn offenbar in der Höhle zurücklassen.

Nimm mich mit. Wenn da unten deine Leute kämpfen, kannst du mich deinen Chefs übergeben.

Werden haben keine Zeit, hören Bumbum, kein Silvester, wie ihr sagen in Deutschland, sondern Krieg. Wenn nicht meine Leute siegen in Oramar, wir fallen in Unglück, kannst du Testament schreiben. Wenn kalt, Holz brennen. Der Alte wies auf die Feuerstelle und reichte ihm das rote Feuerzeug.

Gib auch das Beil, forderte der Deutsche, die Äste sind zu dick.

Bivir schlafen in Kasten, ist scharf wie Messer für Bart, du morgen ohne Finger, nicht gut.

Dann mach mich wenigstens von dieser Kiste los, bat Hauser, ich pisse mir jedes Mal auf die Hände oder die Hose, nur weil ich diesen Klotz mit mir herumschleppe.

Der Alte lachte. Du bist Schwein.

Dann löste er die Handschelle von der Box und legte sie Hauser um das linke Handgelenk. Er nahm Sacktasche und Flinte.

Was willst du im Dorf?

Rizgar verharrte an der Felsspalte.

Muss Tochter reden, ob Haus gesund und meine Auto.

Du kommst aber wieder?

Der Alte nickte.

Xwedê alîkariya min bike.

Hauser folgte ihm bis zur Müllhalde. Im Tal zog eine Kolonne von sechs Lastkraftwagen in Richtung Westen. Nahm der Kurde die Straße oder einen anderen Weg, querfeldein, durch die Berge? Irgendwann würde auch er nach Oramar aufbrechen, vielleicht ohne Wanderführer, auf sich gestellt, dann sollte er eine Ahnung haben, wohin er sich wenden musste. Der Kammweg war leer, von Rizgar nichts zu sehen, also war er nah der Höhle abgestiegen.

Er beherzigte den Ratschlag des Kurden und machte sich an der Feuerstelle zu schaffen. Er zuckte inzwischen nicht mehr bei jedem Knall zusammen, der aus dem Tal heraufdrang. Was, wenn ihn der Alte angelogen hatte, vielleicht beschossen sich gar keine verfeindeten Banden, sondern es handelte sich um einen Einsatz der Regierungstruppen, die ihn befreien wollten, weil sein Aufenthaltsort durchgesickert war. Oder es war eine reguläre Mission der Türken, die im aufständischen Gebiet für Ruhe und Ordnung sorgten oder für das, was sie darunter verstanden.

Was mache ich hier?, fragte er sich laut und stieß die Pyramide aus Ästen um, die er in der Asche der Feuerstelle errichtet hatte. Er verließ die Grotte mit dem längsten Knüppel, den er auf die Schnelle finden konnte. Nachdem er sich etwa hundert Schritte von der Behausung entfernt hatte, vernahm er das Geknatter von Rotoren. Der Deutsche versteckte sich zwischen Felsblöcken. Vier Transporthubschrauber, die Platz für jeweils vierzig Passagiere boten, jagten über seinen Kopf hinweg in die Senke, auf deren Grund die Straße verlief. Am Rumpf der Helikopter, neben der Einstiegsluke, prangte das rot-weiß-rote Hoheitszeichen.

Während er aus der Deckung trat und den donnernden Libellen hinterhersah, erblickte er in den Schneeinseln am Berghang frische Fußstapfen. Am liebsten wäre er dem Alten auf der Stelle gefolgt. Aber so leichtsinnig und unvorbereitet durfte er nicht aufbrechen, er brauchte Wasser, Brot, so viel Kleidung wie möglich. Er gab dem Bewacher Zeit bis Mittag. Wenn der bis dahin nicht zurückkehrte, würde er auf eigene Faust losziehen. Viel einzupacken hatte er nicht. Er knotete Brot und Käse in einen Streifen Fallschirmseide, zur Not war das Tuch auch als Fahne zu gebrauchen, als Beweis seiner Unschuld und Kapitulation. Dann hockte er auf der Box und wartete.

Im Tal fielen nur noch vereinzelte Schüsse. Sollte er Oramar ansteuern oder sich gleich Richtung Gever bewegen? Die eiserne Fessel war nicht nur hinderlich, sie machte ihn auch wenig vertrauenswürdig. Welcher Autofahrer hielt an, wenn er am Straßenrand einen Mann mit Handschellen erblickte? Ihm würde nichts weiter übrigbleiben, als seine Herkunft preiszugeben und um Hilfe zu bitten. Dabei lief er Gefahr, aus dem Regen in die Traufe zu geraten.

Vielleicht hatte der Alte ja recht, und Milizen, die al-Sunna hießen oder sonst wie, waren so hasserfüllt, dass sie keine Gefangenen machten. Hätte er die Hände frei und den Pass von Walid Said in der Tasche, wäre er unauffällig, ein versprengter, syrischer Flüchtling, unterwegs zur Grenze. Er würde laufen, betteln, den stummen Fremdling spielen, das war nicht so schwer, der Alte hatte es ihm eindrucksvoll vorgemacht: die Ruhe bewahren, das Maul halten, Nervenstärke zeigen. Sobald er mit den Landesbehörden Schwierigkeiten bekam, würde er die Maske fallen lassen und sich als Deutscher zu erkennen geben.

Das könnte sein Leben retten, würde aber eine Lawine lostreten. Morgen prangte sein Name auf allen europäischen Boulevardblättern, vielleicht sogar auf den Seiten seriöser Zeitungen. AIRDROP-CHEF ENTFÜHRT UND GEDEMÜTIGT, HAUSER IN DER TÜRKEI AUFGEGRIFFEN, HOCHMUT KOMMT VOR DEM FALL. Die Nachrichten würden sich überschlagen. Interviews, Verhöre, Investigationen, man würde ihn durchleuchten, nach jeder Geisha fragen, mit der er geschlafen hatte, alle Finanzströme der Firma kämen auf den Prüfstand, er würde alle Namen und Verbindungen nennen und sich nackt machen müssen. Am Ende käme alles an die Öffentlichkeit. Die Justiz war korrupt und er, das hatte er selbst provoziert, eine öffentliche Person. Er müsste zurücktreten, sich aus dem Unternehmen zurückziehen, der Widerstand gegen AIRDROP würde anwachsen, seine Unterstützer in der Politik würden ihn fallenlassen.

Was sollte er mit dem Rest seines Lebens anfangen? Angeln? Hauser begriff plötzlich, dass er seine Heimkehr herbeigefleht hatte, ohne sich über die Konsequenzen klar zu werden. Mit dem ersten Anruf beim Konsulat oder in der Botschaft schuf er vollendete Tatsachen. Nein, eher. Sobald er sich an einen türkischen Polizisten wandte oder dabei ertappt wurde, dass er auf dem Markt ein Stück Brot klaute oder einen Apfel. Und genau darauf lief es hinaus, wie sollte er sonst überleben? Er besaß nichts von Wert, das er hätte tauschen können, nur einen einzigen lumpigen Dollar. Wenn er es nur irgendwie bis zur griechischen Grenze schaffte. Vielleicht zweitausend Kilometer. Ein Schlauchboot kam nicht in Frage, er war nicht lebensmüde, außerdem nahmen die Schleuser nur Passagiere mit, die für die Überfahrt Tausende von Euro zahlten.

Sein Ziel war die Landgrenze zwischen der Türkei und Griechenland. Er kannte die Gegend nicht, wusste aber, dass Saloniki hundert Kilometer entfernt war. Wenn er es schaffte, Kontakt zu Marmaridis herzustellen, war alles geritzt. Asteris Marmaridis war ein befreundeter Geschäftspartner, der ihn vor drei Jahren zu einer Ägäis-Rundreise auf seiner Yacht eingeladen hatte, er besaß ein halbes Dutzend Containerschiffe, bestückte die Kuppen der Rhodopen mit Windkraftanlagen und unterhielt eine Kette mit Luxushotels an der Küste, eines lag direkt am Hafen von Saloniki. Dort war er mehrmals abgestiegen, man würde sich an der Rezeption an seinen Namen erinnern, auch wenn sein Äußeres nicht auf den Gast eines Fünf-Sterne-Ressorts schließen ließ.

Wenn er ohne Kontrolle bis Griechenland kam, war er gerettet, Asteris würde nicht viele Fragen stellen, er war diskret und selbst kein Kind von Traurigkeit. Hauser würde ihm eine amouröse Verwicklung andeuten, er habe auf Korfu eine falsche Geisha gebucht, sei überrumpelt, betäubt, ausgeraubt worden, ein Kavaliersdelikt,

Schwamm drüber, er wolle vor allem keine Publicity, ob er ihm helfen könne, mit seinem Privatjet nach Deutschland zurückzukehren. Natürlich wäre Marmaridis dazu bereit, er würde einen Friseur bestellen, ihn ein, zwei Tage beherbergen, neu einkleiden und umgehend mit seiner Cessna Citation nach Parchim ausfliegen. Die Landeerlaubnis dort wäre kein Problem, da genügte Hauser ein Anruf im Tower. Einmal gelandet, würde niemand seinen Pass sehen wollen, in Parchim gehörte er quasi zum Inventar.

Apropos Pass, den Pass von Walid Said würde er aufbewahren, in einen goldenen Rahmen einfassen und über seinen Schreibtisch hängen. Falls ihn jemand danach fragte, hatte er eine Antwort parat, das Dokument sei ein Geburtstagsgeschenk, ein Scherz, den sich Freunde mit ihm gemacht hatten, ja, ein Dummejungenstreich, aber ein Heiterkeitserfolg. Niemand würde jemals erfahren, wo er die zwei Wochen gewesen war, nicht mal Vater oder Peter Ehrlich. Er würde es für sich behalten und höchstens den Fischen auf dem Werlsee davon erzählen, aber auch nur dann, wenn er allein im Boot saß. Er würde einfach so weitermachen wie bisher, als sei nichts geschehen. Das wäre der ultimative Sieg, sein heimlicher Triumpf über seine Feinde, die es nicht geschafft hatten, ihn fertigzumachen, kleinzukriegen.

Der Tagtraum von seiner erfolgreichen und wundersamen Flucht hatte David Hauser so okkupiert, dass er die Stille nicht bemerkte, die im Tal eingezogen war. Die Schießerei hatte aufgehört. Kurzentschlossen erhob sich der Deutsche, versetzte der Kiste einen Tritt, nahm den kräftigen Knüppel und verließ mit seinen Habseligkeiten, die in ein Bündel aus Fallschirmstoff passten, die Höhle. Zu lange hatte er seine Zeit vertrödelt, abgewartet, gezaudert, er musste sich wieder als Unternehmer beweisen, als Macher und Mann der Tat. Auch das Wetter – der Regen hatte aufgehört – trug zu seiner gehobenen Stimmung bei. Er lief bis zu der Stelle, wo der Alte vom Weg abgebogen war, und machte sich tastend an den Abstieg.

Obwohl er jeden Schritt genau plante, um nicht zu straucheln oder Steine zu lockern, die ihm später auf den Kopf fallen könnten, kam er gut voran. Er wollte so schnell wie möglich die Straße erreichen, um dort zu entscheiden, ob er sich nach links, ins Dorf, oder nach rechts, in die Stadt, orientieren sollte. Er bewegte sich noch auf dem steilen Stück des Abhangs, als der Beschuss erneut einsetzte. Die Böllerschläge erfolgten in einem Abstand von fünf bis sechs Sekunden. Hauser sah nicht, von wo die Granatwerfer feuerten, warf sich aber sofort zu Boden, als die Geschosse keine hundert Meter links von ihm einschlugen.

Die Arme schützend über den Kopf gezogen, hörte er drei Geräusche, den Schuss, das Pfeifen, das die Granate während des Fluges machte, und den splitternden Einschlag, der endete, wenn das aufgeworfene Erdreich und das Gestein zur Ruhe kamen. Er wagte nicht, sich zu bewegen, geschweige denn, den Kopf zu heben. Er glaubte, dass die Einschläge immer näher kamen, dass sie es auf ihn abgesehen hatten. Er verfluchte sich, dass er nicht in der Grotte geblieben war. Nach der zehnten Explosion kehrte Stille ein. Aber Hauser misstraute dem Frieden. Vielleicht warteten sie nur darauf, dass er sich aufrichtete, um ihr Ziel besser anpeilen zu können.

Wie lange lag er im Matsch, wie lange konnte er liegen bleiben? Sollte er die Dunkelheit abwarten? Vielleicht. Plötzlich, ein Husten. Er spürte, wie das Blut in seinen Schläfen pochte. Da war jemand, in seiner Nähe. Zwanzig oder dreißig Meter entfernt. Hauser! Sein Name wurde gerufen. Der Alte! Links von ihm, weiter unten. Die Stimme klang gequält, hilflos. Hauser! Er lag im Schatten zweier Steine, die einen knappen halben Meter über dem Boden aufragten, dann kam ein Hangstück, das solche Erhebungen entbehrte, ein flaches graues Steinfeld mit vereinzelten Schneehaufen. Hauser streckte die gefesselten Hände über den Kopf und kroch wie eine Raupe vorwärts, das Gesicht angespannt zum Boden gerichtet, Stirn und Kinn waren nass und erdverschmiert, seine Handgelenke schmerzten.

Alîkarî! Die Stimme wurde schwächer. Nachdem der Deutsche ein paar Meter gekrochen war, begann der Granatwerfer erneut zu feuern. Hauser rechnete in jedem Augenblick damit, dass ihn ein gewaltiger Schlag treffen und zerfetzen würde. Aber die Einschläge landeten irgendwo in der Ferne. Also robbte er weiter. Jetzt erreichte er zwei Steinblöcke, die so groß waren, dass er sich aufrichten konnte. Er blieb trotzdem auf den Knien hocken und ordnete seine Kleider. Pullover und Hose waren klitschnass. Die Furunkel an seinem Hintern brannten wie Feuer. Er bemerkte, dass er das Bündel mit Ziegenkäse und Brot krampfhaft festhielt.

Hauser, bist du?, hörte er die Stimme. Er spähte im Schutz des Felsens zum Berghang und sah den Alten, der lag zehn Meter abwärts, den Kopf ins Tal gestreckt, hob den Arm, um sich bemerkbar zu machen, seine Handfläche war rot. Was tun? Sollte er seinen Arsch riskieren, um seinen Peiniger zu retten? Vielleicht wartete der Richtschütze im Tal genau auf diesen Moment? Andererseits konnte er den Alten nicht einfach sich selbst überlassen. Wieso eigentlich nicht? Er wünschte ja nichts dringlicher, als ihn loszuwerden. Hauser, hilf!, stöhnte der Bewacher. Plötzlich ist die Geisel gut genug, Scheiße. Sein Wille drängte ihn, sich so schnell wie möglich auf den Berg zurückzuziehen, aber eine andere Kraft, die stärker war als sein Wille, zwang ihn zum Gegenteil: abwärts, den Hang hinunter, in Richtung der Hilferufe zu kriechen. Abenteuerlust war es nicht.

Er erreichte die Füße des Alten und blickte ihm ins Gesicht.

Kannst du laufen?

Der Kurde schüttelte den Kopf.

Meine Bein.

Rizgars Hose war am rechten Oberschenkel aufgefetzt und blutgetränkt.

Der Deutsche robbte weiter, legte dem Alten die gefesselten Arme wie eine Schlinge über den Kopf, um ihn unter den Achseln packen zu können, und zog den Mann, dessen Oberkörper auf ihm lag, ächzend, ruckartig, Stück für Stück, in den Windschatten der Steine. Dort blieben sie in der Umklammerung liegen.

Wasser, gib.

Ich habe nichts, verdammt, stöhnte Hauser. Nimm das.

Er steckte dem Kurden eine Handvoll verharschten Schnee in den Mund.

Hol Sack, schnell.

Hauser hatte die Tasche des Kurden und das Gewehr absichtlich liegengelassen. Erst einmal sich in Sicherheit bringen, die Sachen konnte man später bergen.

Ist Wasser in Sack, Tabak und deine Pass.

Drei überzeugende Argumente. Widerwillig machte sich Hauser ein zweites Mal auf den Weg. Was die Kriechtechnik anging, besaß er nun schon eine gewisse Praxis. Die Stelle, wo Rizgar von der Granate getroffen worden war, markierte ein Fleck. Offenbar hatte es ihn ernsthaft erwischt. Gerade als er an die Verletzung des Alten dachte, fing der, in der Deckung der Steine, zu husten an. War er irre geworden? Wollte er die Artillerie auf ihn aufmerksam machen?

Hauser lag am Berghang wie auf einem Präsentierteller. Vollidiot, elender. Der Deutsche lagerte Tasche und Flinte auf seine Brust und schob sich, auf dem Rücken liegend, bergan. Diese Fortbewegung hatte den Vorteil, man blickte ins Tal und sah die Aktivität des Feindes, sie besaß einen Nachteil, man blickte ins Tal und lief Gefahr, dass einem direkt ins Gesicht geschossen wurde. Den Alten schüttelte ein unkontrollierbarer Hustenanfall, seine Augen tränten, Spucke lief ihm aus dem Mundwinkel. Hauser holte die Trinkflasche aus dem Sack und presste sie ihm an die Lippen. Er würgte, schluckte und beruhigte sich allmählich. Nachdem der Deutsche selbst getrunken hatte, löste er den Knoten des Bündels und verstaute die Lebensmittel in der Tasche. Wo ist der Schlüssel? Hauser präsentierte die Handschellen.

In Höhle, oben, erklärte der Kurde.

Du hast den Schlüssel dort gelassen? Wieso, in Gottes Namen?

Ohne genau zu wissen, was er tat oder was zu tun war, begann er den Fallschirmstoff um den Oberschenkel des Verletzten zu wickeln. Die Seide färbte sich rot. Rizgar stöhnte vor Schmerz, war aber bei Bewusstsein und flüsterte unaufhörlich in seiner Muttersprache. Hauser verlangte keine Übersetzung.

Los, sagte er, wir müssen hier weg, bevor die Schießerei wieder beginnt.

Er zog den Alten in den Stand. Glücklicherweise ein Leichtgewicht.

Nimm das Gewehr als Krücke!

Der Kurde legte den linken Arm um die Schulter des Deutschen und stützte sich rechts mit der Flinte. Sie schwankten bergan. Der Verwundete kommentierte jeden Schritt mit Stöhnen. Hauser hatte andere Sorgen, es war schwer, die Balance zu halten, er trug nicht nur den Alten, sondern auch den Sack mit Wasserflasche, Brot, Käse, Feldstecher und Tabak, jeden Augenblick rechnete er mit einem Schuss, der sie hinterrücks umbrachte. Wundersamer Weise hatte das Feuer aufgehört, sie erreichten den Kamm ohne weitere Zwischenfälle. Hauser ließ den Verletzten zu Boden gleiten und ging neben ihm auf die Knie.

Wenn jetzt eine Granate einschlüge, dachte er, wäre es ihm egal. Er war am Ende seiner Kräfte. Als er jedoch an den Tabak dachte, über den er jetzt, ohne betteln zu müssen, frei verfügen konnte, kehrten seine Lebensgeister zurück. Er drehte eine Zigarette, nur für sich, zündete sie an, dann erst stellte er eine zweite her, die er dem Alten in den Mund schob.

Du brauchst einen Arzt.

Gibt es nicht, erwiderte der Kurde.

In Oramar, die Miliz, haben die keinen, der die Verletzten versorgt, einen Feldscher oder Sanitäter?

Dorf leer, keiner da.

Er sprach langsam, jedes Wort machte ihm Mühe.

Wieso? Wo ist deine Tochter?

Oramar aufgegeben. Al-Sunna gefluchtet. Ganze Dorf platt. Alle Hauser tot.

Der Deutsche zuckte zusammen, begriff dann aber, dass nicht von ihm die Rede war, sondern von Gebäuden.

Auch dein Haus?

Alle. Meine Auto Schrott. Gebrannt. Traktor von Tican Derdiyok Schrott. Alle Schafen tot, in Stall gebrannt.

Hast du jemanden getroffen?

Niemand. Alle weg. Keine Toten. Nur Schafen. Geisterort.

Was ist mit dem Pick-up von al-Douri?

Weg. Gefluchtet. Auch Berfin. Und Kinder.

Aber wer, wenn alle weg sind, hat auf dich geschossen?

Auf Rückweg. Am Berg. Kam Feuer von irgendwo. Ich gewunkt, dich gesehen, stöhnte Rizgar, du mich nicht?

Nein, sagte Hauser, ich habe die Schüsse gehört und mich in den Schotter geworfen.

Die Augenlider des Alten flatterten. Gleich würde er zusammenklappen.

Nicht einschlafen, komm weiter.

Er hängte sich den Verletzten um die Schulter, so torkelten sie wie ein betrunkenes Freundespaar über den Kammweg.

Obwohl die Höhle nur zweihundert Meter entfernt war, brauchten sie eine halbe Stunde. Immer wieder musste der Kurde pausieren. Er schwitzte und schloss die Augen, immer wenn Hauser glaubte, dass er das Bewusstsein verlor, gab er das Zeichen zum Weiterlaufen. In der Grotte angekommen, legte ihn der Deutsche in die Box. Dort sackte der Alte sofort weg. Hauser warf einen Blick auf das verletzte Bein. Der Verband, den er angelegt hatte, stillte den Blutfluss nicht. Sollte er die Wunde untersuchen? Was nützte das? Er besaß keine medizinischen Kenntnisse, kein Schmerzmittel, er konnte nichts tun, nur zusehen, wie der Mann verblutete. In seiner Hilflosigkeit wickelte er einen zweiten Streifen Fallschirmseide um den ersten. Der Verwundete öffnete die Augen, starrte ihn an wie ein Gespenst.

Rizgar, wo ist der Schlüssel? Die Handschellen, wie werde ich die Dinger los?

Der Alte antwortete, allerdings auf Kurdisch.

Ich verstehe dich nicht, sprich Deutsch, wo ist der Schlüssel, du hast gesagt, er ist hier, aber wo?

Hauser schrie fast, aber seine Worte erreichten den Fiebernden nicht.

Alle Hauser tot, flüsterte er und verfiel wieder in seinen Dämmerzustand.

Der Deutsche griff zum Tragesack. Als er Brot und Käse berührte, bemerkte er, wie ausgehungert er war. Endlich konnte er so viel essen, wie er wollte. Er war ein freier Mann. Nur von zwei Armreifen behindert, die mit einer Kette verbunden waren. Irgendwo musste der Schlüssel doch sein. Im Sack fand er tatsächlich den Pass von Walid Said. Zwischen den Seiten steckte eine Berliner S-Bahn-Fahrkarte. Hauser schob den Ausweis in die Innentasche seines Anoraks, wo er ihn vor zehn Tagen gefunden hatte. Am Grund der Tasche lagen das Fernglas und ein harter, flacher Gegenstand, das Samsung-Handy mit dem zersplitterten Display.

Der Alte stöhnte, sein Oberkörper richtete sich auf und fiel schwer in die Kiste zurück. Schweiß stand auf seiner Stirn. Hauser öffnete ihm den Mantel und das Hemd, um an den Brustbeutel zu gelangen. In der bestickten Tasche steckten die Fotografien, die er bereits kannte, drei Zylinderschlüssel, ein blaues Feuerzeug sowie Bargeld, *turkish Geisha money*, zwei Fünfziger, ein Zwanziger und zwei Fünfer. Einhundertfünfzig Lira. Keine Ahnung, was das bunte Papier wert war. Hauser schob das Geld in den Beutel zurück, öffnete ihn aber gleich wieder und stopfte die Scheine in seine Hosentasche. Sentimentalitäten konnte er sich nicht leisten.

Den Spezialschlüssel für die Handschellen suchte er vergeblich. Er warf einen Blick auf den Kurden, der fantasierte sich mit geschlossenen Augen ins Delirium. Hauser öffnete die Kisten. Darin entdeckte er keine Überraschungen, nur das Transistorradio, den Koffer mit Schraubenschlüsseln, die Axt sowie alle Dinge, die der Alte konfisziert hatte: Regencape, Sonnenbrille, Handschuhe und Ibuprofen-Tabletten. Das Beil landete an der Feuerstelle, die Konserven wurden auf dem Boden aufgereiht. Heute Nacht musste er nicht hungrig einschlafen. Welche Büchse wählte er als Vorspeise? Patlıcan Kızartma, Yaprak sarma oder Katkısıs Kavurma? Der Alte würde keine Übersetzung beisteuern und sich kaum am Festmahl beteiligen.

Die rechte Hand des Kurden hielt die Flinte noch immer krampfhaft fest. Hauser nahm ihm das Messer ab, das am Hosenbund in der Scheide steckte, und drückte die Klinge in die Oberseite der Blechbüchse, die mit Patlıcan Kızartma beschriftet war. Der Inhalt offenbarte sich als Gemüse: schwarz, säuerlich, leicht verbrannt. Er tauchte das Brot in die Sauce, leckte sich die Finger. Eine Köstlichkeit. Als er den Deckel der zweiten Konservendose aufbog, hoffte er auf ein Fleischgericht und wurde nicht enttäuscht. Kavurma schien eine Art Hackbraten zu sein, türkische Bulette.

Für welche Gelegenheit, fragte er den Alten, hast du diese Schätze aufbewahrt? Am Ende nutzt dir der Geiz gar nichts. Die Schmerzenslaute, die der Bewacher von sich gab, verdarben ihm den Appetit. Hauser legte vier Tabletten auf die Kiste und zerdrückte sie mit dem Hammerkopf der Axt. Das Pulver, das auf diese Weise entstand, löste er in Wasser auf. Er stützte den Kopf des Verwundeten mit der rechten Hand und flößte ihm mit der linken die Emulsion ein. Die Handschelle drückte sich in die zerfurchte Wange des Alten, während er das Schmerzmittel schluckte. Sein Atem ging gleichmäßig, aber zu schnell, die Lippen bebten.

Der Deutsche erinnerte sich an das Handy, das er über seinem Heißhunger vergessen hatte. Nur das Samsung konnte ihnen helfen. Ein Notruf bei der türkischen Bergwacht. Ein Rettungshubschrauber würde sie ins nächste Krankenhaus fliegen, er landete auf einer Polizeistation, um seine Geschichte zu erzählen. Oder eine Variation seiner Geschichte. Hauser wiegte das Telefon in der Hand, zögerlich. Wenn Rizgar den Code geändert hatte, riskierte er eine Sperrung des Apparats. Besser zuerst den Alten fragen. Leider reagierte der weder auf Worte noch auf Berührungen. Der Blutverlust oder das Ibuprofen taten Wirkung. Wie lange hielt er durch? Hauser drückte die Einschalttaste, aber die Aufregung war umsonst gewesen, das Display blieb dunkel, das Gerät gab keinen Ton von sich.

Inzwischen war es in der Höhle so dunkel, dass er die Öllampe anzünden musste, um sich zurechtzufinden. In der Hoffnung, den Schlüssel doch noch aufzuspüren, öffnete er die bunten chinesischen Blechbüchsen, die das wacklige Regal füllten. Vier waren leer, zwei mit Tee gefüllt. Er ging an der Feuerstelle in die Hocke und schichtete das Holz auf, das er umgestoßen hatte, bevor er sich auf den Weg ins Tal machte. Auch mit Brennholz musste er nicht mehr sparen. Egal, was geschah, bei Tagesanbruch würde er aufbrechen. Er schob das Sitzmodul nah ans Feuer. Man saß darin wie in einem Zahnarztstuhl, die Füße schwebten in der Luft, direkt über den Flammen. Warme Zehen, freier Blick. Er nahm den Dolch des Alten und begann, einen Stock anzuspitzen.

Manchmal in den Ferien, wenn sie mit Vater zum Zelten nach Mecklenburg gereist waren, hatten sie Knüppelkuchen gebacken. Auch seinen ersten selbstgefangenen Fisch briet er im Lagerfeuer. In der Natur, lernte er, war der Himmel sternenreicher als in der Stadt. War es ein anderer Himmel? Auf ihren Luftmatratzen im Gras liegend, hatten Mira und er nach Sternschnuppen Ausschau gehalten. Wer sie zuerst erspähte und Da! oder Da ist eine! rief, bekam einen Punkt, vorausgesetzt, dass der väterliche Schiedsrichter den Flug des Meteoriten bestätigte. Wichtiger als die gewonnenen Punkte war, dass man bei jedem Treffer einen Wunsch anmelden durfte. Ohne ihn laut auszusprechen.

Hauser blickte zum Himmel. Kein Mond, keine Sterne, keine Schnuppen. David Hauser, dachte er, einsamster Mensch dieser Erde. Dann vernahm er das Gejammer des kurdischen Autoschlossers Rizgar, dem ein Schrapnell den rechten Oberschenkel zerfetzt hatte, also relativierte er sein Selbstbild: zweiteinsamster Mensch dieser Welt. Dass er nach Hause wollte, lag auf der Hand. Aber was wollte er sonst? Was noch? Die Frage irritierte ihn. Dahinter lauerte eine Gefahr, deren Dimension er ahnte, die er deshalb nicht genauer erklärt haben wollte.

Besser schnell an etwas anderes denken. Wie hieß der Mörder in *Schuld und Sühne*? Raskolnikow, na bitte, sein Kopf funktionierte. Kirchhoff hieß Boris. Und der berühmteste Song von *Van Halen* war *Amsterdam.* Wer hatte auf den Alten geschossen? Und warum? Was war mit dem Dorf geschehen? Würden die Bewohner zurückkehren, falls die Geschichte, die Rizgar berichtet hatte, überhaupt stimmte und Oramar aufgegeben worden war?

Hauser überlegte, ob er die Hackfleischbällchen aus der Dose aufessen sollte, da er aber bereits ein Grummeln im Magen verspürte, bezwang er seinen Appetit. Er legte zwei kräftige Äste auf die Glut, die viel Rauch erzeugten, dann leuchtete er dem Kurden mit der Lampe ins Gesicht und wischte mit einem Stück Fallschirmseide den Schweiß von seiner Stirn. Sollte er ihm noch einen Ibuprofen-Cocktail mixen? Halfen Tabletten, die bei Grippe und Zahnweh wirkten, gegen echte Schmerzen?

Er zerstampfte vier weitere Tabletten, verrührte das Pulver mit Wasser und führte den Becher an die Lippen des Alten. Der Kranke zeigte keine Reaktion.

Also kroch er im Deckel der Box in seinen Schlafsack und löschte die Funzel. Das Feuer warf groteske Schatten an die Wände. Das Stöhnen des Alten schien anzuschwellen. Mal war es ein langgezogener Klagelaut, unterbrochen von heftigem Luftholen, dann redete der Mann, es waren ausufernde, hastige Monologe, deren Sinn dem Deutschen verschlossen blieb. Mit wem sprach er? Mit seiner Mutter, seinen Töchtern, den Söhnen, dem lebenden in Linz oder den toten in der Erde? Er hatte nur von einem erzählt, dem, der in Oramar begraben war, der Musiker und Mädchenschwarm, über den dritten hatte er kein Wort verloren, nur dass er nicht mehr lebte. Auch nichts über seine Frau. Was war mit ihr, hatten sie sich getrennt, war sie gestorben? Was geht es dich an, Hauser? Hast du keine anderen Probleme?

Wenn der Alte doch nur endlich still sein würde. Wäre die Granate dreißig Meter weiter oben und ein paar Grad nördlicher eingeschlagen, würde er hier liegen, jammern, bluten, schwitzen, falls ihn der Kurde den Berg heraufgeschafft hätte. Verdammt, ja, er hätte es getan, da war er sich sicher. Woher er die Gewissheit nahm, wusste er nicht zu sagen, trotzdem war er davon überzeugt, Rizgar hätte ihn nicht liegen gelassen, im Schotter, am Hang.

Hauser kroch aus dem Schlafsack, riss ein fingerlanges Stück Seide vom Lappen, der auf der Kiste lag, und stopfte den Stoff in seine Ohren. Es half wenig. Die weidwunde Stimme drang durch. Was würde er erzählen, dachte der Deutsche, in Todesangst? Zu wem sprechen? Dass er sich seiner Mutter anvertraute, glaubte er nicht, sie war aus seinem Leben zu lange entschwunden, wusste nichts von ihm, an sie zu denken schmerzte noch immer, er spürte, dass er ihr Unrecht tat, weil er ihr, auch nach mehr als vierzig Jahren, den wortlosen Abschied nicht verzeihen konnte. Sie hatte versagt, trotz ihrer Unschuld. Was war mit Mira? Die Schwester hatte ihm nie wirklich nahegestanden. Sie war von Vater verwöhnt worden, weil er mit der Kleinen überfordert war. Diese Bevorzugung kränkte Hauser lange. Je mehr er darüber nachdachte, er hatte nie jemanden gehabt, dem er sein Herz ausschütten konnte. So machte er von früh an alles mit sich selbst ab. Irgendwann erklärte er das Defizit zum Fundament seiner Unabhängigkeit.

Seinen Vater würde vermutlich der Herzschlag treffen, wenn er ihn mit Gefühlen überraschte, wenn er ihn fragte, warum sie niemals darüber sprachen, was sie voneinander hielten, ob sie sich vermissten, gernhatten oder sogar liebten? Gott sei Dank, gab es ja noch seine kleine Familie, die Kinder und seine Frau. Ihnen könnte er sich öffnen, sie würden ihm zuhören, nun, zumindest die Mutter seiner Kinder und die beiden älteren, die Kleine, wie hieß sie?, er hatte ihren Namen vergessen, Mira, richtig, war noch nicht so weit, ihr wollte er seine Abschiedsworte nicht zumuten, aber Bastian und Feyine konnten ruhig hören, dass er sie vermisste, dass er an sie dachte, jetzt, da seine Gedanken sich verwirrten, da ihm der Schmerz die Sinne trübte, dass ihm das Leuchten ihrer Augen Kraft verlieh, weil er wusste, dass sie weiterlebten, ihr Glück suchen und finden würden, und dass darin auch eine Spur von ihm verborgen war, dass sie ihrer Mutter, Evelyn, helfen sollten, für die es besonders schwer war, jetzt, ohne ihn, zwar seien sie wirtschaftlich abgesichert, aber was nützte das ganze Geld, wenn man ohne Gefährten lebte, der einem zur Seite stand, das müssten sie nun übernehmen, sie waren ja schon groß genug, irgendwann würden sie erfahren, wie ihr Vater gewesen war, kein Held, nein, ein Mann mit Fehlern und Schwächen, das wolle er nicht verheimlichen, aber doch jemand, der an sich gearbeitet hatte, der nicht fertig war, der sie geliebt hatte, was gab es Schöneres, als neben ihnen einzuschlafen und aufzuwachen, dafür habe man doch eine Familie. So redete er, während der Kurde mit sich selbst sprach, mit seiner Partei oder seinen Ahnen. Hauser liebte seine Angehörigen sehr in diesem Augenblick.

Als er in der Morgendämmerung erwachte, war das Erste, was er bemerkte, die Stille in der Höhle. Mit einem Gefühl, in dem Sorge und Hoffnung miteinander rangen, trat er an die Box. Der Alte stöhnte nicht, aber seine Brust hob und senkte sich. Er war noch nicht tot. Vielleicht war die Verletzung doch nicht so schlimm, wie sie aussah? Er hatte sie eigentlich nicht richtig angeschaut. Sollte er den Verband wechseln? Nein, er musste sich Pass und Schlafsack, das Messer und alle Lebensmittel schnappen und unverzüglich abhauen. Sobald er Menschen traf, könnte er für den Alten Rettung herbeischaffen. Hier war er ihm keine Hilfe.

Trotzdem schlitzte er mit dem Dolch das Fallschirmtuch ein und riss einen Streifen ab, der als Verband taugte. Er zog den Schlafsack weg, der auf dem Schlafenden lag und durchtrennte die blutgetränkte Binde mit dem Messer. Er staunte selbst, mit welcher Ruhe er vorging. Rizgar öffnete die Augen und schien nicht verwundert, dass ihn der Deutsche versorgte. Hauser gab ihm das Ibuprofen, das er nachts verweigert hatte. Brot lehnte der Kurde mit einem müden Kopfschütteln ab. Hauser zog ihm die Schuhe aus und warf sie auf den Boden. So konnte er das Bein besser bewegen. Der zweite Verband war schwieriger zu lösen, weil er verkrustet war. Der Alte keuchte mit zusammengepressten Lippen.

Ihm wurde schlecht, als er die Wunde freilegte. Er blickte in einen Brei aus Blut, Hautfetzen, schwarzem Hosenstoff, er glaubte Metall und Knochenteile zu erkennen, war sich aber nicht sicher, er bereute, den Verband gelöst zu haben, er konnte hier gar nichts verbessern, säubern, geschweige denn reparieren, er hatte den Eindruck, das Bein würde nur noch durch die Cordhose zusammengehalten, er riss sich zusammen, trank einen Schluck Wasser, wollte rauchen, ließ es aber sein und wickelte, Ekel und Angst hinunterschluckend, eine frische Binde um den Oberschenkel.

Den Alten hatte der Eingriff nicht weniger erschöpft als ihn. Hauser sah, dass der Patient in den Dämmerzustand zurückfiel, aus dem er kurz aufgetaucht war. Er hatte versäumt, ihm die entscheidende Frage zu stellen: Wo steckte der Schlüssel? Der Deutsche trat ins Freie. Ein kalter, trockener Herbsttag begann, ohne Frost oder Regen. Nachdem er sein Wasser abgeschlagen hatte, betrachtete er seine Finger. Der Schnee, den er aus einer Felsspalte kratzte, färbte sich rot, als er die Hände darin sauber rieb.

Er setzte sich neben das Unterteil der Box, in der der Alte lag, und rauchte. Tatenlos dazusitzen und abzuwarten war das Idiotischste, was er tun konnte. Darüber war er sich im Klaren. Er handelte gegen seine Interessen, gegen seine Natur. Das war nicht David Hauser, der Durchreißer und Stratege. Brixel hatte ihn einmal nach einem Film gefragt: *Die tollkühnen Männer in ihren fliegenden Kisten*? Ob er den kenne, eine Klamotte, Breitwand, aus den Siebzigern? Nein, hatte er geantwortet, wieso? Der Österreicher erklärte lachend, bei jedem Start einer IMPETUS-Maschine müsse er an den Filmtitel denken, weil er ihn, seinen Chef, als einen heimlichen Regisseur bewundere. Ohne seine Tatkraft und Entschlossenheit wäre AIRDROP eine fixe Idee geblieben. Von dieser Leidenschaft, dachte Hauser, war nicht mehr viel übrig.

Der Alte bewegte sich plötzlich, legte die Schläfe auf die Kante der Box und verlangte zu trinken. Der Deutsche reichte Wasser. Rizgar ließ den Kopf zurücksinken und flüsterte: Cixare. Hauser drehte ihm eine Zigarette, er hatte seine Technik innerhalb weniger Tage perfektioniert, zündete sie an und steckte sie dem Alten zwischen die Lippen.

Wo hast du den Schlüssel für die Handschellen? Hörst du mich?

Mein Namen Rizgar Demirok, sagte er.

Gut, sagte Hauser, so haben wir auch das geklärt.

Haben du verstanden?

Ja, klar, du heißt Rizgar Demirok.

Wirst du merken?

Auf jeden Fall, ist nicht schwer, Rizgar Demirok, also noch mal: Wo steckt der Schlüssel?

Besser du aufschreiben.

Hauser wurde wütend, wieso bekam er keine Antwort?

Wenn aufschreiben, nicht vergessen.

Ja, ja, was du schwarz auf weiß besitzt, meinst du das? Ich würde mir gern aufschreiben, wie du heißt, Rizgar, wie war dein Nachname?, schon vergessen, leider kann ich nicht schreiben, weil ich Fesseln trage.

Buchse Tee, unterbrach ihn der Alte und deutete mit dem Kinn zum Regalbrett.

Hauser griff sich die rot-blaue Blechbüchse Green Tea, Made in China. Am Boden der Dose, unter Teeblättern, lag der Schlüssel. Die Lakritzstange mit dem winzigen Bart war gut getarnt. Erstklassiges Versteck. Er schenkte dem Kurden einen Blick der Bewunderung, aber der war zu intensiv mit seinen Schmerzen beschäftigt, um das Kompliment genießen zu können. Innerhalb von Sekunden war er die Fesseln los.

Nimm Papier, forderte der Alte.

Wieso?

Ach richtig, er sollte sich den Namen notieren. Gut, versprochen ist versprochen.

Der Deutsche riss ein Blatt aus dem Schreibblock und schrieb mit Druckbuchstaben: RIZGAR DEMIROK. Er zeigte dem Alten das Ergebnis, das der Namensträger mit einem hilflosen Nicken bestätigte. Hauser massierte sich die Handgelenke. Das hätten wir geschafft. Er war befreit, konnte nun gehen. Zwar lehnte die Flinte noch immer in Reichweite des Kurden, neben der Box, doch war der Mann viel zu schwach, um die Waffe zu ergreifen, geschweige denn, um sie benutzen zu können. Seine Wangen wirkten eingefallen, dunkle Schatten umringten die Augen. Hauser packte Brot und Konserven in die Leinentasche, die er mitnehmen wollte, dazu: Messer, Feldstecher, Sonnenbrille, Telefon sowie zwei gefüllte Wasserflaschen. Das Beil konnte nützlich sein, war aber auch schwer. Er steckte es ein.

Jetzt war er marschbereit. Eine letzte Zigarette. Er setzte sich neben den Alten, der wieder zu jammern anfing. Hauser fiel auf, dass der Kurde, seitdem er in der Box lag und stöhnte, seltener hustete. Rizgar Demirok. Wieso hatte er darauf bestanden, dass der Name notiert wurde, warum gezeigt, wo der Schlüssel versteckt war? Hatte er mit seiner Flucht abgeschlossen? Natürlich, der Alte war ja nicht blöd. Er musste sofort aufbrechen, das Tageslicht ausnutzen, je schneller er eine Siedlung erreichte, umso größer war die Chance, dass man den Verwundeten von hier wegbrachte und medizinisch versorgte.

Hauser blieb sitzen. Die Handschellen war er losgeworden, was hielt ihn zurück? Wagte er sich nicht aus der

Höhle? Lächerlich. Platons Gleichnis. Kretschmer, der Philosophieprofessor in Ilmenau, hatte sich lang und breit darüber ausgelassen. Die Einzelheiten der Legende hatte Hauser vergessen, nur dass sich die Höhlenbewohner am Ende fürchteten, ihr Gefängnis zu verlassen, wusste er noch. Die Welt war ihnen zur Fremde verkommen.

Hilf, Hauser!

Der Alte bewegte den linken Arm und riss ihn aus den Gedanken.

Wasser!

Er setzte ihm den Becher an die Lippen, aber der Alte stieß das Gefäß unwirsch zur Seite.

Mîz kirin, sagte er, und dann, als der Deutsche nicht reagierte: Pissen!

Klar, sagte sich Hauser, wer trinkt, muss auch pinkeln, selbst wenn man Blut und Wasser schwitzt. Was sollte er tun? Ihm den Eimer reichen?

Hilf!

Rizgar wollte offenbar aufstehen, aus der Box klettern. Ein kühnes Vorhaben. Hauser bereute, dass er seinen Aufbruch leichtsinnig verzögert hatte.

Auf die Erfahrung, den Alten beim Wasserlassen zu unterstützen, hätte er gern verzichtet. Rizgar wirkte unruhig, das Bedürfnis war offenbar dringend, er griff nach der Flinte und reichte dem Deutschen den Gewehrlauf, mit der Aufforderung, ihn aus der Liegeposition in den Stand zu ziehen. Bevor Hauser zufassen konnte, überlegte es sich der Alte anders und drehte die Waffe um einhundertachtzig Grad. Dabei bewegte er den Schieber hinter den Spannhähnen. Offenbar sicherte er die Waffe. Kluge Entscheidung, dachte Hauser und bemerkte, als er den Kolben zu fassen bekam, einen roten Punkt, der durch die Manipulation des Schiebers freigelegt worden war. Der Kurde umklammerte mit der rechten Hand den Lauf, presste die Mündung gegen seine Brust und ergriff mit der linken Hand den Vorderschaft.

Das Ganze geschah innerhalb weniger Sekunden. Hauser sah den Zeigefinger des Kurden, der den Abzug berührte, genau in dem Moment, als sich krachend ein Schuss löste und der Rückschlag ihm das Gewehr aus den Händen riss. Hauser fiel rücklings, stürzte gegen den Gaskocher und prallte mit dem Hinterkopf gegen die Höhlenwand. Mit zitternden Händen rappelte sich der Deutsche auf und erblickte den leblosen Körper in der Box. Die Patrone hatte den Alten ins Herz getroffen. Auf seinem Hemd bildete sich ein roter Fleck, der wuchs wie ein Tintenfleck auf Löschpapier. Die Ballonmütze lag auf dem Boden. Hauser starrte auf den faltigen Hals, das stopplige Kinn, den überstreckten Adamsapfel und die schlaffen Arme. Er presste die Faust gegen die Frontzähne, seine Knie begannen zu zittern, er sackte zusammen und jammerte wie ein Kind.

Wie lange er auf der nackten Erde saß, wusste er nicht. Tränen liefen über seine Wangen, während er sie mit der Zunge auffing, er wusste nicht, worüber er eigentlich weinte, über den Tod des Bewachers, über seine Schuld oder das ganze verpfuschte Leben. Allerdings wusste er, warum er das Gewehr aufhob, in den flachen Teil der Höhle kroch und die Flinte so tief wie möglich in die Felsspalte schob, dorthin, wo die Knochen gelegen hatten. Dann streifte er die Fußlappen ab und zog seine englischen Socken an, die er an der Feuerstelle auf ein Brett gehängt hatte. Er stieg in die Schnürstiefel des Kurden und stellte mit freudiger Überraschung fest, dass sie passten. Größe 42.

Ihm war klar, dass er in der Höhle zu viele Spuren zurückließ, die er nicht beseitigen konnte. Wenn man die

Leiche fand und eine Untersuchung anstellte, würde man seine Fingerabdrücke und DNA-Spuren entdecken, Haare, Ausscheidungen, Hautpartikel. Es gab Zeugen. Berfin, die Tochter des Alten, hatte von ihm gehört, ihr Mann ebenfalls. Er musste das Land so schnell wie möglich verlassen, er durfte nicht auffallen, keinem Polizisten in die Arme laufen, niemandem vertrauen. Jede Minute zählte. Niemand würde ihm glauben, dass der Kurde selbst den Abzug betätigt hatte.

Er zog den Körper in die Box, wollte ihm nicht ins Gesicht blicken, konnte sich aber nicht beherrschen, es doch zu tun, er legte ihm die drei Fotografien auf die Brust, das Notizheft und das Kofferradio, schloss die Augenlider des Toten und hievte den Deckel auf das Unterteil der Box, so dass Rizgar Demirok nun wirklich wie in einem Sarg lag. Dann machte sich David Hauser auf den Weg in den Westen.

Bibliografische Information der Deutschen Nationalbibliothek
Die Deutsche Nationalbibliothek verzeichnet diese Publikation in der Deutschen Nationalbibliografie; detaillierte bibliografische Daten sind im Internet über http://dnb.d-nb.de abrufbar.

www.wallstein-verlag.de
Vom Verlag gesetzt aus der Stempel Garamond
Umschlaggestaltung: Stine Wiemann
Druck und Verarbeitung: Pustet, Regensburg
ISBN 978-3-8353-5305-3